村上春樹の世界

katō norihiro
加藤典洋

講談社文芸文庫

目次

Ⅲ　書評

Ⅳ　遺稿

村上春樹の世界

I

村上春樹の世界

わたしはこれまでけっこう長い間、村上春樹の作品につきあってきているが、読めば読むほどこの小説家は底が深いという感じが強くなってきている。たしかにさまざまな批評家が指摘する弱点を垣間見せることがないわけではないが、彼は、そのような危機をまったく人が考えも及ばない形で克服してきた。というか、それを自分で矯正し、自分の成長の糧としてきた。これだけ成長を続けて変貌してきた小説家も珍しいし、これだけ自分のスタイルを堅固にもち、それを崩さないできた小説家も珍しい。

彼はたぶん、いま日本で一番間口の広い小説家だろう。間口が広いというところには、読者の層が多岐にわたっているという意味、発表の場所におけるオプションの幅が広いという意味、仕事の幅がとてつもなく広いという意味、そして文体がいまも広角打法的なひろがりを失っていないという意味などが、含まれている。けれども、そういう小説家が同時に、これまで日本に例がないほど、強固にメディアに顔を出したがらない、人となりとしては極度に露出度の少ない、ヴェールに包まれた小説家でもある。そしてまた前例を見つけるのが難しいほど、日本で小説家となりながら、外国に居を移しての執筆生活期間の長い、しかも夫妻で多彩な外国滞在の経験を続ける、外国避難型の小説家でもある。小説家として登場してから22年、堅固な意志を持続することでいつの間にか彼の行路の後にできた——と見るべきだろう——この特異な作家像のうちに、彼の秘密、魅力、特徴、人間性、文学者としての力は、顔を見せているのだろうと思う。

何しろ、小説を書く前に、自分たちで働いてお金をため、奥さんとはじめたジャズ喫茶のマスターになったという小説家である。店の名前は飼っていた猫からとった。おだやかな風貌をしているが、小説を書こうというような人たちの中では、最初から、筋金入りの少数派なのである。

その仕事の幅ということでいうと、小説（これには長編小説と短編小説とあるが、村上はこの双方で力を発揮している、掌編小説みたいなものもある）、ノンフィクション（オウム関係の仕事が大きい）、紀行（外国生活が長い、当然これもたくさんある）、ルポルタージュ（名作『日出る国の工場』、ほかにシドニー・オリンピックの仕事など）、エッセイ（「村上朝日堂」ものなど）、批評（未公刊だが初期に文芸誌やリトル・マガジンに発表したものは犀利なテイストに富んでいる、非凡なものあり）、ジャズ評（『ポートレイト・イン・ジャズ』）などがあるほか、むろん翻訳も、これはレイモンド・カーヴァーからティム・オブライエンまで、優に独立した翻訳家といえるくらいの本格的なキャリアをもっている。そのうえ、童話絵本翻訳（C・V・オールズバーグの絵本、他に『空飛び猫』など）、創作絵本（佐々木マキとの共作『羊男のクリスマス』）、インターネットでの村上朝日堂ホームページでの読者とのやりとり（『そうだ、村上さんに聞いてみよう』）など、ほんとうによくもまあ、というほどの仕事を、目立たない形で、この寡黙な作家はやってのけている。

でも、一方で彼が小説家として文芸雑誌にどんな登場の仕方をしているかといえば、むろん文芸雑誌のほうは彼の作品でもエッセイでも何だって掲載したがっているのだが、ほとんど小説作品以外の登場はない。文芸雑誌恒例の正月の巻頭対談といったものは、当分の間、考えられない。いわゆる文壇的なつきあいという観点からいえば、彼は彼以前の誰とも——三島由紀夫とも安部公房とも大江健三郎とも中上健次とも村上龍とも——違っている。似たタイプの小説家を外国に探せば、もう数十年も公的な場所に姿を現していないアメリカの小説家J・D・サリンジャー、かろうじて似たスタイルの小説家を国内に探せば、やはり露出度の少なさを意図した庄司薫などが思い浮かぶが、そこにはたぶん小説家というより小説家である前の一個人としての強固な意志が、働いているのである。

わたしが聞いた話に、こういうのがある。

村上はけっして締め切りのある仕事をしない。自分で書いたら、それをもってくる。きっと雑誌に連載しているエッセイなどではそんなことはないのだろうけれど、主要な仕事に関して言うなら、これはよほど生き方の次元からしてジャーナリズムと離れているのでなければ、とうてい、できないことである。

本当なら、その全貌をほどよく紹介し、「テーマ・パークの入場券についてくる案内図のようなもの」を（という意味のことがこの文章を引き受けた際の執筆要領には記載されている）提示できるとよいのだが、もしそういうことが可能だとしても、それはきわめて難しいことである。ということが、ここまでの説明で、ある程度、わかっていただけたことと思う。少なくとも、わたしには無理である。わたしは、いまここにあげた村上の仕事の多彩ぶりを、隅から隅まで読み尽くして知っているという性質の愛読者ではない。また彼の小説の愛読者ではあるけれども、彼の仕事の全貌を押さえているというタイプの研究者でもない。少しは他の人よりいけるかと思われるのは、彼の仕事の中心を占めるはずの小説、そのうち長編小説の面白さ、短編小説の面白さ、あと、散文の上等さといったものについて、少しは普通の人より、時間をかけて考えたことがあるため、よく知っているということくらいである。

でも、最良の条件を備えた紹介者が最良の紹介者であるというほど、彼が簡単な小説家ではないということも、先の説明からわかってもらえたことだろう。わたしの限界を知っていただいたところで、先を続ける。

まず小説。彼の長編小説はいままでのところ9編を数えるが、そこにもまた、変わらない側面と変わった側面とがある。乱暴にしか言えないのだが、変わらないのは、一番底にある文体、これらがつねに「僕」を語り手とする一人称小説であること、その小説世界が本質的に「こちら側」と「あちら側」のパラレル・ワールドの構成をもつこと、これに対し、変わったのは、その小説世界の構成が彼自身の中に食い込むようになり、格段と深さと大きさを増した、ということだろうか。

その登場以来、彼の小説は、つねに時代の動向を先取りしていた。

彼が1979年、第一作『風の歌を聴け』で「気分が良くて何が悪い？」という80年代の消費世界の現実肯定の声に光をあて、そのかたわらに立ちながら、「金持ちなんて・みんな・糞くらえさ。」という60年代末の高度成長期の現実否定の声のくずおれ、没落していくさまを哀惜をこめて描いたとき、日本の小説のシーンが一つ後戻りのできない形で歯車を進めた。小説の吃水線は、もうそれまでの現実否定で小説を書いても、それは人を動かさないよ、というラインに変わった。

また彼が85年、第四作『世界の終りとハードボイルド・ワンダーランド』でその現実肯定と現実否定の対立に、それとは違うものとして、自分の内部の世界と自分の外部の世界の対立を対置したとき、彼は、もうすぐやってこようとしていた自分と世界との関係が齟齬をもつ世界の到来を、いち早く予告し、そこからもたらされる世界感情がどのようなものかをその小説のうちに表現していた。

次の87年の『ノルウェイの森』は、恋愛の不可能になるぎりぎりのところで、〝一〇〇パーセントの恋愛小説〟として書かれ、それが時代の琴線にふれ、爆発的に受け入れられた。これは傑作である。82年の『羊をめぐる冒険』から87年の『ノルウェイの森』まで、彼は希有な高揚期の中にいる。

95年に完成された第八作『ねじまき鳥クロニクル』では、最後に現れる、主人公の閉じこもる枯れ井戸に再び水が湧くことで主人公がそこから放逐されるというイメージを足場に、デタッチメントの果てのコミットメントへの反転が語られている。それは、彼の時代への直覚に見事な表現を与えることで、次の時代を予告していた。

長編小説にくらべると、短編小説は彼の小説家としての伎倆がもっとも純粋に発揮されている場となっている。「午後の最後の芝生」を含む『中国行きのスロウ・ボート』、二つの表題作が素晴らしい『螢・納屋を焼く・その他の短編』、彼の持ち味をよく出した『回転木馬のデッド・ヒート』、秀作揃いの『パン屋再襲撃』など、初期の短編集には忘れ難いものが多い。中でも『パン屋再襲撃』は村上の短編集の白眉といえる。また『TVピープル』にはじまる後期の短編集も逸しがたい。わたしはこの後期の短編にも好きなものが多いが、近年の収穫は何と言っても「蜂蜜パイ」で終わる連作小説集『神の子どもたちはみな踊る』である。

わたしは「蜂蜜パイ」を読んではじめて、村上の97年のノンフィクションの大作『アンダーグラウンド』を読んでみる気になった（刊行されたときはまえがきにつまずいて、どうしても読めなかった）。『アンダーグラウンド』は、オウムのサリン事件の被害者にインタビューした聞き書きの集成だが、それまでやはりカッコのよい（＝面白い）ものが好きだったはずの村上に、違うテイストを教える機会となった。そうであることで、やはりカッコのよい（＝面白い）、キレのよい本の好きなわたしに、人生の味は、もう少し「面白くない」ところにつきあわないと味わえないことを、頭を水につけるようにして（！）教えてくれた。これはきわめてすぐれた、大人の著作である。ただし、このことを数行でわかってもらうように語るのは、ほとんど不可能である。読んで下さい。そして、嫌になり、読み飛ばそうという気になったら、なぜ被害者がインタビューに応じたくないと思ったかを、思い出すこと。

ほかに、むろん翻訳がある。野球のピッチャーが投球後、肩に大きな氷のようなものをくくりつけ、じっとしているが、彼にとって翻訳はそれと同じで、長編小説を書いた後のクーリング・ダウンである。彼は、ヒートアップした肩をゆっくり冷やし、呼吸を整え、普通の生活にスムーズに移行し、着地するため、これまで好きな英語作家のものを、時に応じて訳してきた。それから、もう少し踏み込み、翻訳という作業をもう一つの自分の創作活動とみなすようになったと思われる。たとえば、息を吸う、これが小説を書くということだとすると、息を吐く、これが翻訳だというように。

これまで彼の訳したもののうち、もっともまとまったものはレイモンド・カーヴァーの個人訳で、これは異例の『レイモンド・カーヴァー全集』6巻となってわたしたちの前にある。中ではやはり「ささやかだけれど、役にたつこと」、「大聖堂《カセドラル》」などの訳が心に残っている。ほかに『マイ・ロスト・シティー』――フィッツジェラルド作品集』、ベトナム戦争を体験し、傑作『カチアートを追跡して』を書いたティム・オブライエンの『本当の戦争の話をしよう』と『ニュークリア・エイジ』、マイケル・ギルモアの『心臓を貫かれて』など。その翻訳観は、柴田元幸と書いた『翻訳夜話』に詳しい。

まだある。さらに童話の訳、絵本など。アーシュラ・K・ル＝グウィンの『空飛び猫』を例にすると、読んでわかることは、彼がいつもどんな仕事も、「親展」の形で読者に送り届けようとしていることである。彼のなかの無口の人から、読者の中の無口の人へ。しんてん。たしかに翻訳は丁寧さを要する仕事なのだということがわかる。母親から、行きなさい、わたしはまた結婚しなきゃならないのだから、とさとされ、空を飛んでいく小猫たち。「『ごろごろごろ』とハリエットは言いました」、「『ごろごろ』とロジャーが言いました」。

わたしがこれまで読んだ村上の小説の中で一番好きなのは、『世界の終りとハードボイルド・ワンダーランド』のうちの「ハードボイルド・ワンダーランド」の部分の主人公「私」が、もう自分の生命がなくなるとわかってからの一日を、静かに過ごすくだりである。そこに漂っている寂しさをさして、わたしは先の言及個所に、世界感情と書いた。きっと年のせいかもしれないから、人には強く薦めない。しかし元気のないときには、これは読んで心に沁みる小説である。

実は、時々、元気がなくなると、わたしは村上の紀行文を読む。『遠い太鼓』などは、何よりその厚さに力づけられる。近頃は、『もし僕らのことばがウィスキーであったなら』という洋酒会社のPR誌に掲載したらしいアイルランドのウィスキー産地への紀行文を読んだ。写真も美しい（美しすぎるかもしれない）。でもこういうものを読むと、たとえば自分のすぐわきで、というかもう一人の自分の位置で、一人の20代の女性が会社勤めに疲れて、この本を買って、部屋に帰り、これを見ている、という情景が浮かぶ。その感情というものが連想される、というかひりひりと自分に重ねて感じられる。これはそういう読まれ方をされてよい本である。そういう読まれ方をすることへの、どこかに村上のほどよいあきらめがあり、書き手としてのあきらめであることでそれは同時に、生きる者としてのあきらめへのしぶとい抗いでもある。こうして、人は年をとっていく。小説家も、年をとっていく。ウィスキーのように年をとっていくのだ。

（『AERA Mook 村上春樹がわかる。』二〇〇一年一二月、「村上春樹への誘い」を改題。『語りの背景』晶文社、二〇〇四年一一月所収）

Ⅱ 作品論

自閉と鎖国　村上春樹『羊をめぐる冒険』

1

ジョン・レノンが話しているところによれば一九六六年十一月のジョンとヨーコの出会いは、このようなものだった。
ジョンがその部屋に入ったところに、ハシゴがあって、天井に黒いカンヴァスのようなものがくくりつけてあり、小さな双眼鏡がぶら下がっていたのでハシゴをのぼってそれを覗くと、

たいへん小さな字で〝YES〟と書いてありました。

これを見て、私はこの芸術家に肯定的な決断をくだしました。私は救われたような

気分になったのです。はしごをのぼって双眼鏡で見たものが、〝NO〟とか〝FUCK YOU〟とかの言葉ではなく、〝YES〟だったのですから。

（マイルズ編『ジョン・レノン語録』小林宏明訳）

と、これは幸福な出会いの一例である。

このような幸福な出会いを予期し、また期待もして村上春樹の『羊をめぐる冒険』のハシゴをのぼり、その天井からぶら下がっていた小さな双眼鏡を覗いてみたのだが、そこにはたいへん小さな字で「NO」と書いてあった。

三十枚ほどの紙数を与えられ、この小説について考えてみようと、一度読んだ『風の歌を聴け』からこちらは初読の『一九七三年のピンボール』と読みつぎ、用意万端（？）とのえてこの度の小説にとりかかった読者としてはこれは大打撃である。何について書けばよいか。いずれにせよ、なぜこの小説をぼくがたのしめなかったか、という点のまわりをぼくの批評はめぐることになるが、幸い、というべきか、「早稲田文学」の最近のアンケートはこの小説家が現今の学生に最も人気のある作家の一人であることを告げているし、ついこの間の朝日新聞は、この小説が「若い読者のあいだに静かに共感を呼び、ベストセラーに顔を出している」ことを取り上げて、「野間文芸新人賞を受賞したものの、この小説は既成文壇内部では評価は一般的に低く」むしろ「雑誌でいえば『BRUTUS』や

『宝島』」といった「文芸誌などふだんあまり読まない層」の自然発生的な人気がこの小説をささえてきたと指摘して、これを、「その意味では読者ときわめて健康な関係を持った幸福な小説である」と評価している。

こと読書に関してはNOよりYESの方が良いにきまっている。せっかくお金を払って観終った後、感心できず、索然とした気持になり、失われた時間と金を返してくれといいたくなるのは何も映画に限った話ではない。ましてや、この小説のように「既成文壇内部」では評価されず、「文芸誌などふだんあまり読まない」若い読者の「自然発生的な」支持にささえられたという作品にどうしてものめりこめなかったりすれば、何か、自分が凡庸（?）になったような、年老いたような、――「既成文壇」の一員になり果てたような――うそ寒い雰囲気につつまれ、落着かなくもなろうというものである。

しかし、ぼくはこの小説に動かされなかった。

この小説を余り面白くは読めなかった。

そうである以上、この一点からはじまり、ついでどうにか作者の耳にも聞き届けられるような、そうした批評を組んでいくことを考えてみたい。

はじめに補足を行う。朝日新聞はこの小説の受け取られ方に触れて「野間文芸新人賞は受賞したものの、……既成文壇内部では評価は一般的に低く」と書いているが、この事実の評価の仕方は、むしろこれとは逆になるべきだろう。ぼくの考えでは、野間文芸新人賞を受賞したこの小説の評価は、発表当初こそ距離をおいてしかと評価を決めかねた、どっちつかずのものだったとはいえ、翌月「文藝」及び「文學界」に川村二郎、川本三郎の強い肯定が現われて以来、どちらかといえば好感をもってこれを迎えるというように微妙に変化してきた。特に、川本の絶讃がこの小説の読み方に与えた影響は、少くないというのが、この変化に関するぼくの率直な感想である。

因みに野間文芸新人賞の選者は、秋山駿、上田三四二、大岡信、川村二郎、佐伯彰一と年齢もバックグラウンドも異にする批評家、学者、詩人からなっているが、彼らは全員一致してこの作品を推しており、その評は、たとえば、「とにかく面白かった」（秋山駿）、「おもしろく読み終えた」（上田三四二）、「この作者の年齢でなければ咲かすことのできない時分の花が咲いている」（大岡信）、「仕上がりの見事さ」（川村二郎）、「歯切れのいい、颯爽たる語り手」（佐伯彰一）、というようにおおむね好意的である。

ここに特徴的なのは、むしろこれらの評がなんら川本三郎のような「絶讃」といった積極的評価にもなっていなければ、また逆に積極的否定にもなっていないということだろう。

ぼくの眼に奇異に映るのは、これまでのところ「既成文壇内部」の誰一人として、この小説を真正面から否定していないということなのである。

こういうことは、これまでになかった。もし、この小説が「既成文壇」の既成の評価軸からする評価にも、高いポイントを得るような普遍性なり保守性をもっていたり、また或いは、既成の評価軸に抵触するような挑戦的な新しさを持たず、許容されうる性質のものであったり、さらには「既成文壇」を黙らせてしまうだけの力をもっているために、この結果を生じているのなら問題はない。しかし、『羊をめぐる冒険』はそのいずれにもあてはまらない。その文体の新鮮さと完成度の高さは誰しもがみとめるところだろうし、これが単に技術上の問題であるなどとは誰も考えないだろう。と同時に、この文体の質に、これまでの「既成文壇」のワク内の美意識をいらだたせるものがあり、さらにこの小説の登場人物に「対立」と「動き」がなく、これが、「小説」としていくつかの欠陥をかかえていることも、明白なのである。

嘗て村上龍の『限りなく透明に近いブルー』が現われた時には、江藤淳がこれを真向から否定し、また田中康夫の『なんとなく、クリスタル』が世に出た時にはこの江藤を除くほぼ全員の批評家が、この作品を否定した。事実、村上春樹の作品にしてからが、前二作については「低い評価」が一般的だったのである。

なぜ、この『羊をめぐる冒険』にたいして、これは小説ではない、なぜならここに人間は生きていないから、という「旧来」の立場からの批判を行う「批評家」が、いないのか。

今回ぼくに面白く思われたのは、この作品にたいする否定が青野聰という村上とほぼ同じ時代を通過した三十代の小説家によってなされ（『素敵』なお伽噺」「群像」一九八二年十二月）、またその積極的肯定と解読が川本三郎というこれもまた同世代の批評家によってなされたという事実である。既成文壇の「批評」はこの両極の間にすっぽりと入ってしまっている。

これほど「既成文壇」の批評的な無力を示す構図というのも、ないのではないか。「既成文壇」のワクをはみでた小説にたいして同じくそのワクをはみでた同年代の作家、批評家が強い否定と肯定を表明し、「既成」の批評は——そのほとんどが——「とにかく面白い」というような内発的衝迫のない消極的肯定（ないしは揶揄的な消極的否定）を表白するだけで、この両極の中を揺れている。

ここにあるのは、おそらく既成の批評軸がその有効性を失いつつあるという構造的な文学状況の変質というべきなので、『羊をめぐる冒険』は期せずしてこの変化の転回点を画しているのである。

2

ぼくはこの小説を読んでほぼ三つのことを考えた。

一つは、この小説、また村上春樹自身のこと。一つは、この小説が若い読者に共感をもって受け入れられたことの意味。そして最後は、「既成文壇」(?)がこの小説に十分に対応しきれなかったことの内容についてである。

実際、はじめてこの小説が発表された時の時評ほどわけのわからないものはなかった。いま自分が批評することになり、発表直後の数紙の新聞時評を再読してみると、なる程なかなか上手に要約紹介するものだなと感心するのだが、それは『羊をめぐる冒険』を読んだ眼で見てのことであって、ぼくがこの「羊つき」の小説を読もうという気になったのは、「文學界」に一ケ月後に現われた川本三郎の「村上春樹をめぐる解読」によってこれがどんな小説であるのかを適確に教示されたと思ったからだった。川本によれば、これはまず青春ないしは無垢との訣別を語っている小説だが、ここで重要なのは、この青春との訣別の小説が、同時に一九六〇年代末から七〇年代初頭にかけての「全共闘」、「連合赤軍」に代表される政治的思想的ラジカリズムの時代を生きのびた世代の文学的表現になりえているという指摘である。

『羊をめぐる冒険』は、「一九六九年に二十歳だった」青年が、七〇年代を無為のままに都会の翻訳事務所の共同経営者として過ごし、やがて二十代ではなくなろうという時に嘗ての友人「鼠」から連絡を受けたのがきっかけで、人間の体内に入って絶大な能力を発揮する星のマークをつけた不思議な羊を探しにいくという冒険譚である。村上は十分に新鮮な、しかも気がきいたというだけではない柔軟で自在な文体を行使して、この物語を織っていく。小説は多分に魅力にみちた登場人物を配し、快適なテンポで展開する。これはたしかに面白い小説だが、もちろん「面白い」だけの小説ではない。

この小説は第一作『風の歌を聴け』(一九七九年)、第二作『一九七三年のピンボール』(一九八〇年)を受けた三部作仕立てになっているのだが、この第三作にいたって小説が大きく一般の約束ごとを離れて「歪み」をみせるのは、どのような理由によっているのだろうか。

この「歪み」ということを、ぼく達はたとえばピカソやカフカを念頭におきながらデフォルメというコトバで理解しても、或いは歪んだ真珠に由来しているバロックというコトバで理解しても構わない。要は、小説をささえている書き手の現実感のかたちが大きく歪む時、そこには何か力が働いていること、そこに、この歪みを統御しているモチーフなり、アイディアなりからする見えない力を想定することが、可能だということである。『羊をめぐる冒険』を、これだけふいに荒唐無稽な小説にさせたもの、この歪みを許し、作者にこの歪みを促しているものをどのように考えればよいか。

この問いに一つの答えを与えるように思われるものに、フランシス・コッポラの映画「地獄の黙示録」をさして、これを「私映画」だと村上春樹が述べたという村上龍の発言がある(「広告批評」一九八二年三月)。村上春樹がこの小説の構想を得るにあたり、その初期の段階で大きなインパクトを彼に与えたと思われるものに、映画「地獄の黙示録」があるというのが、ぼくの推測だが、もしそうであれば、この映画を村上が「私映画」だと見たことのうちに、この小説のモチーフの雛形は現われているといえるかも知れない。

「地獄の黙示録」は、周知のようにフランシス・コッポラ監督が「観客にベトナム戦争の恐怖、狂気、感覚、道徳的ディレンマなどの認識を与え得るような映画体験を創造すること」をめざして制作した映画だが、途中で「映画は徐々に、それ自体で一人歩きを始めていた」とコッポラはいっている。「アメリカ文明の闇の奥」と題して一九八〇年五月に「中央公論」に発表された亀井俊介のエセーは、この映画の最初の二時間が、戦争の恐怖や狂気を見事なスペクタクルをもって展開する反面、最後の「王国」の三十分で「作者が何をいいたいのか、どうにもよくわから」ず、「たいていの人」が「沈黙を強いられてしまう」のは「多分、作品が一人歩きをはじめたためであろう」と考えている。

かつて士官学校を首席で卒業し、ついで自ら危険きわまりない特殊任務を志願してベトナムの奥地に潜入した大佐カーツは、やがて軍のいうことをきかなくなり、メコン河上流のジャングルの奥に自ら君臨する「王国」をつくり上げてしまう。その大佐の殺害を命じられた大尉ウィラードが、戦乱と狂気の河をさかのぼり、ようやくのことで「王国」に辿りつき、最後にカーツを殺して茫然として帰路につく、というのがこの映画の大筋だが、亀井の指摘で興味深いのは、この映画の「王国」の意味、真の主人公ともいうべきマーロン・ブランド扮するカーツ大佐の意味するもの、また映画の語り手兼主人公ウィラードが彼を殺すことの意味には、「曖昧さ、両義性がたちこめて」いて、「作者自身も、これを裁断しかねているようだ」、としている点である。

コッポラは、ベトナム戦争を映画体験として創造するという、これまで誰一人として考えもしなかったモチーフから、この映画の制作に赴く。そのために彼の用いた方法は、たとえばこれを「恐怖」のコンテクストに立って恐怖映画として作るのでもなければ「道徳的ディレンマ」のコンテクストに立ってモラーリッシュな映画を作るのでもない、ベトナム戦争の「恐怖、狂気、感覚、道徳的ディレンマ」を同列に等価に置いて一種のアナーキーな状態を現出させ、そこに何の制御も選別も加えないで、シャッター全開の状態でこれにむかうというものだった。しかし、その結果、作品は「徐々に」彼の手を離れ、やがて彼の意図を越えてしまう。ここで面白いのは、「ベトナム戦争の恐怖、狂気、感覚、道徳的ディレンマ」を何の留保もなしに全的に表現しようとした結果、作品が自分から独立し、ベトナム戦争のそれというより自分の内面の「恐怖、狂気、感覚、道徳的ディレンマ」がスクリーンに映しだされてしまったというコッポラの逆説である。

村上春樹がこの映画をさして「私映画」と呼んだことのうちには、おそらくこのような逆説への理解がひそんでいる。『羊をめぐる冒険』は、この映画から少くとも現実の約束ごとを全部取り払って外界に働きかけることを通じて、内面が外部に現われでるメカニスムをヒントとして、受けとっているのではないだろうか。ここでぼくがいいたいのは、自分の「内面」なんか恥かしくてとても吐露できないという小説家が「時代」をその作品にとりこむのに、いったい、どのようなシステムとどのような方法論が必要だったか、ということである。

「地獄の黙示録」は、フランシス・コッポラ自身が述べているようにジョゼフ・コンラッドの小説『闇の奥』を下敷にしている。

『羊をめぐる冒険』のクライマックス・シーンには、さりげなく「コンラッドの小説」が登場する。それは、この「地獄の黙示録」の下敷となった『闇の奥』という小説ではないかと思わせる伏線を、村上はいくつかこの小説にしのびこませた。最後に、「僕」が「鼠」の亡霊に会う十二滝町という町が、石狩川を上り、峠を越え、さらに「東から西に流れる川」をさかのぼりきったところに作られているという、源に向かう「河のさかのぼり」のモチーフがそうであり、また、この「コンラッドの小説」を「僕」が手にし、読むところから闇のイメージをたたえた「僕」と「鼠」の再会の章――「闇の中に住む人々」――が導かれてくるところなどが、そうである。

さらにいえば、ぼく達は「羊つき」の政界の黒幕たる右翼の大物にも、「地獄の黙示録」のカーツ大佐の面影をみとめることができるのかも知れない。

第一作、第二作にくらべて『羊をめぐる冒険』は小説としての歪みをみせる。もちろんこうした歪みはSFの国ではれっきとした市民権を持っているわけだが、ここでは、第三作にいたって村上の小説がSF国への移住を果したとみるよりも、第一作、第二作の世界からはみでてしまったと考える方がよいのである。

それがここで十全な表現をえているかどうかは別にして、この第三作の歪みを彼に強いただけのモチーフがどこからきているかは、明らかだ。村上は、ここではじめて自分の「青春」と一九六〇年代末から七〇年代初頭にかけての「全共闘」、「連合赤軍」に代表される政治的思想的ラジカリズムの時代体験とを、つないでみようと試みている。

3

「羊」とはいったい何か。こう問いをだして、川本は次のように述べている。

村上春樹がこだわりつづけた「羊」とは実は、あの一九六〇年代末期から七〇年代初頭にかけて、当時の若い世代をより非現実の彼岸へと押しやった「革命思想」「自己否定」という「観念」ではないだろうか。「僕」の前から急に姿を消し、最後、失踪につぐ失踪を重ねた友人の「鼠」が突然、死者となって戻ってくるのは、彼があの時代に「革命思想」にひかれ、「死んでいった」無数の沈黙しつづけている死者の象徴だからではないのか。「鼠」が北海道の山のなかの別荘で一人暮していたという設定は、私たちの世代に、「72年の年の2月の暗い山で道にまよった」（少女漫画家・樹村みのり『贈り物』より）あの「連合赤軍」の死者たちをも思い出させはしないか。（「村上春樹をめぐる解読」「文學界」一九八二年九月）

この小説に「連合赤軍」の影をみとめた川本三郎の解釈に、ぼくは、同意しておきたいと思う。ただ、なぜこの小説にぼくがつまずいたか、なぜこの小説がぼくにさして面白くなかったか、と自問してみて、その理由を述べるために、ぼくがここにたちかえらなければならない点が川本の場合と違っている。

一言でいえば、「全共闘」、「連合赤軍」という時代体験が思想経験としてどこまで徹底的に風化しているか、また最近のカウンター・カルチャーとしての「若者文化」がいかにその風化の上に成立しているか、さらにいえば、このような事象を批判する立脚点を「既成文壇」（？）が喪失していかに久しいか、ということを、『羊をめぐる冒険』とそれをめぐる状況は、ぼくに教えてくれた。

一九六〇年代末期のいわゆる学園紛争からひとすじのびる影は、『羊をめぐる冒険』三部作をつなぐ一本の赤い糸である。しかし、いったいこの「反乱」をささえた情熱、考え方、そこで見たこと、おこなったことを作者はどう考えているのか。「不器用な一九六〇年代もかたかたという軋んだ音をたてながらまさに幕を閉じようとしていた」、「空気はどことなくピリピリしていて、ちょっと力を入れて蹴とばしさえすれば大抵のものはあっけなく崩れ去りそうに思えた」、そんな一九六九年。また、「あいかわらずハードロックこそかかっていたものの、あのピリピリとした空気はもう消え失せていた」、「彼らの多くは大学をやめていた。一人は自殺し、一人は行方をくらませていた」、そんな一九七〇年。「一年間何をしていたの?」——「いろいろさ」——「少しは賢くなったの?」——「少しはね」。このようなやりとりを見れば、作中の「僕」はなにごとかを学んでいるらしいのだが、それでは作者自身が手に入れたものは、いったい何だったのか、と考えてぼくはここに何かわかりやすい答を見つけだせないのである。

僕たちは彼女のプレイヤーでレコードを聴きながらゆっくりと食事をした。その間、彼女は主に僕の大学と東京での生活について質問した。たいして面白い話ではない。猫を使った実験の話や(……)、デモやストライキの話だ。そして僕は機動隊員に叩き折られた前歯の跡を見せた。/「復讐したい?」/「まさか。」と僕は言った。/「何故? 私があなただったら、そのオマワリをみつけだして金槌で歯を何本か叩き折ってやるわ。」/「僕は僕だし、それにもうみんな終ったことさ。だいいち機動隊員なんてみんな同じような顔してるからとてもみつけだせやしないよ。」/「じゃあ、意味なんてないじゃない?」/「意味?」/「歯まで折られた意味よ。」

（『風の歌を聴け』）

村上もまた、この会話をささえている「観念」の無力、無意味という相対感覚をあの時期の経験から学んでいるのに違いない。ただ、問題はこの相対感覚が村上にとって十分に強いものでなく、ある種の情緒にたいしては彼が自己を没入してしまう、その「弱さ」の上に、この小説の「上等で筆舌に尽し難い」センチメンタリズム（井上ひさし）は成立しているらしいことである。

「さっき何かを投げていたね」と男は僕の脇に立ってそう言った。／「投げたよ」と僕は言った。／「何を投げたんだ？」／「丸くて、金属でできていて、ふたのあるものだよ」と僕は言った。／警備員は少し面喰ったようだった。「何故投げたんだ？」／「理由なんてないよ。十二年前からずっと投げてる。半ダースまとめて投げたこともあるけど、誰も文句は言わなかった」／「昔は昔だよ」と警備員は言った。「今はここは市有地で、市有地へのゴミの無断投棄は禁じられてる」／僕はしばらく黙っていた。体の中で一瞬何かが震え、そして止んだ。／「問題は」と僕は言った。「あんたの言ってることの方が筋がとおってることなんだよな」

（『羊をめぐる冒険』）

ぼくがセンチメンタリズムというのは、ここで村上が「体の中で一瞬何かが震え、そして止んだ」と書く場合の、その「何か」にたいする素朴なもたれかかりのことである。「全共闘」はここでは、「青春」という観念に必要十分につつみこまれる閉じた神話になっている。『羊をめぐる冒険』のなかに、言葉の無力について「僕」が語る場面があるが、コトバの無力という現象と、コトバが自分にとって力をもつかどうかということは、違う問題であるに違いない。村上にとってコトバは力をもたない。彼は、そもそも「全共闘」だとか「連合赤軍」だとか、そんなことは少しも考えていない、かも知れないのである。

ぼくはね、デモっていうのが嫌いだったのね。というのは、ぼくは人と手をつないだり触れ合うってすごく嫌いなの。で、デモに行けなかったんですね。それはいまでもそうだけどね。

（村上龍との対談『ウォーク・ドント・ラン』講談社、一九八一年）

つまり『羊をめぐる冒険』はこのような作者が自分にとっての真の主題を最後まで追いつめることなしに書いた、一篇の青春小説なのである。

4

小説のラスト近く、「僕」にたいして（死んだ）「鼠」がこたえる――「キーポイントは弱さなんだ」「弱さというのは体の中で腐っていくものなんだ。まるで壊疽みたいにさ。俺は十代の半ばからずっとそれを感じつづけていたんだよ。だからいつも苛立っていた。自分の中で何かが確実に腐っていくのが、またそれを本人が感じつづけるというのがどういうことか、君にわかるか？」（……）――「何に対する弱さなんだ？」――「全てだよ。道徳的な弱さ、意識の弱さ、そして存在そのものの弱さ」。（傍点引用者）

はじめてこの箇所を読んだ時に、この後に続く「弱さ」をめぐるやりとりの、スコラ哲学ふうの空疎さに、ブゼンとせざるをえなかった。一九六九年当時、ある党派のアジテーションの紋切型の一つに「完膚なきまでに」という形容があり、ある日それが「完璧なまでに」に変質しているのに気づき、ぼく達は笑ったものだったが、この論理には、そのような「一九六九年的な危うさ」が感じられる。

しかし、もう一度読んだ時には別種の感想があった。そしてここの部分にうたれる読者のいないわけではないことに気づいた。それは、「弱さ」を「本当の弱さというものは本当の強さと同じくらい稀なものなんだ」という個所にひきずられ、たとえば『文学という弱い立場』を書いたH・E・ノサックや、「弱さ」で強さの時代を生きぬいた太宰治に引照するのでなく、現今の「若者」と呼称される人間の弱さ、それこそ「道徳的な弱さ、意識の弱さ、そして存在そのものの弱さ」に引照して読みとる時やってくる感想である。一九六九年も一九七〇年も知らないたとえば「BRUTUS」や「宝島」の読者は、そんな読み方をしているかも知れない。

しかし、書き手はこれをどのように書いたのだろうか。ぼくはここに一つの混濁、混乱があるように思う。そしてこの混乱、混同はけっして偶然の一帰結ではなく、かなり深く作者を侵しているのではないかと疑う。

それは、一言でいうならこのような「道徳的な弱さ」をくるしむ苦しみと、「本当の強さと同じくらい稀な」本当の弱さをくるしむ苦しみとは、全く相反するとはいわないまでも、別のものだということである。

「俺は今とても個人的な話をしてるんだ」、と「鼠」の語る「本当の弱さ」、本当の強さと同じくらい稀な弱さとは、どのようなものか。

それは、自分の弱さを痛点として何処までも感じ続ける、そのようないわば自己嫌悪の深さにささえられた「弱さ」、ちょうど、マッチ棒が燃えつきるまで指を離さないことによって得られる、「マッチの燃えかすのような」弱さである。

たしかに現在の「若者」の弱さと、こうした『悪霊』のスタヴローギンまで通じる弱さとは、つながっている。それは全く異なる、というのではない。しかし、この弱さからもう一つの弱さへ、もし川をさかのぼろうとすればそこには大きな瀑布があって、水はむこうからこちらには音たてる「欠落」のように降りかかってきてもこちらからむこうには溯行する術がない。

「連合赤軍」の死者たちは、ぼく達が、ちょうど現在の「若者」たちの弱さからはじめてどのように本当の弱さに辿りつりるか、その一つのみちすじを示したと思う。彼らは、ぼく達が彼らもまたかつては自分の「弱さ」に苦しんだろうと想像することを拒んでいない。彼らは、その弱さをたち切り、一つの行動に入ることによってそれを捨て去ったが、やがてそのことをつうじて再びその「弱さ」に彼らがぶつかる、そのみちすじを伝えた。

それは、弱さゆえに何もできないことと、弱さを捨てさることによってしか何もできないこととは、全く同じというのではないにせよ、似ているという発見であり、弱さを捨て去った後に、はじめて「弱さ」が、彼らに獲得すべき大切なものとして現れたという教えである。なにごとかを行うというときには、その行い方が問題になる。そこには、「弱さ」をいむべきものとして排除する思想は、「弱さ」を克服していないという教えがこめられている。

「鼠」は、首を吊ることにより「向こう」の世界の住人になったが、その首を吊るという行為が、彼に何を教えたかを「僕」に伝えようとはしなかった。死んだ彼が「僕」にいうのは、生前の彼が何をくるしんだか、ということであって、死んだ彼のほうからだと、「僕」たちがどのように見えるか、ということではない。

ここには、異なる二つのものをいっしょくたにした書き手の混乱がある。「鼠」はそのためにいわばいくら首を吊っても、死ぬことができないのである。

僕は二十九歳で、そしてあと六ヵ月で僕の二十代は幕を閉じようとしていた。何もない、まるで何もない十年間だ。（……）

最初に何があったのか、今ではもう忘れてしまった。しかしそこにはたしか何かがあったのだ。僕の心を揺らせ、僕の心を通して他人の心を揺らせる何かがあったのだ。結局のところ全ては失われてしまった。失われるべくして失われたのだ。それ以外に、全てを手放す以外に、ぼくにどんなやりようがあっただろう？

少なくとも僕は生き残った。良いインディアンが、死んだインディアンだけだとしても、僕はやはり生き延びねばならなかったのだ。

何のために？

伝説を石の壁に向って語り伝えるために？

まさか。

（『羊をめぐる冒険』）

ぼくは書き手の「真情」を疑うものではないが、彼は、「僕の心を揺らせ、僕の心を通して他人の心を揺らせる何か」が何だったのかを、もう一度思いださなければなるまいと思う。そこからはじめて、もう一度、この「まるで何もない十年間」を見通す必要があろうと思う。その「何か」が失われたのはなぜか。その「何か」を或いはその「何か」の不在を生き延びる道はどのように続いているのか、いないのか。

そうすれば、『羊をめぐる冒険』の展開はいまとは変わったものになり、それこそ書くことは、彼に「自己変革」を強いる作業になったことだろう。

「僕」と「僕」をはげまし、「羊」探索へと連れだす「耳のモデル」をしていた女友達とは二人して小説の大団円の舞台である北海道の山荘まで辿りつく。しかし一夜明けると、彼女はいない。羊男（実は「鼠」）がいう。「で、午後に女が一人で出ていった」「おいらが追い帰したんだ」「うん、台所から顔を出して、あんた帰った方がいいって言ったんだ」。「あんたはあの女にもう二度と会えないよ」「そうだよ。あんたが自分のことしか考えないからだよ。その報いだよ」

やがて「鼠」が「僕」の前に現われた後で「僕」は彼女のことを再び問う。「鼠」がいう、「彼女のことについてはできれば話したくなかったんだ。彼女は計算外のファクターだったからね」――「計算外?」――「うん、俺としてはこれは内輪だけのパーティーのつもりだったんだ。そこにあの子が入り込んできた。俺たちはあの子を巻き込むべきじゃなかったんだ（……）」――「彼女はどうなったんだ？」――「彼女は大丈夫だよ。元気だよ」「ただ彼女はもう君をひきつけることはないだろうね。可哀そうだとは思うけれどね」――「何故？」――「消えたんだよ。彼女の中で何かが消えてしまったんだ」。

彼女はいなくなった。なぜこの作中唯一の生き生きとしていた登場人物は、ここで消えなければならないのか。

（北海道の原生林の中に入り――引用者）「僕」はこのとき確実に「死者」たちの世界へ入っていったのである。「僕」とは違ってあの時代への強いこだわりを持たない「彼女」が途中からこの「死者」との対話の世界を逃げ出していくのは当然である。「僕」はひとりで「鼠」に会わなければならないのだ。ひとりでもう一度、何故「羊」があんなにも若い世代をとらえたのかを考えなければならないのだ。

（川本三郎「村上春樹をめぐる解読」）

しかし、たとえいかに大切なことを「考えなければならない」としてもそれが「彼女」の追放を正当化する理由にはならない。また、いかにこれが「失われた無垢」、「失われた青春」をめぐる物語であり、「彼女」の闖入が「計算外のファクター」だったとしてもだからといって当初の計算通り彼女を作品世界から追いだしてしまってよいということにはならない。

「彼女」は何処にいったか。「僕」は、「鼠」とはじめて出会った街に帰って、いまはもう埋立てられた五十メートルだけの砂浜に腰を下ろして「二時間」ばかり泣く。これがこの小説のラストシーンだが、ここでも、「僕」は「鼠」のために泣いているので、「彼女」は完全に作者に忘れられているのである。

ぼくは、「彼女」が実は「山荘」のガレージ脇に「鼠」の代わりに埋められているのではないか、という気さえした、というのは冗談だが、ここにあるのは、あの連合赤軍の「総括」の思想とどのように違う考え方だろうか。こうした問い自身は極端だとしても、少くとも、このような感想を述べてみる気にさせるところに、この小説の本質的な弱さはひそんでいるように思う。

川本によればこれは「青春」との訣別の物語である。しかし、「青春」を失うとはどういうことか。それは、嘗てのこのうえなく大切な友人と、もう二人きりでは会えない、ということではないのか。

ぼくは、「いくら、内輪のパーティ」だとはいえ、計算外にきてしまった「彼女」を受けいれるだけの度量を「鼠」に期待したかったし、彼女を追いかえされたことで、「僕」には、少くとも控え目な抗議のコトバの一つも期待したかった。彼らはいったい何を失ったのか。子どものままでいたいために、簡単に新しい友人を捨ててしまう彼らが失うものとは、いったい、何だろう。「自己変革」のための文学、とは村上春樹自身の言葉だが（前出『ウォーク・ドント・ラン』）、彼は、ここで「彼女」を殺してはならなかったのである。

5

「史上最大のニューヨーク特集」を行った「BRUTUS」第五十一号は、ひところに比べれば「NYC」は「深く潜航する時代」に入っているが、「3年を待たずして東京もそうなる」と、おごそかに「予言」している。

「すでに始まっている20世紀末、東京もニューヨークもベルリンも区別はない。日本人という意識は無意味ではないだろうかと、ひたすら〝地球人間〟の悦楽を探究するブルータスが、用紙をグレードアップして3年目に突入。３７０円でよろしく」。（一九八二年十月一日）

ここにあるのは、「世界共時性」という名で語られる現今の「若者」たちの、――「世界」ならぬ――「欧米」との一体感の気分である。

こうした「気分」を文学にもちこんだ表現として、村上の登場を歓迎する川本三郎の、たとえばこんな言葉を思いだすことができる。

「自分は奇妙な日本人だと思う。日本の歴史などたいして知らないくせに、アメリカのジャズのミュージシャンや映画についてはおそらくはたいていのアメリカ人よりはよく知っている。日本の古典を読むよりは外国小説の新作の方をより身近な体験として読んでしまう。（……）ときどき自分が日本人であることを忘れてしまう。親のことも兄弟のことも忘れてしまい、ただ異国の文化の表層だけをなぞってそれで結構一日が終ってしまう」。（「二つの『青春小説』」一九七九年）

その村上春樹は、こんなふうに語る。

「僕の小説はね、アメリカの影響を受けすぎてたたかれるわけですよね。でも僕はね、そうは思わないわけ。（……）アメリカの小説の影響受けてるというけど、なんでそれでいけないのかという気がするんですね」。（『ウォーク・ドント・ラン』）

そして以下は、ほぼ同世代の批評家松本健一の言葉である。

「『近代日本』とは、日本が遅れたアジアから脱しつつ西欧近代を後から追いかけるという構図によって成り立った社会のことである。これに対して、一九六四年以後のわがくには、その『近代日本』の枠組をはずして、西欧と横一線の『近代そのもの』に到達したとみてよいのではないか。いや、それどころか、公害といった現象にも明らかなごとく、わがくにはきわめて急速な近代化によって、西欧に先立って『近代の末路』に突き出した感さえなくはない」。（「1964年以後」一九七九年）

ここで一九六四年というのは、東京オリンピック、新幹線、ビートルズという——日本を西欧と「横一線」に並ばせる——新事態ないし新現象が、ほぼこの年を境に、ぼく達のものとなったということである。しかし、ここから見てとれるのは、実をいえば「世界共時性」というよりは、「日本通時性」ともいうべきことではないだろうか。かつてある批評家は、もうずいぶんと前に、自分達は故郷を失い、青春を失うことを代償に、ようやく西洋文学を正当に忠実に輸入できるようになったのだと述べたことがある。そしてこの批評家はまた、数年して、日本の西洋文学移入がつねに技法の移入にとどまってきたことについて、ある包括的な考えを示した。

村上の、また川本の理解は、この批評家のつくりあげた展望をはみでているだろうか。そして松本の見解はあの、「近代の超克」論にみられた基本認識から、どれだけ、どのように離れているだろうか。

村上春樹を支持する若者が読んでいるという「BRUTUS」の版元である平凡出版は、かつて一九四五年に「平凡」を出版し、一九六四年に「平凡パンチ」を創刊した。そしてこの二冊の雑誌は現在廃刊されたというのではなく、それぞれの読者を得ている。「BRUTUS」は一九八〇年に創刊されているが、それは、この「平凡パンチ」がもはや都市風俗の急激な分化を追いきれないと判断されたからにほかならない。村上春樹の小説を読んでいるのは、この「平凡」の読者でも「平凡パンチ」の読者でもない、「BRUTUS」

の読者である。

この三つの雑誌のつくる同心円は、それぞれに一九四五年、一九六四年、一九八〇年のしるしをとどめながら、方言地図のように、またそれぞれのその読者層を田舎、地方都市、東京の若者に見出すように思う。この雑誌の読者層がつくるヒエラルキーの世界は、そのまま、遅れた農村から少しでも早く脱して東京に近づこうという世界の永遠の地方都市たる日本の社会文化状況を反映している。ところで、ここに成立しているのは、東京が地方都市を搾取し、地方都市が農村を搾取し、一方搾取される側はつねに搾取する側を憧憬の眼差しで見上げるという、ダイナミックな関係ではないだろうか。

しかし、忘れられてはならず、また興味ぶかいことだが、現に「平凡」は存続しているのだ。新々「平凡」ともいうべき「BRUTUS」が、それを必要としている、ちょうど、東京が地方農村を必要とし、欧米先進国、日本がアジア、アフリカを必要としているように。

村上の小説に、この「BRUTUS」の〝世界共時性〟の農村から東京、あるいはアジアから西欧にいたるヒエラルキー構造を破壊してまた別個の世界共時性にいたる契機は、含まれているだろうか。

ぼくはここで、彼らの外国志向がだめだというのではない。そこからは、巧妙にきわめて自然にアジアがすくいとられている、そのスプーンの跡が残ってはいるが、そのことについてはここではいわない。ただ、外国文化の摂取というのは、ブルータスが考えているように自然に生じるスタティクなものではないだろう。模倣するなら、永井荷風のように、身を起こして、徹底的に行わなければなるまいというのが、ぼくの考えである。

しかし、そのように徹底を期そうとすれば、高度成長により「わがくに」が「西欧と横一線」の近代そのものに到達したとか、さらに西欧に先立って「近代の末路」に突出した、というような認識は生れてこないのではないだろうか。こういえば、驚かれるかも知れないが、いったい日本がいつどのように「近代」を獲得したのか、ということさえ、ぼくはまだ十分に明らかには知らないのである。

フランシス・コッポラが「地獄の黙示録」を製作するにあたり、そのモチーフをベトナム戦争の恐怖、狂気、感覚、道徳的ディレンマを描くものと述べている。「現代」をその最もアクチュアルな相において映画体験化しようとした時、コッポラの口をついて出た四つの項日の中には「道徳的ディレンマ」という言葉が入っていたことに注意しておきたい。

それは、恐怖、狂気、感覚よりもモラルが重要だということではない。現代の人間内面に働きかけるものの重要度からいうなら、その順位はただしくコッポラの口をついた順となり、そこでモラルは最下位の位置をしめることとなると思う。ぼくがそのことに注意するのは、日本で「世界共時性」が強調される場合、モラルだけが、なぜかしばしば、問題外とばかり、等閑に付される場面にぶつかるからである。

「ただ、それはね、六〇年代から七〇年代にかけて、逆にインモラルという価値をもってくるわけね。(……)あの頃はそういう価値の逆転の時代だった。ところが、モラルとインモラル、その両方を見ちゃうとね、今度はそのどっちでもいいんじゃないかって思えてくる。相対化ですね。それがたぶん八〇年代だと思うんです」。(「『私』に何ができるか」、村上龍との対談における松本健一の発言、「広告批評」一九八二年三月)

村上春樹の文学は、ここにいわれている日本の八〇年代の文学として、明示的である。右の松本は、同じ対談で、登場人物の間に真のコミュニケーションがないという村上の小説にたいする批判を取り上げ、彼の小説の本質は、一種「自閉症的な〝私〟」の世界の提示にあるとして、こういうところが「かつてのビルドゥングス・ロマンで育ってきた人たち」には気に入らないのだろうと述べているが、その意味でもまた村上の小説は、現在の日本の文学状況のなかで、明示的である。

どのような意味でか。

「ビルドゥングス・ロマンで育ってきた人たち」が、ここにきて、多勢に無勢とばかり能面にいう癋見《べしみ》ふうの渋面をつくって押し黙りはじめた、という意味で。「ビルドゥングス・ロマンで育ってきた人たち」が、自分の「ビルドゥング」(教養)に確信がもてなくなり、いわばアモラルな文学を前にして、それを否定できなくなっている、という意味で。

この「ビルドゥングス・ロマンで育ってきた人たち」というところを「既成文壇」といい直してみる。

『羊をめぐる冒険』は、「既成文壇」がもはやよく「モラル」の弱さ、作品の「自閉性」を批判できないところにさしかかり、状況にまかれ、自信を失って文学の足場を崩しはじめていることを告げているのである。

村上の小説には、ヒトとヒトの対立がない、という批判がある。ぼくもそう思う。そこには、たしかに何かが激しく欠けている。しかし、奇妙な言い方になるが、村上はその自分の欠落を、いったい自分で獲得しているだろうか。

村上の欠落は、村上に帰しうる、そうした欠落だろうか。

ぼくには、それは、彼がただ余りに鋭敏であるばかりに日本社会から純化したかたちで受けとった、日本社会の欠落の影にすぎないように見える。

それは、いってみれば「既成文壇」のビルドゥング（教養）が風化し、溶解して生まれた、その帰結としての空洞、その結果としての「空虚」なのである。

一九七五年に小田実は、現代日本文壇の「内向」的な一傾向に触れて、これを「鎖国」の文学として否定したことがある。この言葉を借りればこうした「ビルドゥング」、「モラル」の風化とその弱さを最もよく示しているのは、この「鎖国」性というコトバである。「鎖国」の文学は、別に一九七〇年当時の「内向」の文学からはじまっているのでもなければ、一九八〇年の「自閉」の文学からはじまっているのでもない。それは、日本国が砂袋を捨てながらおもむろに経済的離陸を果たし、日本文学がもはやある「自然」への信頼だけではやっていけなくなった時に、静かな歩みをはじめたのである。『羊をめぐる冒険』は、一個の自閉の文学として、もはや「鎖国」の文学に「自閉」の文学を否定するだけの理由の失われてきていることを教える。村上の小説は、たしかに時代をとりこもうとして函が歪む、その緊張を伝えており、その書き手としての意欲にぼくは敬意を表したいと思うが、それでも彼の小説が教えるのは、なお、この日本にあって自閉の文学が「鎖国」の壜を破るためには、いったい、どれだけの自閉の深さとひろがりが必要か、ということなのである。村上の弱さには村上のしるしがついていない。そこにはただMade in Japanというマークだけがついている。それは現在の日本文学の状況を知るうえで、有力な手がかりを提供しているが、しかし、いうまでもなく、一篇の小説の力はその状況を「変える」ところにあるのだ。

（『文藝』一九八三年二月号。初出時は副題「一九八二年の風の歌」が付された。『批評へ』弓立社、一九八七年七月所収）

「世界の終り」にて

1

この間、遅まきながら、もう一年以上も前に読もうと思って購入していた村上春樹の小説、『世界の終りとハードボイルド・ワンダーランド』を読んで、やはりいくつかの点でぼく達の生きる現実に触れていると思った。

ぼくが注意をひかれたのは、「ハードボイルド・ワンダーランド」と「世界の終り」という二つの物語からなるこの小説のうちの、「世界の終り」の部分である。

ここには不思議な街が登場して、そこで主人公の「僕」は自分の影とわかれて暮らしている。

その「世界の終り」と呼ばれる誰も壊すことも越えることもできない壁に囲まれた街

は、「心」を失った代わりに自足した静かで深い安らぎにみちた生活を送る人びとの世界であり、そこに人は、自分の影を捨てなければ入ることができない。

小説のはじめ近く、その街の門前に辿りついた「僕」は、門番に「それを身につけたまま街に入ることはできんよ」、「影を捨てるか、中に入るのをあきらめるか、どちらかだ」と言われ、その街に逗留するあいだは影をあずけるのだろうくらいの軽い気持で、影を自分から切り離して門番にあずけることを受けいれる。しかしそれが「僕」と「影」の終の別れとなる。この街は世界がそこでゆきどまりになる「世界の終り」であり、そこで「影」を切り離された人は、それまでのいっさいの記憶を奪われた後、徐々に「心」を失くし、一方本体から切り離された影は、次第に体を弱らせ死んでいくからである。

物語は、徐々に自分のなかから「心」を失くしていく「僕」と、粗末な小屋にとらわれて次第に体を弱らせていく「影」をめぐって進む。影は、この世界は完璧だがどこかが間違っている、ここを「二人」して出よう、という。しかし、影と違い、夢読みという仕事を与えられてこの街のおだやかな自足した生活になじみはじめている「僕」には、ここから外に出ることは不可能であるように感じられる。街は高い煉瓦の壁に囲まれているが、この壁には誰も昇れず、誰もこれを壊せず、「そこを越すことのできるのは、鳥だけ」だからである。

話は、この後、自分のなかで「心」の衰えていくのを感じながら夢読みの仕事を介添えする図書館の女の子を愛しはじめる「僕」と、劣悪な環境で肉体労働に従事しながら脱出をめざす一方いよいよ体を痛め死に近づいていく「影」が、ひそかに連絡をとりあいながら、ついに街を脱出するというように進展する。脱出の間際になって、「僕」は街にとどまることにした、と影に告げる。小説の「世界の終り」の部分は、こうして、影が一人、街の南端で河の終わる透明な「たまり」のなかに身を投じてこの世界を出ていくところで終るのだが、ぼくがこの『僕』と「影」、いわば「心」を失って生きる「生」と「生」を失って生きる「心」の離別と同行の物語に注意をひかれたのは、ここに、いまぼく達をひろくとらえている困難の輪郭が、とだえとだえの破線によってではあれ、たしかにたどられていると感じられたからだった。

たとえば、街に入るに際し、「僕」から門番のナイフによって切り離され、「地面からむしりと」られる影は、「力を失くして」「みすぼらしく、疲れきっ」た様子でベンチにしゃがみこみながら、眼をあげて、こう「僕」に問いかける。

「君はこの先後悔することになるんじゃないかな?」と小さな声で影は言った。「くわしい事情はわからないけれど、人と影が離れるなんて、なんだかおかしいじゃないか。これは間違ったことだし、ここは間違った場所であるように俺には思えるね。人は影なしでは生きていけないし、影は人なしでは存在しないものだよ。それなのに俺たちはふたつにわかれたまま存在し生きている。こんなのってどこか間違っているんだよ。君はそうは思わないのか？」（6「世界の終り——影——」）

門番は、影を切り取られたばかりの「僕」に、「どうだね、離れちまうと奇妙なもんだろう？」と言い、「影なんて何の役にも立ちゃしないんだ。ただ重いだけさ」と話すのだが、ここで「影」は、ほぼぼく達の「心」、「内面の孤独」ともいうべきものに見合う位置を占めている。

ぼくは、村上がこの「世界の終り」という不思議な街を、そこで人は「心」を失くさなければ生きられず、また「心」は人の「生」ともいうべきものから切り離されないでは存在を許されない世界として認定している点に、現在ぼく達の当面している困難が、簡明に、しかも構造的にとらえられているという手応えを、受けとったのである。

なぜぼく達はいまぼく達の生きる現代日本の生の環境を、何か、この長い壁に囲まれた街のように閉ざされた世界、しかも、そこでぼく達は「内面」をここでの「僕」のようにどのような理由からか、切り離されてしか「生き」ることはできず、一方、この客体化されたぼく達の「内面」は、ぼく達の日々の生の手触りから隔てられなければ、また隔てられてあることを自分に繰りこまなければ、「内面」としてさえ存在することはあたわない、そんな構造をもつ世界であるかに感じるのだろうか。

それがなぜかはぼくにはよくわからない。けれども、たしかにぼくはそう感じ、そこにこそいまぼく達の困難は輪郭線を浮かべているという「手応え」を受けとる。そして、この「手応え」をつうじて、このように主人公（たち）と彼（ら）の生きる世界を設定してしまう小説の書き手は、やはり、ぼく達のいま生きる現実がぼく達におくり届ける困難を、体の真正面で受けとめていると「感じる」のである。

吉本隆明は、このぼく達の「内面」と「日々の生」の分裂と共存の構造を、「人間性」の現在における生存の条件に触れるかたちでこう述べている。

> 現在米ソ両国はどちらも膨大な核爆弾、ミサイル、その他の兵器、軍需物資の生産を停止すれば、すぐに経済社会的な側面から国家の崩壊に直面するだろう。これは専門の経済学者の見解である。誰が一個の「人間性」としてそれを望まぬものがあろう。この両国が兵器生産を放棄し、一方は平和なカウ・ボーイの国に、他の一方は半アジア的な平和なミール共同体の国にもどってくれたら、世界はこれにならうことになり、住みよくなるにきまっている。だがわたしたちは、冗談をいいたいのではない。そのためには、こういうことを望むじぶんの「人間性」をSFアニメ的にいつも客体化していることがどうしても必要だとおもえる。現在の段階で、かれら米ソ両国が、国家の崩壊を賭けてまで、核をはじめとする兵器、軍需生産をやめるなどと到底

かんがえられないからである。

（「停滞論」傍点引用者）

自分の「人間性」をSFアニメ的に客体化する。なぜ自分の人間性を客体化しなければならないのだろうか。なぜ、それに従って動けば誤ると、ここでは考えられているのか。

鶴見俊輔は、あるところで、戦争の惨禍を問題にするならば「責任者裕仁を天皇・大元帥として処刑するの論」を張らなければならないと主張する二十歳の学生の作文を受けて、しかし、この天皇制廃止の主張に例を見る「ある価値基準の極限による思考」というものは、「それが実現しないという日常生活が長つづきしていくとき、一日、二日、三日だけではなくて、一年、二年、三年、四年、五年、十年、十五年、二十年、三十年、四十年、五十年、坂本清馬の場合には八十年つづいたんですけれども、そういう果てに自分はどうなるのか。そういう問題を考えてほしいんですよ」と述べている（『戦後思想三話』）。こうした「極限的な思考」は「ある一瞬の空想の平面のうえでは」きちんと「きれいに間取り」できる。しかし、それは「きょう実現できない」。鶴見は、「天皇を裁判にかけて死刑にする」というようなある一個人の考え、願い、思想が、きょう実現できず、「あしたもできない。あさってもできない。十年、二十年、三十年、それがつづいていくとしたら、その思想をもつ人にとってその思想はどういう役割を果たしますか。そのことを考えてほしいんですよ」とこの学生にこたえるのである。

この場合、このような「内面」、「人間性」を抱えた人間にはどのような道が残されているだろうか。鶴見は、一つの道は、「テロ」であり、第二の場合は、「逆テロ」、正反対の主張への転換であり、「もう一つはユートピアンになるというやり方なんです」と、牢屋をでてからヨーグルトの製造販売に従事して生涯を終えたロシアの元テロリストの例に触れて三つの道をあげている。

言われていることに「核全面廃絶」と「天皇制完全廃止」という対象の違いこそあれ、吉本のいう「人間性」のSFアニメ的な客体化という考え方は、ここに見る鶴見の考えとそう違ったことを述べているのではない。現実との接触、現実からの歯止めを失って「人間性」は速やかに極限的思考へと変貌する。この「人間性」に直列につながる思考を、ある疑わしさで見まもるその距離のとり方で、二人の思想家は期せずして相通じるあり方を示していると見えるのである。

ところで、この人間内面と現実との接触の稀薄化は、一方である広範な変化を背後に抱えているといえないこともない。「世界史の中心の構造的変化」とどこかで吉本はここ十数年間にぼく達を訪れている構造的な変化を呼んでいるが、日本の現実だけをとっても、ぼく達は未曾有の物資を享受しながら、おそらくそれに倍する規模の欲望、希求をも「与え」られている。そのため、急速度にぼく達は物資の消費と奢侈の機会を増大させながら、いわば、それに倍する加速度のあおりを受けて飢餓感をつのらせているのである。

ぼく達は次から次へと高精度、高倍率の天体望遠鏡を与えられる子供といえなくもない。一万光年から十万光年へ。その精度の拡大はそのままぼく達のそこへは辿りつけない欠如、つまり希求の拡大にほかならないのである。

このような現実変化の中で、ぼく達にはどのようなことが起こるだろうか。ぼく達の内面ともいうべきものは、急激に温度の変わる風土の中に置かれたコップの中の水のように、それも深い井戸のようなコップの中の水のように、その深いところに沈んだ部分と表層の部分に、ある分極化を生じないではいないのではあるまいか。そこでは「表層」の私と「深所」の私というように、ある分身化が生じないではいないのではないだろうか。

ぼくには、吉本のいう「人間性」のSFアニメ的な客体化の必要というういっぷう変わった考えは、この、ぼく達においてますます顕在化し、深化してもいる「内面」と「現実」のあいだの距たりの拡大、という変化、あの「構造的変化」の強いる困難に、たしかにこたえるものと感じられる。それは、おそらくこの現代日本という世界史的にも稀有な加速移動空間に身を置く「ぼく達」に生じているいわば変わりにくいものと変わらずにいないものとの乖離の普遍化、そのような事態に、どこかで深く対応していると感じられるのである。

「天皇制廃止」の希求を抱えて、人はどのように「テロ」にも「逆テロ」にも走らず、しかもそれを手放すというのでもなく、「それが実現しないという日常生活」を、「一日、二

日、三日だけではなく」、それが生の全期間であり、それが「生」の容器にほかならない
そのような長い期間、生きてゆくことができるだろう。鶴見がその希求を「石」のような
ものにして「紐」で縛り、深く水に沈めるように無何有郷に送り届ける一方、ただその
「紐」のこちら側の端だけは手から放さないようにして、生き、生涯を終えたロシアの元
テロリストの例を示して彼なりの「ユートピアンの発語訓練」(小野二郎)の必要を説く
ところで、吉本はその希求を――ボリス・ヴィアンの『心臓抜き』における心臓みたいに
――その胸から「抜き」だし、瞬間冷凍に「凍結」した後、再び、何くわぬ顔で胸の空洞
にそれを収めて抱えていく仕方、そうすることでやはり「人間性」をもちこたえていくも
う一つの仕方を提示しているのである。

このことを別にいうなら、「『人間性』のSFアニメ的な客体化」とは、ぼく達がぼく達の「人間性」にある違和を感じはじめていることから生じる、ぼく達の一種の抗体反応である。かつてぼく達になじみ、ぼく達の一部、枢要な一部ですらあったものが異物化して、ぼく達はこれをもういちど異物として受けとり直さなければ自分の中に持ちきれなくなっている。そうであればこそ、この吉本の言葉はぼく達の不明感に、ある方向を示唆するものと聞こえるのである。

ところで、この「人間性」への違和感、これがぼく達のふたしかな生の証、新しい人間らしさの実体でないと、誰に言えるだろう。

吉本は、先の文章に続けてこう書いている。

「人間性」という概念も「人間」という概念もそう簡単に消滅するとはおもわれない。だがその実体は不変なものではないにちがいない。高度に技術化された社会に加速されたところでは「人間性」や「人間」の概念は「型」そのものに近づいてゆくようにおもえる。そして現在わたしたちが佇っている入口がそこにあるような気がする。「人間性」や「人間」を不変の概念だとみなせば、わたしたちは過去の「人間」や「人間性」の風景への郷愁に左右されて停滞するのではないだろうか？　（同前）

村上春樹の『世界の終りとハードボイルド・ワンダーランド』のうちの「世界の終り」における「影」は、ここにいう「型」そのものに近づいた、また近づいてゆかざるをえない「人間性」におけるありよう、さらには先の「SFアニメ的に客体化された」人間性の生き生きした例示としてぼくの関心に焦点を結ぶ。そして、これは同じことだが、この小説のこの「僕」と「影」をめぐる物語に接してぼくが受けとったものも、「人間性」の「SFアニメ的な客体化」をへてようやく生きのびられようとしている何か「不確かな生」の、たしかに変わりつつある手触りだったのである。

2

しかし、「世界の終り」の「僕」と「影」の対位法が教えるのは、たんに「SFアニメ的に」客体化される「人間性」のありようということではない。それは、そこから一歩進んで、そのような客体化をへてしか「人間性」を保持しない、ぼく達の生のありようのほうへとぼく達の眼を向けさせずにはいないからである。

「世界の終り」の壁に囲まれた街で、時がたつにつれて、夢読みの仕事を与えられ、街に受入れられた「僕」の中では「心」が一日、一日と消えかかり、一方粗末な廃材で建てられた小屋に囚われた「影」は「身体」を次第に弱らせていく。

ところで、この時、「影」によって生きられているのがぼく達の日々の実感から切り離された「内面（人間性）」の行方だとすれば、本体、影を失った「僕」によって生きられているものは、何といえばよいだろうか。

それは先の例でいえば、一度「抜き」とられ、瞬間冷凍した「心臓」をもういちど胸の空虚におさめて何気なく生きる、ぼく達の生ともいうものである。そのように固定しなくても、ぼく達が日々の生の揺らぎ、日々の泡のようなものの中で、軽くぼく達の「内面」をヤユし、揺すってやる、精霊流しのようにそれを形代《かたしろ》にし、紙の舟に乗せてそっとぼく達の内部の岸辺から押しだしてやる、そのとき、ぽっかりと「心」を抜かれて残るぼく達の生、それは何を象り、どのようなものの輪郭を浮きたたせることになるのだろうか。それが何の輪郭を象るかは知らず、ぼくに村上春樹のこの度の小説は、たしかに、こうしたこれまで誰一人として同時代の小説家が示してくれなかった「世界の終り」の時代の切り口を垣間見せてくれている点、そこからは本来何が見えるか、ということを考えさせてくれる点、現在の思想的課題を少なくとも「せきとめる」ダムの役割をにないえていると思われたのである。

ぼくはこの小説のぼくの眼から見ての評価を、この小説は、ぼく達の困難な課題を少なくとも「せきとめる」ダムになっていると形容する。それというのも、現実の、現に書かれてここにある「世界の終り」では、ぼくのいう主題は最終的に村上の関心をつなぎとめておらず、そこでは、結論だけ言ってしまえば、「心」を抜かれた「僕」にやはりまた「心」が滲みだし、ちょうどそれに対応するように、「心」をもたない街にも、「心」を捨てきれなかった人びとのさまよう「森」のあることが明らかになるので、「心」を抜かれた「僕」が、そのような空虚をかかえた存在として空虚な場所にとどまることを選ぶという選択によってむしろ示されるだろうぼくの考えのみちすじは、実は作者村上によっては追求されていないからである。

しかし、村上は、この物語をこのような「僕」と「影」の対位法として設定したとき、ここにぼくの考えるような「僕」の空ろな選択によってこそ形をとる「僕」と「影」の対比を、頭のどこかで考えていたのではなかっただろうか。そして彼がこの目論見を最後に放棄し、ある後退を余儀なくされて、というように「僕」が「心」を回復して、「世界の終り」という逆ユートピアの世界に追放者として生きて残ることを選ぶ物語に主題を変更させたのは、先の目論見が彼の関心をつなぎとめなかったからというより、小説の最終局面で、彼がある困難にぶつかったからではなかったのだろうか。

ぼくがこう考えるのは、彼が最後に提示している答えが、小説の筋書きのうえではぼく達を納得させても、その小説自身の提示している「問い」には答えていないと考えるからである。また一方、彼の答えはそのようなものであれ、問いはたしかに明瞭にこの小説に提示されていると考えるからである。

村上は、この街を出ていく「影」とこの街に残る「僕」の話を書いた。ところで「僕」はこの「心」のない世界に「心」を捨てきれなかった不完全な人間として残る。しかしこのような「僕」のとどまり方は、こんな世界にとどまるべきじゃない、という「影」のヒューマニスティックな論理によく答えているとはいえない。ぼくには、村上もまたそう感じればこそ、このコンテクストから離れたもう一つのモチーフを、最後に「僕」に付与しなければならず、そのため小説は当初の目論見（?）から外れた別のみちすじをとることになったと思われるのである。

「影」は言っている。この街から出なければならないという「影」の言い分は、たとえば、次のようなものである。

彼は言う、この街は「不自然だし、間違っている。しかし問題は不自然で間違っているなりにこの街が完成されているっていうことなんだ。何もかもが不自然で歪んでいるから、結果的にはすべてがぴたりとひとつにまとまってしまうんだよ。完結してるんだ。こんな風にね」。

影は靴のかかとで地面に円を描いた。

「輪が収束しているんだ。だから長くここにいて、いろんなことを考えていると、だんだん彼らの方が正しくて自分が間違っているんじゃないかって気になってくるんだ。彼らがあまりにもぴしりと完結しているみたいに見えるからね。俺の言ってることはわかるかい？」

「よくわかるよ。僕もときどきそう感じることがある。街に比べると、僕が弱い矛盾した微小な存在じゃないかってね」（24「世界の終り――影の広場――」傍点原文）

しかし「それは間違って」いる、と影は言う。「正しいのは俺たちで、間違っているのは彼らなんだ。俺たちが自然で、奴らが不自然なんだ。そう信じるんだね。あらん限りの力で信じるんだ。そうしないと君は自分でも気がつかないうちにこの街に呑みこまれてしまうし、呑みこまれてからじゃもう手遅れってことになる」。

この世界にはどこかにからくりがあるはずだと「影」は「僕」に言う。「永久機械が原理的に存在しないのと同じように」、「完全さというものはこの世には存在しない」。「エントロピーは常に増大する」からだ。やがて「影」は、この世界の完全さが一角獣という「弱い無力なものに何もかもを押しつけて保たれ」ているというこの「世界の終り」の〝からくり〟に気づく。そんな完全さにどのような意味がある？と彼は「僕」に問いかける。彼は言う。「いいかい、弱い不完全な方の立場からものを見るんだ。獣や影や森の人々の立場からね」。

この「影」の働きかけに、「僕」は、いったん説得され、「君の言う通りだ。ここは僕のいるべき場所じゃない」と答えるのだが、彼は最後の場面で再びやはり「僕はここに残ろうと思うんだ」と翻意する。それは、一つには、愛する女の子をここに一人残していくわけにはいかないためである。しかし村上はさらにもう一つの理由を提示する。この「世界の終り」という街に、自分は責任をもっているという理由。「僕」は言う。自分がここに残ろうと思うのはこの街を作りだしたのが実は自分だということに気づいたからだ。「僕には僕の責任がある」。「ここは僕自身の世界なんだ。壁は僕自身を囲む壁で、川は僕自身の中を流れる川で、煙は僕自身を焼く煙なんだ」。

ところで、このような「僕」の認識は、この「世界の終り」が、実は「ハードボイルド・ワンダーランド」というもう一つの物語の主人公の意識の核で進行するいわば頭脳内のもう一つの世界の物語として設定されていることに基づいて、ここで「僕」にやってきている。

「影」は、これを聞いて自分は「そんなことは前から知っていた」が、「僕」にそのことを教えれば「僕」は「こんな風にここに残」ろうとするだろうから、それを言わなかったのだと言う。「俺は君をどうしても外につれだしたかったんだ。君の生きるべき世界はちゃんと外にあるんだ」。「しかしそれをみつけてしまった」今となっては、「君はもう俺の言うことをきかないだろう」。そう「影」は「僕」に言う。

このような「影」の言葉から判断すれば、たしかに村上はこの「僕」と「影」の対比を、先にぼくの見たようにだけではなく、それに重ねるように、自分が自分であることの閉塞にとどまることの意味とその閉ざされた球体を内側から破って外に出ていく意味との対比としても、構想している。

たとえば、竹田青嗣は、この両者の対比に次のような「寓意」を見る。即ち、ここで、「『僕』自身の『世界の終り』から出てゆこうとする影は、〈世界〉への通路をもう一度見出すことの可能性であり、『ぼく自身を囲む』〈自己〉の壁の中で、『心』をとり戻そうとする『僕』は、自分と他人の『心を揺らせるような何か』を焼き尽すかもしれない自分自身の根深い〈世界〉イメージに抗おうとする、作家のひどく困難な意志のかたちではないだろうか」と（「〈世界〉の輪郭」「文學界」一九八六年一〇月）。

　ここで竹田のいうモチーフが村上の手にされていただろうことは、疑うことができない。ただ、ぼくが竹田の評価にそのまま同意できないのは、このモチーフを村上が竹田の考えるように生きて——とりかえしのつかないものとして摑んで——この小説を書いているとは、どうしても思われないからである。

　小説を読みすすめてここまで来ると、竹田の言うこの「自分自身の根深い〈世界〉イメージに抗う」モチーフの提示は、いかにも唐突な、とってつけたような感じを与える。

　そのことはぼくに、ここでの村上の力点が、この自分の作りだした世界への責任というモチーフの提示にある以上に、先の影の論理に対抗できる論点を「僕」に見つけてやることにあったのではないか、と考えさせる。この世界は実は「弱い無力なもの」の犠牲に立ってその完全さを保っている。そうである以上、「弱い不完全な方の立場からものを見れ」ば、君には自分と一緒にこの世界の外に出る以外の答えはない筈だ、という影の論理。小説自体の書かれようからぼくが受けとるのは、この影の論理、「正しさ」の論理への違和感こそ、ここで村上を動かし、「僕」を影に抗して街にとどまらせたいと彼に考えさせている、その本当の理由だったのではないか、という感触なのである。

　村上は、この論理に対抗すべき考え方を彼自身見つけだすことができないばかりに、直接この影の論理への反論を構成しない、しかし少なくとも「僕」の残留の根拠とはなる理由を提示する必要に迫られたのではないだろうか。そしてそのため、読者はここまで読んで来て、理屈としては「僕」の理由に納得できても、読み手としての感情からは納得できない、そんなぎこちないモチーフの提示を、眼にすることになったのではなかったかというのが、ここでのぼくの一応の判断である。

そもそも、「僕」は、街にとどまるのに「心」のない人間としてこうしたコンテクストを離れた理由を持ちだす必要があっただろうか。また持ちだすべきだったろうか。

ぼくがこのようなことを考えるのは、何もそのような理由を持ちださなくとも、「僕」は徒手空拳のまま、「影」にやはり自分はここにとどまると、いえた筈だと考えると同時に、その一点にこそ「心」のない「生」と「生」のない「心」という当初の設定に沿った二つの存在の対立点はあっただろうと思うからである。

村上は、たとえば次のように「僕」に答えさせる時、その微細な一点を見誤っていたのではなかろうか。「世界の終り」は「弱い無力なものに何もかもを押しつけて」存在している。そこに住む人びとは「不完全な部分を不完全な存在に押しつけ、そしてそのうわずみだけを吸って生きている」。「影」は続ける。

「(前略) それが正しいことだと君は思うのかい? それが本当の世界か? それが

ものごとのあるべき姿なのかい？　いいかい、弱い不完全な方の立場からものを見るんだ。獣や影や森の人々の立場からね」

僕は目が痛くなるまで長いあいだロウソクの炎をじっと見つめていた。それから眼鏡をとって目ににじんだ涙を手の甲で拭いた。

「明日の三時に来るよ」と僕は言った。「君の言うとおりだ。ここは僕のいるべき場所じゃない」

（32「世界の終り——死にゆく影——」傍点引用者）

ところで、ここでのぼくの考えは、ここに示される「影」のそれとも、またそれに説得される「僕」のそれとも僅かに違っている。

「弱い不完全な方の立場から」ものを見るという点で、ぼくは彼らと同じ考えに立つといって構わないのだが、ただ、ぼくから見ると「弱い不完全な」存在としてとどまることとそのような「人々」の「立場」に立ち、彼らに代わって何ごとかを主張することとは、同じ一つのことではないからである。「弱い不完全な方の立場」に立て、という「影」の主張は、それ自体弱く、不完全なものではない。それは強く、正しく、一点非の打ちどころがない。

先に「僕」は「影」にたいして、「街に比べると」自分が「弱い矛盾した微小な存在」なんじゃないかと思えてくるといい、「影」は「でもそれは間違ってる」、「正しいのは俺たちで、間違っているのは彼らなんだ。俺たちが自然で、奴らが不自然なんだ。そう信じるんだね。あらん限りの力で信じるんだ」と答えたのだが、その「影」と一緒にいると、「僕」にはやはり、「影に比べて」自分が「弱い矛盾した微小な存在」に思われてくる。ここにあるのは、「弱い矛盾した微小な存在」にとどまる「僕」のありうべきあり方と、「弱い不完全な方の立場」に立てという「影」の強く正しい論理の対立なのである。

「獣や影や森の人々の立場」という時、影はこの「立場」を「心を失くした街の住人」に対して提示している。つまり影は、「街の住人」を「獣や影や森の人々」と対置させ、「心を失くした人々」と「心を失くさなかった代わりに悲惨な生を送る人々」に分けてこの後者の立場に立つべきだというのだが、そう言うなら、「僕」は、当初からこのような「影」の強力な二分法の一歩手前に佇む「弱い矛盾した微小な存在」として、かろうじてその「強く正しい存在」につりあっているのである。

「僕」は、ここで「君の言うとおりだ。ここは僕のいるべき場所じゃない」と答えるべきではなかっただろう。また村上は、「僕」に、こう言わせるべきではなかっただろう。「僕」は、それとは逆に、「君の言うとおりだ。だからぼくはここにとどまろうと思う」、そうも答えることができた筈だからである。自分は君の言うとおり、「弱い不完全な方の立場」に、あの「弱い矛盾した微小な存在」にとどまりたい、だからここに残ろうと思うと。本当をいえば、大切なのは「弱い不完全な立場」に立つということではなくて「弱い矛盾した微小な存在」にとどまることだ。そこからは「街の住人」と「獣や影や森の人々」の区別は見えない。「街の住人」と「森の人々」が分かれているのはなぜだろう。それこそ彼らは、共にこの世界の見えないシステムの犠牲者なのではないか。この世界のシステムが、こうであるばかりに、彼らは二つの側に分かれ、また君と僕とは分かれてしかここに住むことができないでいるのではないか。このシステムを見ないで、その一方だけに加担せよという君の論理は一見正しいけれど、本当のところは正確ではない。「弱い矛盾した微小な存在」にとどまるとは、おそらく「立場」という強く完全なものに抗することをもそのなかに含んでいる。そのようなあり方に立とうとすれば、「心を失くした街の住人」からも、「獣や影や森の人々」からも排除された、しかし彼らを共に敵視しない、「どこにもない場所」だけが、そのようなあり方を選ぶ人間の居場所となるほかない――。

しかし、ここにぼくのいうようなすじみちは、現実には、具体的にいって、どのような生のありようをとりうるか。

たとえば「僕」は、このように「影」に抗弁して「世界の終り」にとどまる。彼は、小説に書かれた「僕」のように「獣や影や森の人々の立場」に立つ形でこの〝世界〟にとどまるのではなく、いわば「心を失くした人々」とともに、自分もまた、僅かに何らかの形で「心」の空虚の凹型だけをかかえたあり方で、とどまろうというのである。

村上の小説は、最後の場面で、「僕はここに残ろうと思うんだ」と言って先に触れた「自分の作りだした世界」への責任という理由をあげて「影」の説得を振りきった「僕」が、「心を棄てきれなかった者」として、この世界にとどまる方向を暗示して終る。

その最後の場面は、感動的ですらある。

たまりがすっぽりと僕の影を呑みこんでしまったあとも、僕は長いあいだその水面を見つめていた。水面には波紋ひとつ残らなかった。水は獣の目のように青く、そしてひっそりとしていた。（中略）

僕はたまりに背を向けて、雪の中を西の丘に向けて歩きはじめた。西の丘の向う側には街があり、川が流れ、図書館の中では彼女と手風琴が僕を待っているはずだった。

降りしきる雪の中を一羽の白い鳥が南に向けて飛んでいくのが見えた。鳥は壁を越え、雪に包まれた南の空に呑みこまれていった。そのあとには僕が踏む雪の軋みだけが残った。（40「世界の終り——鳥——」）

ぼく達はこの「僕」が、やがて「心」を僅かながら取り戻しはじめた愛する女の子と共に、ぼく達の現実に引照すれば〝第三世界〟にも似た「森」に向かうだろうことを予想し、そのようなものとしてこの「僕」を見送る。

彼はそうするに違いない。しかしそれは村上が当初に提出した問いへの正当な答えではないに違いない。このような終り方をするのだったら、そもそも村上は「僕」と「影」を「心」を奪われた「生」と「生」を奪われた「心」というように設定する必要はなかった筈だからである。

「心」のない場所に「心」の凹型をかかえてとどまる選択。当初に示したその字義通りのあり方ではないにせよ、もし「僕」が、自分は「心」から見棄てられた「弱い矛盾した微小な存在」のままとどまるという選択を行なったとしたら、「世界の終り」はどのような小説になっただろうか。

村上もまた、執筆中のある時点でこう考えてこのような問いに触れたかもしれないと考えていけない理由は、ぼく達にはない。この小説を読めば、村上がここにぼくの見てきたモチーフを抱え、しかもそこから外れるようにしてあの「感動的な場面」に辿りつかざるをえなかったらしい経緯は、少なくとも想定可能だからである。

影は言う。

「世界の終りかもしれないが、ここには必ず出口がある。それは俺にははっきりとわかるんだよ。空にそう書いてある。出口があるってね。鳥は壁を越えるよな？　壁を越えた鳥はどこへ行くんだ？　外の世界だ。この壁の外にはたしかにべつの世界があるし、だからこそ壁は街を囲んで人々を外に出さないようにしているんだ。外に何もなきゃわざわざ壁で囲いこむ必要なんてない。そして必ずどこかに出口はあるんだ」

（24「世界の終り――影の広場――」）


外に出ることができれば自分も回復するし、そうすればまた二人一緒になれる。「俺もこんなところで死なずに済むし、君も記憶をとり戻してまたもとどおりの君自身になれる」。そう終りに近づいて、この影は言う。「僕」は答えない。


「どうしたんだ、いったい？」と影が訊ねた。

「もとどおりの僕自身とはいったい何だろう？」と僕は言った。

（32「世界の終り――死にゆく影――」）


この「もとどおりの僕自身とはいったい何だろう？」という問いの中には、それこそ、

「（前略）それが正しいことだと君は思うのかい？　それが本当の世界か？　それがものごとのあるべき姿なのかい？」（同）

という「影」の論理にたいする、「正しいこととはいったい何だろう？　本当の世界とはいったい何だろう？　ものごとのあるべき姿とはいったい何だろう？」という反問の芽が含まれている。「影」は「僕」に、「自然」なのは自分達で、彼らこそ「不自然」だと「あらん限りの力で」信じるんだ、というのだが、ここが〝世界の終り〟だという意味は、ここにはもはや自然な存在など何一つない、ということである。「影」の言明にもかかわらず、「影」も「僕」も「街の住人」同様に自然な存在ではない。「影」は日々の生の世界から隔てられている。もしそのような〝自然〟な世界に生きることを許されるなら、彼は「影」ではなくなる。一方「僕」は「人間性」の素朴な運用を禁じられている。それこそ「影」のいうような形で弱者の側に立つためには、その「人間性」を発動させなければならないのだが、彼にはその「人間性」の発動は何かしら疑わしく感じられる。それは彼の文字通り「心」のない日々の生の体感と相容れない。両者はけっして両立しないと、そう「僕」には感じられているのである。

「僕」がいうのは、そのような自分達、「心」と「生」の分離としてある自分達にとって、自然な、「もとどおりの自分」とは何か、ということにほかならない。求められているのは、この分離した半身に、どのような思想が可能か、ということなのだ。

おそらく問題は、このようなぼく達の生存のあり方、それこそきわめて今日的な生の態様に、根拠はあるか、ないか、ということにあるだろう。「心」のない場所から脱出する「影」の選択と「心」のない場所に「心」を棄てきれない少数者としてとどまる村上の小説における「僕」の選択の他に、「心」のない場所に「心」の凹型をかかえてとどまるともいうべき第三の選択がもしあるとすれば、その根拠とは、どのようなものか。そういうことが、ここで問われているのである。

村上は、あるインタビューの中で、

> 小説の最後もどうするかは、非常に迷ったんです。〈影〉が脱出しますね。〈僕〉も一緒に脱出するべきなのか、それとも残るべきなのか、非常に迷った。これはモラリスティックな意味で迷ったんです。（「『物語』のための冒険」「文學界」一九八五年八月）

と言っている。彼の意図を離れてぼくなりに解するなら、ここで彼は、「影」の一点非の打ちどころのない言葉への疑わしさは手にしながら、もし「僕」が「影」の論理に抗してとどまる場合、その根拠はどのようなモラルに求められるべきかに「非常に迷った」と述べているのである。

彼がさまざまな模索の後で、「影」は外に出ていくが、「僕」は影に抗するのでなければ小説のリアリティはない、と感じたところには、村上のある直観が働いている。彼は、たとえば答えは「空に書いてある」、というような「影」の言葉を、自分としても全く正しい、理に叶ったものとして書く。そこにふつう言われる意味での留保はない。にもかかわらず、どうしたわけか、自分のなかのそのような「正しい」言葉、「美しい」言葉が、何か彼にはそぐわないものと感じられる。というより、一方で彼はそれを何の留保もなく信じて書くのだが、同時に、彼の半身は、その自分の信じて書く「正しい」言葉、「美しい」言葉を、「正しすぎる」、「美しすぎる」と感じるのである。

吉本隆明が「人間性」をSFアニメ的に客体化しなければ、もう保てない、と言い、村上が「世界の終り」で「僕」と「内面」を互いに他を失った関係として設定し、ぼく達が「世界の終り」を読んでここにぼく達の困難の切実な断面がプレパラートにとらえられた細胞の一片か何かのように見事に映しとられている、と感じるのは、こうしたぼく達内部の抗体反応が、ここに同時代の通底器をくぐって共有されているからではないだろうか。

この抗体反応には果たしてぼく達の生の基底にとどく根拠があるのか。ぼく達がいま、「心」から隔てられた「生」としてこの時代に生き、一方ぼく達の「心」は時代の日々の生の実感からいったん凍結されたものとして受けとり直されなければ、もう「保てない」と感じられる、そのことに根拠はあるのか。もしそれに根拠があり、その根拠を見出すことができたなら、村上は、必ずやその根拠を「影」を前にした「僕」に語らせたに違いない。これはだいぶ評者の見方に引き寄せた解釈というべきだが、しかし、村上のこの度の小説は、少なくともぼくにはこのような読み取りの可能性を示すものと見え、そのようなものとしてぼくを動かすのである。

3

「世界の終り」の「僕」が、「影」の正しい言い分にたいして、それでも自分はこの「心」のない街に残りたい、と考える、そうでなければこの小説のリアリティはないとする村上の直観は、彼に先に見たような「理由」を考えつかせた。「自分の作った世界への責任」。しかし読者がこの理由に何かはぐらかされた感じを受けとるとすれば、読み手は「僕」のとどまりが何に基づくものに相違ないと〝感じて〟いればこそ、そのような違和感を覚えてしまうのだろうか。

ぼくの見るところ、村上は、彼もまた、自分がなぜ「僕」をあの閉ざされた世界にとどまらせたいか、よく知っている。ただ彼は、その彼の直観、希望に十分な言葉を与えることに困難を覚えたのである。

「僕」が「影」に、自分はとどまる、という場面はこのように書かれる。

僕は大佐に借りた帽子を脱いで積った雪を払い、それを手に持ったまま眺めた。帽子は古い時代の戦闘帽だった。布はところどころですり切れ、色あせて白くなっていた。おそらく大佐は何十年も大事にその帽子をかぶりつづけていたのだろう。僕はもう一度きれいに雪を払ってから、それを頭にかぶった。

「僕はここに残ろうと思うんだ」と僕は言った。

影はまるで目の焦点を失ったようにぼんやりと僕の顔を見ていた。

「よく考えたことなんだ」と僕は影に言った。

(40「世界の終り——鳥——」傍点引用者)

これに続いて「僕」の口から言われるのは、あの「自分の作った世界への責任」という理由だが、それを言う彼は「大佐に借りた帽子」をかぶっている。彼はそれを手にとり、眺め、「きれいに雪を払」い、それを「頭にかぶっ」て、それまで彼の考えてきたことを「影」に語るのである。ここにいう「大佐」は、「僕」の最も親しい「街の住人」であり、彼はこの老人とチェスに日を過ごすなかで、これらのおだやかな人びとの生に親しみを覚えはじめる。大佐の「戦闘帽」は、彼にとって「心」のない街の住人に向けられた、ある共生の感覚を象徴しているのである。

村上は、この「僕」の仕草をつうじて、「僕」の街の住人への言葉にならない共感を表明しているのではないだろうか。少なくとも読者は、ここにそのような共感めいた何かを読みとる。そしてそのことに、やはり意識にとどまらないあるあり方で、動かされるのである。

「僕」の街にたいする共感とは、このようなものである。「影」が何か言おうとするのを押しとどめて、「僕」は言う。

「ちょっと待って。最後まで言わせてくれ。かつての僕自身が何だったかは忘れてしまったけれど、今の僕自身はこの街に愛着のようなものを感じはじめているんだ。図書館で知りあった女の子にひかれているし、大佐も良い人だ。獣を眺めるのも好きだ。冬は厳しいけれど、その他の季節の眺めはとても美しい。ここでは誰も傷つけあわないし、争わない。生活は質素だがそれなりに充ち足りているし、みんな平等だ。悪口を言うものもいないし、何かを奪いあうこともない。労働はするが、みんな自分の労働を楽しんでいる。それは労働のための純粋な労働であって、誰かに強制されたり、嫌々やったりするものじゃない。他人をうらやむこともない。嘆くものもいないし、悩むものもいない」（32「世界の終り――死にゆく影――」）

この「僕」の言明は、「影」の〝からくり〟の説明とあの「いいかい、弱い不完全な方の立場からものを見るんだ。獣や影や森の人々の立場からね」という説得によって、覆される。「僕」は、しばらくロウソクの炎をじっと見つめているが、やがて顔をあげて、「君の言うとおりだ。ここは僕のいるべき場所じゃない」、と〝正道〟に戻る。しかし、これは不思議なことだが、もしこの「僕」の「街」への共感が作者に信じられていないならば、おそらくこの小説の読者を動かす力は半減するのである。「影」はこのような〝正道〟を踏み外した「僕」の現状肯定的姿勢を批判する。「僕」もまた「影」に説得されて、ここは自分のいるべき場所じゃない、と考え直す。しかし、村上自身がもし彼の生きる現実へのある危い共感を自分に禁じていれば、この小説の力は生れなかったに違いない。「世界の終り」は、彼の、今の世の中には「心」がないかもしれない、しかし自分は好きだ、という共感と、自分の中のモラルには、もう現実的な着地点が失われているかもしれない、しかしそれを手放すわけにはいかない、という思いの均衡する場所から、その小説としての力を汲んでいるからである。

おそらく村上が形を与えたかったのは、この言葉にならない時代の生への共感ともいうべきものだったろう。「世界の終り」でいうなら、あの「大佐」によって代表される、たしかに「弱い不完全な方の立場」に意識的でもなく、支配の世界システムにも一向に無関心な存在、しかし自分の始末はきちんと自分でつけている無名の人びとへの共感。彼らはもはや〝大衆〟ではなく、かつての尖鋭なモラルから遠い、ある意味では「心」を失った人びとですらある。あるいは世の良識人の眉をひそめさせる、軽佻浮薄と見えかねない、弱い若者たちかもしれない。

彼はその名づけられない共感を「世界の終り」に盛った。しかしそれを論理化し、その共感に発するモラルを見出すことができなかった。村上が「世界の終り」を書きすすめるうえでぶつかった困難とは、このようなものだったと思う。

それでは、「僕」が、このような人びとへの共感ゆえに「世界の終り」にとどまる、そのようなモラルの根拠はあるだろうか。いや、そのようなものはそもそも、ないというべきなのだろうか。

「世界の終り」を、このような「世界の外に出ること」と「そこにとどまること」をめぐる物語として見るなら、そのような小説の先駆的なものとしてぼく達は、安部公房の一九六二年に書かれた『砂の女』をもっている。安部の小説では、やはりその書かれた当時の日本社会を寓意として含む、閉ざされた、砂に埋もれた村にとらわれた主人公が、何とかそこから脱出しようともがき、絶望し、工夫を重ねた末、ようやくそこから脱出する糸口を摑む。しかし、そこから脱けでることができることになった時に、彼は、ふいに、その村が自分にとってどのような意味をもっていたかに思いあたる。彼は、脱出の機会を狙いながら、水に乏しいその砂の村の生活に大きな意味をもつ「溜水装置」を工夫していた。逃げようとする彼に、その装置が眼につき、彼は中を改めてみる。彼の工夫は実っている。そこには水が「計算で予定されていたとおり、四の目盛りまで溜っていた」。彼は

「泣きじゃくりそうになるのを、かろうじてこらえ、桶のなかの水に手をひた」してみる。「水は、切れるように冷た」い。彼は思う。

　べつに、あわてて逃げだしたりする必要はないのだ。いま、彼の手のなかの往復切符には、行先も、戻る場所も、本人の自由に書きこめる余白になって空いている。それに、考えてみれば、彼の心は、溜水装置のことを誰かに話したいという欲望で、はちきれそうになっていた。話すとなれば、ここの部落のもの以上の聞き手は、まずありえまい。今日でなければ、たぶん明日、男は誰かに打ち明けてしまっていることだろう。

　逃げるてだては、またその翌日にでも考えればいいことである。

（『砂の女』傍点引用者）

　ここはたしかに不毛な場所だが、自分の生に意味を与えるのはその自分の生きる場所の不毛さにほかならない。「外」に出ることが不可能でないなら、「外」に出ることと「内」にとどまることとは、それ自体としては等価ではないだろうか。大切なことは、「外」に出ること、あるいは「内」にとどまることではない。そこから、「外」に出、「内」にとどまる者が、どのような意味を受けとるかということだ。

その時、安部に摑まれたかもしれない、たとえばこのような「とどまる」ことの根拠は、たしかに「僕」を外に出すか出さないかに「非常に迷った」村上の念頭に浮かんだかもしれない。それは、それから二年後、また別様なかたちで吉本隆明によってこう提示されるモラルでもある。

ある条件下で、日本の支配層よりもたとえばアメリカ人が日本人の連帯の対象になりうる、そうした可能性を排除したくないという鶴見俊輔の「外に出る」、あるいは「外から見る」思想（「日本知識人のアメリカ像」）に触れて、吉本はこのように書いている。

> この（鶴見の――引用者）見解は、当然、ソ連や中共やアメリカが友であり、日本の大衆は敵であるということが、条件次第では可能であるという認識をふくむものである。わたしは、ソ連や中共やアメリカにどんな虚像ももたないことを代償として、日本の大衆は敵であるということが条件次第では可能であるという認識にたいしては、鶴見の断定に反対したい。あるいは、あるはにかみをもって、沈黙したい。インターナショナリズムにどんな虚像をももたないということを代償にしてわたしならば日本の大衆を絶対に敵としないという思想方法を編みだすだろうし、編みだそうとしてきた。井の中の蛙は、井の外に虚像をもつかぎりは、井の中にあるが、井の外に虚像をもたなければ、井の中にあること自体が、井の外とつながっている、という方法

を択びたいとおもう。

（「日本のナショナリズム」はにかい以外の傍点引用者）

この吉本の考えに倣っていえば、村上がぶつかった問いとは、もし「日本の大衆」がすべからくファシストになったとして、それでも「日本の大衆を絶対に敵としない」思想は成立しうるか、という極端な問いに通じる内容をもつ問いである。吉本はこの一九六四年に書かれた文章で「日本の大衆を絶対に敵としない」思想について語ったが、その根拠は次のような「大衆の原像」への信頼のうえに置かれていた。

右の文章に続けて彼はこう書いている。

これ（右の「井の中」の思想――引用者）は誤りであるかもしれぬ、おれは世界の現実を鶴見ほど知らぬのかも知れぬ、という疑念が萌さないではないが、その疑念よりも、井の中の蛙でしかありえない、大衆それ自体の思想と生活の重量のほうが、すこしく重く感ぜられる。生涯のうちに、じぶんの職場と家をつなぐ生活圏を離れることもできないし、離れようともしないで、どんな支配にたいしても無関心に無自覚にゆれるように生活し、死ぬというところに、大衆の「ナショナリズム」の核があるとすれば、これこそが、どのような政治人よりも重たく存在しているものとして思想化するに価する。ここに「自立」主義の基盤がある。

（同前）

吉本は、閉ざされた場所から「外」に行くことがそこに生きる誰にもひらかれた可能性でないなら、「外」にでることは、その閉塞を越えることを意味しない、という。そうであるなら、誰にもひらかれた可能性に立つものとして、「内」にとどまり、しかもそのことがそのこと自体で「外」につながる、そのような思想が編みだされないかぎり、その閉塞は越えられたことにはならない、という。

しかし、見田宗介も言うように（「井の中の蛙の解放」『白いお城と花咲く野原』）、吉本がこう書いた一九六四年から現在にいたる、あの高度成長の時期を含む日本の社会の地殻変動は、この吉本のいう「井の中」の井戸の基盤をすっかり〝隆起〟させてしまった。いまや「大衆」は「井の中の蛙でしかありえない」存在ではない。それは、「生涯のうちに、じぶんの職場と家をつなぐ生活圏を離れることもできないし、離れようともしない」存在から、それこそ海外旅行を楽しみ、「生活は質素だがそれなりに充ち足りているし、みんな平等」な存在、あの「世界の終り」の街の住人にも似た、「心」を失った人びとへと変質したといってよいのである。変わらないのは、彼らが今も昔も「どんな支配にたいしても無関心に無自覚にゆれるように生活し、死ぬ」存在だということだ。その一点では、たしかに戦前の大衆も、吉本の引照した一九六〇年代前半の「大衆」も、現在の「新中間層」あるいは「少衆」（?）も、また「世界の終り」の街の住人も、相違なるところをもたない。同じように、それは、軍国主義下の翼賛国民、あの「事変に黙って処した」(小林秀雄)国民についても、いえることだろう。

そのような存在を前に、彼らを「絶対に敵としない」思想、彼らと共に「とどまる」思想は、果たして想定可能か。おそらく村上のぶつかった困難を敷衍すればそこにはこのような問いが含まれているのである。

ところで、彼らが「心」のない、極端な場合にはファシズムに翼賛する国民だとして、そのような彼らと共に「とどまりたい」、そうしなければ何か大切なもの、大切な契機が失われる、とぼく達にある直観が訪れるのはなぜだろう。そこで失われる「大切なもの」とは、どのようなものか。村上が「僕」の「とどまり」の理由として出した「自分の作った世界への責任」は、このメビウスの環的な構造をもつ二つの世界の物語の構成に照らして〝整合的〟である。しかし彼はその理由ゆえに「僕」をとどまらせることにしたのではなかったろう。まず、「影」の論理への信従と違和とがあり、その信従のほうは「影」の脱出として表現されるとしても、その違和のほうは、それでは表現の途を失うという判断が彼にはあったのに違いない。つまり彼は、「僕」を、どのような理由であれ、その「影」の論理への違和の表現として、まず「とどまらせたい」と感じたのではなかっただろうか。しかも、自分がなぜそうしたいか、なぜ「影」の「正しさ」の論理に自分がある違和を感じ、大佐に代表される「心」のない人びとに自分がある親和を感じるのか、彼にはよくわからなかったのではないだろうか。よくはわからないながら、しかし、その違和と親和だけは、彼に動かしようのないものと、感じられる。そのため彼は、あれほど「モラリスティックな意味」で「僕」の去就に「非常に迷った」のだと想像されるのである。

つまり村上のこの小説内小説は、彼の街の住人への違和と親和、また「影」の論理への違和と親和との拮抗によって現在のぼく達の生の一つの象徴的表現となっている。彼には、街の住人、「心」のない、「弱い不完全なもの」の犠牲の上に立った人びとへの違和、また「影」の論理への親和は、はっきりと捉えられる。しかし、一方この街の住人にたいする親和、また「影」の論理にたいする違和のほうは、いわば彼に「言葉にならないもの」として、直観的に摑まれるほかないものとして現われているのである。

ここで問われているのは、この「街の住人」への彼の共感、また「影」の論理への彼の違和感が何に基づいているか、ということだといってよい。そして、「僕」の「影」の論理への違和が、いわば「弱い矛盾した微小な存在」にとどまるあり方を照らしだすものだったとするなら、一方この「僕」の「大佐」に代表される街の住人への親和は、どこからくるかということが、次に問われなくてはならないのである。

4

先に見た吉本隆明の「井の中」にとどまる思想を、「僕」の街の住人への親和に重ねてみるなら、それはほぼ彼の「大衆の原像」という考えにあたっている。吉本は右の「井の中」の思想の大衆を、「井の中の蛙であるほかない」、しかも「どんな支配にたいしても無関心に無自覚にゆれるように生活し、死ぬ」存在として語っているが、ぼくの考えによれば彼の「大衆の原像」の核心は「生涯のうちに、じぶんの職場と家をつなぐ生活圏を離れることもできないし、離れようともしない」存在である点にあるというよりも、後者の点、その「支配」への無関心、無自覚のうちに生を送る点にある。というより、一九六四年から現在までの日本の社会の地殻変動は、その「大衆の原像」を前者と後者の二つに分裂させ、その結果、不変のままどのような地殻変動の後も残る「大衆」の本質としての後者が、浮かびあがっていまぼく達の前にあるのである。

たしかに、いまや〝大衆〟は、少なくとも戦後の一時期、また戦前期のような形では存在しない。「井の中の蛙であるほかない」人びとは、消えたのではないけれども、そうではない人びとが多く輩出し、ぼく達がかつて〝大衆〟という言葉でさし示そうとした部分をいま占有しているのは、その彼らなのである。

かつての〝大衆〟像に固執しようとすれば、ぼく達はその現実対象を、たとえば第三世界の住民、国内の少数者、被抑圧者に見出すしかない。しかし彼らを〝真の大衆〟と見て現今の繁栄の中の多数者を〝贋の大衆〟と考えるのは、現実の提示している問いを回避することである。たしかに少数者のつきつけている問題は重要なのだが、それは、少数者の問題として重要なのだといわなければならない。

しかし、一方からいえば、現在「新中間層」とか「少衆」とかと呼ばれる変質を蒙った大衆の出現をさして、「大衆」の消滅、あるいは「大衆の原像」の基盤の崩壊と考えるわけにもいかない。たしかにここ四半世紀の日本の社会変化は大衆のイメージを変更させ、吉本の「大衆の原像」を分裂させたが、それはむしろその本質ともいうべきものを明らかにするように働いたともいえるからである。

吉本にとって「大衆」とは、「どんな支配にたいしても無関心に無自覚にゆれるように生活し、死ぬ」存在を意味する。かつて彼らは貧しい質素な生活人だったが、いま彼らは豊かな、「心」を欠いた人びと、ともいいうる存在である。しかし、右の「支配」との関係は、変わっていない。吉本にとって「大衆の原像」は、いまも有効なのである。

ところで、彼は、どのような思想も、その生きる社会（世界）の構造を総体として把握するものでないかぎり、必ず誤るはかない、という考えに立つ。彼にとって「転向」とは、「日本の近代社会の構造を、総体のヴィジョンとしてつかまえそこなったために、インテリゲンチャの間におこった思考変換」である(「転向論」)。たとえばその「思考変換」は次のように起こる。そこでは、「思考自体が、けっして、社会の現実構造と対応させられずに、論理自体のオートマチスムスによって自己完結する」。そのようにとらえられた思想は、「原理として完結され、……けっして現実社会の構造により、また、時代的な構造の移りかわりによって検証される必要がないばかりか、〔それは〕かえって煩しいこととされる」。このような思想は、「自己の論理を保つのに都合のよい生活条件さえあれば、はじめから転向する必要はない。なぜならば、自分は、原則を固執すればよいのであって、天動説のように転向するのは、現実社会の方だから」だ。

吉本は、核兵器製造中止の希望が、もし現在一個の「人間性」の発動として意味をもつとしたなら、それはその希望が希望を抱える者の中で「SFアニメ的にいつも客体化」されているという条件の下でだけだろう、と述べるが、それは彼が彼のいうここ十数年来の「世界史の中心の構造的変化」に基づく彼自身の思想の「検証」の結果、導きだした判断の一つである。同様に、もしいままた彼が村上のあの「街の住人」を「絶対に敵としない」思想を編みだそうと考えているとすれば、それは、あの「心」のない「街の住人」こそが「時代的な構造の移りかわり」によってかつての〝大衆〟の場所にいるという判断に立つからだろう。そして、このような時代的な構造変化に基づいて自分の思想を検証しなければ、かつて社会総体のビジョンをとらええた思想も、いつの間にか「自己完結」し、

「転向」したのは「現実社会」のほうだ、という自認のもと、「原則を固執」したまま、その思想としての意味を失ってしまう、と考えるからに違いない。

　彼は、思想は「大衆の原像」を繰り込まなければならない、という。おそらく、いまその「大衆」は、あの穏やかな、誰にも迷惑をかけない、しかも「どんな支配にたいしても無関心で無自覚」な、〝街の住人〟のような存在として現われているのである。

「影」を前にした、「僕」の違和、「影」の告発を前にし、理屈の上では打ち負かされても、なお消えないものとして示される「僕」の街の住人への言葉にならない親和は、一つにはこの吉本の思想的直観につうじる射程をもっている。この親和が、それだけで「影」のいわば現実への回路をもたない自己完結した思想、あの「正しさ」の論理にたいする対抗点を構成しているとはおそらくこのような意味をもっている。

　しかし、ぼく達は吉本のように考えてこの「街の住人」にある違和を感じながら、なおある親和を禁じえないでいるのではない。ぼく達は思想のことなど考えない。「街の住人」への親和は、おそらくもう少し深いところ、あるいはもう少し浅いところから生じているのである。

「個人」と「自分」。この二つの単位について多田道太郎は興味深い指摘を行なっている。彼はこう書いている。

個人というものが私たちのものを考える単位になっている。個人は英語では individual である。つまり、もうこれ以上分割(divide)できない最小の分析単位、という意味だ。私たちのことば日本語では、個人というのは熟さないことばである。自我というのも熟さないことばだ。では、感じ、考え、行動する単位として、何が熟したことばかというとそれは「自分」ということばではないか。

(「『自分』の発見」『風俗学』)

多田はこの「自分」が「自我」にやがて発展する未熟な段階にあるというように考えられるかどうかには問題があるという。また、「自我」というような固定された単位イメージで今後の「社会と人間のありかた」が指示されうるかどうかは、これもまた疑わしいという。

自分というのは、木村敏氏の説によると、気分を分ちもつ単位ということである(木村敏『人と人との間』)。私たちを取りまくぜんたいのふんいきにある気分がただよい、その気分を分ちもっているのが「自分」というものである。だから、悪いふんいきがただようと、自分も気分が悪くなる。相手が気の毒な目にあっていると、自分の気も毒されるというわけだ。ここで働いているのはつながりの論理であるが、では、自分をどこまで押しひろげるか、どこまでが自分の範囲であるか、というとはなはだあいまいにならざるをえない。そして、あいまいとは近代の一悪徳である。しかし、それが現代の悪徳であるかどうか、それは問題だ。（同前）

多田は、「自分」というものは、「個人」あるいは「自我」というものと異なる「私」のあり方だと考える。「個人」あるいは「自我」は、彼の生きる社会という水槽の傍らに、同じ机に置かれたコップのように存在しているのだが、「自分」は違う。それは〝連通管〟のように、社会とその底の部分で「つながっている」。だから、社会の水位が下がると、「個人」のコップの中の水位はもとのままにとどまっていても、「自分」の社会と通底器でつながれたコップのほうの水は、同じように水位を下げる。

皮膚を境とする内側を、せまい意味での「自分」とすれば、もっとひろい「自分」は、自分の刻印を押した事物の総体ということになる。自分の創造したものはもちろん、自分の好みによって選んだものもまた、その第二の「自分」となる。もちろん、その時代、その社会との協力なしにそんな第二自分はありえないのだが、その境界のあいまいさを覚悟でいえば、身につけるネクタイや下着、手許にある万年筆やブローチ、そして盆栽や自動車、ときには、自分も微細なかたちで参加している街並にいた

るまで、第二の「自分」といえる。少なくとも、自分の表現ではあるわけだ。（同前）

おそらく、この多田のいう「第二自分」の外側には、時代の気分ともいうべき、その生きる社会全体の雰囲気までを含むひろがりとしての「第三自分」を想定することができる。ぼく達の生きる社会と時代の雰囲気ともいうべきものは、「自分」という通底器をつうじて、いわばぼく達自身の内部の「自分」を〝不随意筋〟的に変えないではいないのである。

ここでぼくに興味深く思われるのは、村上が、あの小説を書くにあたって、「世界の終り」の「僕」と「影」を分身化するに際し、「僕」から消えていくものを「心」と名づけるか、「自我」と名づけるか、迷ったらしいことである。先に引いたインタビューで村上はこう語っている。

「世界の終り」という世界には心がないですね。この〈心〉という言葉の使い方はとてもむずかしくて、僕も用語としてずいぶん迷ったんですけれど、結局なるべく平明な言葉がいいと思ってそうしたんです。〈自我〉ではイメージが限定されすぎちゃいますしね。正確に言えば人間の存在を支える内在的な力とでもいうのかな、そういうものですね。

（「『物語』のための冒険」）

この村上の発言を参考にするなら、「僕」は「人間の存在を支える内在的な力」を欠いた場所に、その同じものを喪失すべき人間として身を置く存在であり、一方「影」は、現実の生の営まれる場所から隔離されてしか存在を許されない、しかも現実の生から隔てられている以上徐々に死んでいくほかない「内在的な力」である。そしてこの「内在的な力」は、「イメージが限定されすぎ」る嫌いはあるものの、「自我」とも名づけうるものとして考えられている。「僕」と「影」の対位法を、これまでぼくは「心」を欠いた「生」と、「生」を欠いた「心」というように語ってきた。ところで、「僕」のその身を置く社会への名づけられない親和と共感の根拠を考えようとするこの文脈に、「僕」と「影」は、多田のいう「自分」と「個人」の対位法をなすものとして現われるのではないだろうか。そしてこのように考えてみるなら、「僕」の「街」への親和のもつ意味と同時に、なぜ、ぼく達が自分をいま、「心」を欠いた「生」と「生」を欠いた「心」の分離した生存というように感じないでいられないか、その根拠ともいうべきものも、ここからは見えてくるのではないだろうか。

「世界の終り」の「僕」と「影」の対位法が、現在のぼく達の生の状況を切実に象るものと感じられるのは、このように見るなら、そこに世界史的にも例を見ないといわれる高度成長以降の社会変化に身を曝すことによってぼく達に生じたある「私」の分裂が表現をえているからである。もしぼく達の生きる社会が、自分達が十歳の時、十五歳の時、二十歳の時、さらに三十歳の時で、それほど激しい変化に曝されないなら、ぼく達の中でこうした時間をつうじて形成された自己とたとえば現在の自分の間には尖鋭な亀裂が生じるということはないに違いない。ぼく達のあの「自己」というコップの中の水位は、ぼく達の自己形成期をつうじて確定されて、ぼく達は「影」ではないが、何が「正しい」ことで、何が「美しい」ことかにある尺度と判断とをもっている。誰もがその精神形成期の時代の雰囲気を、「自己」に刻印しているとはそのような意味だろう。しかし、そうして確定した水位をもつコップを一方に抱えて生きるぼく達の〝現在〟の生の水位が、それとは全く違うような場合、どのようなことが起こるか。その精神形成期と全く異なる価値観、時代の気分の中に身を置き、しかもその価値観、時代の気分を拒むことはしたくないとある理由から、あるいはある直観から思う人間がいるとすれば、彼にはどのようなことが生じるか。彼の中では、彼の存在をささえる「内在的な力」ともいうべきもの、不変の「内面」と、その身を置く時代の気分、日々の生の体感との、深い乖離の感覚が意識されずにはいないのではないだろうか。

彼にいわば「個人」と「自分」の分裂が生じる。これはけっしてある世代的な経験というようなものではない。ぼく達は、たとえば「近頃の若い者は」というあの聞きなれた声を、そっと自分に呟かせて見ることができる。自分の信じる価値観にしたがって、ぼく達はふつう、眼前の事象を裁断、批判しているのだし、その価値観が動揺を受ければ、「アイデンティティの確立」などといってその価値観を再補強しようとするのだ。

ある意味では、どのような近代人も、「近頃の若い者は」という声を自分の内と外に聞いてきた。つまり、その精神形成期の時代の雰囲気、価値観と同じ雰囲気、価値観のうちに大人となり、年老いるという経験は、江戸期までのある時期、日本人にあったかもしれないが、少なくとも明治以降の日本にそのようなことはなかったし、その点で近代の日本は、世界の国々の中でも特異な位置を占めてきた筈なのである。

「近頃の若い者は」という言葉は便利な言葉だ。つまりぼく達は、いつも「個人」を自分の足場にするか「自分」を自分の足場にするか、してきた。自分の内面に培われたモラルで、ぼく達は軽佻浮薄な眼前の現実を批判し、否定するのでなければ、眼前の現実に寄りそうことで、〝時代遅れ〟のモラルを嘲弄し、またかつての自分のモラルを流行遅れの衣服のように〝脱ぎ捨て〟てきたのである。

しかし、もしぼく達が自分の「内在性」と日々生きる生の実感のひどく落差のある時代、社会に生きるとして、自分の「内在性」に固執して自己完結することも、また一方無自覚な現状肯定に従うことも肯んじないとしたら、その時ぼく達は、どのような場所に身を置くことになるだろう。「個人」と「自分」の分裂。そこにいたるみちすじこそ違え、吉本の「SFアニメ的な人間性の客体化」の必要をめぐる言明も、村上の「僕」と「影」

も、たしかにこのような場所からやってきているのである。「世界の終り」の「僕」の「街の住人」への親和とは、この時代の気分への共感、自分のけっしてここにいう「自分」を手離すまいという意志の表現である。一方「影」は、彼の中の「個人」、あの「自我」と語りうるものへの彼の信従とかすかな違和を表現する手だてとなっている。

二つの部分の複合として存在するこの「明るく楽しい観念小説」(村上)を、あまりに一つのコンテクストから語ることは慎しまなければならない。だからこれは全く小説の評価と関係のない見方としていわなくてはいけないが、村上はここで、この見方に立つ時、「僕」のこの言葉にならない街への共感を言葉にするのに十分には成功していない。また、同様に、あの一見非の打ちどころのない「影」の論理への言葉にならない違和に形を与えることにも十分には成功していない。しかしこの作品はあの「個人」と「自分」の分裂をたしかに深く生きる場所で書かれている。この小説のもつ今日的な思想性、またその小説としての力はここにひそむのである。

5

ところで、もしこの「世界の終り」が、「僕」を語り手にしてではなく、「影」を語り手にして書かれることになったら、ぼく達の前に現われるのはどのような問題だろう。それは、先の吉本隆明の言葉に導かれていえば、いまぼく達が「米ソ両国の核即時廃絶」という「人間性」に立つ希望を表明するのに、いったいどのようなみちすじが想定可能か、という問いを含む問題になる筈である。

ぼく達もまた、素朴な「冗談」をいいたいわけではないから、これを真面目に(?)表明する道は閉ざされている。このようなことは「恥かしくて」いえない、とぼく達があるはにかみと共に感じるのにはしかとした根拠があるのだ。「恥かしい」のを押していう時ぼく達は赤面し、その赤面を意識してぼく達のからだは硬直する。しかしこわばるのはからだだけではない。ぼく達の思想、あの「人間性」がこわばり、「停滞」するのは、吉本のいうとおりである。吉本の批判したように、一九八二年の「文学者による反核声明」署名運動とはそのようなものだったのではないだろうか。そこには人を自由にするものはなかった。「真理」は、けっしていわれているようにぼく達を「自由」にはしないのである。「SFアニメ的な人間性の客体化」の必要ということで吉本のいうのは、このような意味では、「米ソ両国の核即時廃絶」の希望というような素朴な「人間性」の発動は、冗談めかしていうよりほかにないし、悪い冗談として自分の中に抱えておくよりほかに、自分に保持しておく方法はない、ということである。ぼく達はもちろん、そのような希望を表明する義理はない。黙っていればすむことだ。どうしても何か言わなくてはならないなら、悪い冗談だが、と断わって自ら一時のドン・キホーテを演じるのが関の山である。

しかし、このようにも遠い存在となってしまったぼく達の「人間性」に、（悪い冗談として）一場の発言の機会を与えるというのではなく、何とかあの「恥ずべき」生まじめな硬直に陥ることもなく、表現の機会を与えようとすること。ここには、これまで考えてきたところには含まれない、何か今日的なもう一つの思想的課題があるという気がする。もちろんここでは、あの戦後民主主義の理念を「遵守」して、その信念に立って発言するというようなあり方は問題にならない。それは怠惰にすぎると思う。しかし一方、ぼく達が冗談めかして「人間性」に発言の機会を与える、そのようないわば奇手が、いつまでも「通用」するとも思われない、ということもある。冗談は相手を選ぶ。それは通じる相手を選ぶ。それは通じない人間には全く通じないし、それが通じない時代の状況もまた考えられないというのではないからである。

ぼくがこのようなことをいうのは、ここに安部公房の『方舟さくら丸』という小説があり、それがなぜ書かれたのかがよくわからない。ことによれば安部のいた場所というのはここまで考えてきた文脈の中に置くとこのような場所ではないかと思われるからである。安部は、「反核文学者署名者」のようでもなく、その真正面からの批判者吉本のようでもなく、「核」について語る。『方舟さくら丸』は奇妙な小説だ。それはほとんどぼくを動かさない。安部公房という小説家が、五年以上の歳月をかけて書いた小説。失敗作だと判定したいのだが、これをそう判定するためには作者の意図がこちらによく摑めていなければならない。安部自身は自作について語っている。しかし、それを読んでも、本当のところ彼がなぜあのように、あのような小説を書いたかはわからないのだ。少なくともぼくには、彼は、ちょうど「影」を語り手にして、日々の生から隔てられた「人間性」に近いもの、それが今日自ら形姿をまとうとすれば、身にこうむらなければならない運命のようなものを描こうとしたとしか考えられないのである。

このようなことをいわないでも、『方舟さくら丸』は村上のあの「世界の終り」にいくつかの点でとても似ている。村上のあの小説の読者は、もし『方舟さくら丸』を読んでいれば誰しもそのことに気づくに違いない。『方舟』は一九八四年十一月刊、「世界の終り」は一九八五年六月刊で、二つの作品の間に影響関係は考えられない。「世界の終り」は長編小説である。二つの小説が似ているのは、二人の小説家が、彼らの生きる同じ時代にきっと似たものを感じとっているからなのに違いないと思う。

類似は、いくつかの点に及んでいるけれども指摘するに値すると思われるのは次の点だ。まず二つの小説(「世界の終り」は小説内小説だが)は共に完全に外界から閉ざされた自足社会に作者が関心をもっていることを教える。『方舟さくら丸』は核時代のノアの方舟をめざす巨大な地下シェルターをめぐる物語である。そこには何でもある。閉ざされた世界に蓄積されたあの「エントロピー」を「世界の終り」は〝一角獣〟を登場させて完壁に排出するけれども、「方舟」のほうには何でも流してしまう巨大な〝陰圧〟をもった便器が登場してきて、この完全閉鎖系をささえている。『方舟』にはユープケッチャという奇妙な虫が登場する。自分の糞を食べて永遠に生き続けるかとも思われる「完璧に近い閉鎖生態系」を実現する奇妙な虫。これは小説の主人公「もぐら」の現実を拒否して自分の世界に閉じこもっていたいという欲求の客観的相関物なのだ。

ところで安部はなぜこのような青年を主人公にしたいと考えたのだろう。「もぐら」は「身長一メートル七十、体重九十八キロ、撫で肩で手足は短か目」。彼は三年がかりで建築用石材の採石場跡に「石段やトンネルで連結された、数千人の収容能力をもつ大地下街」をたった一人で作り上げるけれども、これは来たるべき核戦争の際に、生き残るに値する少数者を収容する巨大な核シェルターである。またたとえばこの自閉的な奇妙な青年はなぜ〝豚〟のように太っているのだろう。彼はスマートではない。彼は格好が悪い。小説には〝豚〟をシンボルマークにした「オリンピック阻止同盟」の挿話が出てきて彼らは「筋肉礼讃反対！　ビタミン剤反対！　国旗掲揚反対！」を訴える。安部は、国家、健康、スマートさの対極に不健康で不格好な余計者のイメージを見ていて、それが、彼の主人公なのである。

「もぐら」はけっして思慮深いようには見えない。小説は、彼の「方舟」作りがほぼ完成して、それへの乗組員、仲間を彼が探しに外に出ていくところからはじまる。彼が外界に出て〝外〟と接触したとたんに、彼の目算は外れはじめる。ちょっとした手違いから彼が方舟への「乗船券・生きのびるための切符」と採石場跡の出入口の合鍵を手渡してしまう相手は、デパートのガジェット（ガラクタ）展示即売会であのユープケッチャという（インチキの）奇虫を売っている昆虫屋とその〝サクラ〟と相棒の女の三人だが、その三人に闖入されてからの彼は、何とかこの女によく思われたいという欲求と何とか他の二人の男に〝船長〟としての威厳を確保したいという見栄にふりまわされつづけるのである。

彼は格好がよくない。思慮深くもない。そのうえ読者は彼が何を考えているのかもよくわからない。よくわからないからといって、彼は何か深遠な思想とか深い感情を隠しもっているというのでもなさそうだ。彼の関心を占めているのは、「サクラ」の相棒の女のお尻に触りたい、ということだし、たとえば彼自身の「方舟」の中で核戦争後の世界を自分に好ましいと思う人達と共に暮したいという素朴な願いは、「サクラ」のこんな反問によってあっさりと覆されるていのものにすぎない。

「では、伺いましょう。船長としては、どういう人間を乗り組ませたいんだい。聞いていると、もっと素性の知れた人間をご要望らしいけど、そう素性の知れた人間ばかり集めてみたって、面白くもなんともないぜ。第一、船長自身が、どこのものとも知れない馬の骨じゃないか。いまさら気取ってみても仕方ないだろう」

「気取ってなんかいないさ。でも、いざという場合、ここが未来のための遺伝子のプールになるわけだろ。それだけの責任はあるよ」
「これだけははっきり言っておく。彼女が出て行かない限り、おれもここに居坐らせてもらうからね」
（『方舟さくら丸』）

このような、どんな意味でも主人公らしくない、どこか〝尊厳〟というものを感じさせる、ということの全くない鈍重な青年をこれでもか、これでもか、というようにぼく達の前にさし出し続けるところを見れば、安部はこうした完全なアンチ主人公をこそ主人公として提示したかったのだと思うほかない。たしかに安部の小説の主人公は、多くの場合、近代小説の概念における主人公像にたいしてある道化めいた逸脱を示すのを常とするのだが、ここではそれが異様なくらいに徹底されているのである。

安部はなぜそんなことをしているのだろう。「世界の終り」のことを思いだしてみよう。もし、あの小説内小説が、「影」を主人公の位置に置いていて、しかも作者がこれまでここで考えてきたような文脈でこの「影」を動かそうと考えたなら、ここにはどのような「影」の側に立つ問題が現われるだろうか。彼は「僕」とは違って、その置かれた世界から排除されている。しかも自分こそ「正しく」てこの世は「間違っている」と確信している。彼はこの世の外の世界に脱出したいと考える。しかしそれには「僕」の協力がどうしても必要だ。「世界の終り」では、その〝外〟に、別の世界、彼らが「もとどおりの自分」に戻れる世界があるけれども、もしそんな外部がないなら、「影」はこの世界を打倒しようと思うに違いない。彼はいわば革命家となるほかない存在なのである。彼によれば「世界の終り」が見掛けの完全さを保っているのはそのエントロピー排出システムをこの世界が一角獣によって充当しているからだ。人が生きることは、そこから悲しみや苦しみを受けとることだが、その日々の「心の泡のようなもの」は不断に一角獣によって人びとから「かいだされる」。一角獣は、いわば人びとのこうした「心の泡」を街をさまよいながらゴミ清掃人のように吸収し、回収し、やがて冬がくるとその重みに押しつぶされるように「そんな人々の自我を体の中に貯めこんだまま」死んでいく。その死んだ一角獣の頭骨に残存する人びとの「古い夢」は、やがて街への新参者によって充当される「夢読み」の読解をつうじて「アースをつたって流れる電気」のように、大地に吸収され、どこかに消えていくのである。彼は、彼自身の分身である「日々の生」にむかってこのことを説明し、こんな「不自然」な「間違った」世界は破壊されなければならないと〝説得〟するに違いない。彼はこう言うだろう。ここは「世界の終りかもしれない」、でも「ここには必ず出口がある。それは俺にははっきりとわかるんだよ。空にそう書いてある。出口があるってね。鳥は壁を越えるよな？　壁を越えた鳥はどこへ行くんだ？　外の世界だ」。

しかし、もし「世界の終り」がこの「影」を主人公にする小説なら、「影」は、こうして「日々の生」の側に切り離されたもう一人の自分を説得しながら、もし自分の分身が「それでもいい、自分はこのような生活に満足している」と自分の主張に肯んじえない対応を示せば、自分は何か白分にもコントロールのできない恐ろしい存在になってしまうのではないか、ということを感じるに違いない。自分はいまこうして節度を保って分身を説得している。しかし、自分には〝何か〟が欠けている。そのため、状況が非常に緊迫すれば、自分は分身をこの「正しさ」をかさに圧迫し、どうしても彼を自分に屈従させようと思うのではないか。なぜなら、そうしなければ、自分の考えることは実行に移されないからだ。「影」は一つのジレンマに陥いるのではないだろうか。そして自分の考えている「正しさ」が、もし相手への説得と支配なしには形をとらないとしたら、しかも自分は誰をも支配したくないと考えるなら、その「正しさ」がどのような形で自分の中にとどまりうるか、深い自問につき落されるのではないだろうか。すぐにわかるように、たとえば一九七二年の連合赤軍の共同者殺害は、この「影」の相手への支配の延長上にある。「影」は、あの鶴見のいう「人間性」に直列につながる思考が、今日の現実の中に置かれてぶつからなければならないアポリアに、ほぼ体の真正面で出会うことになるのである。それは「きょう実現できない」。あるいは、それは自分の眼前の他者に自分の「正しさ」を納得させなければ実現できない。しかも他者は、それを納得しないという。もしそのような状態が、きょう打開できず、「あしたもできない。あさってもできない。十年、二十年、三十年、それがつづいていくとしたら、その思想をもつ人にとってその思想はどういう役割を果しますか」。「影」はそのことを考えなければならないことになるのである。

もし「影」が、ここに描かれたような「人間性」ではなく、そこからどのような意味でも他者への働きかけを手足をもがれるように「もがれた」存在、そのような「人間性」として提示されるなら、ぼく達はどのような個人を眼にすることになるだろう。彼は「正しさ」の化身なのだが、そのことを自覚していないから「正しさ」を「正しさ」として他人に提示できない。彼は何かを考え、何かを願っているのだが、そのことの「意味」だけは彼から「血抜き」されているのである。信じられないような「人間性」の無垢。いわば彼は内面そのものなので、あの「内面」というものをもたない。ちょうどミロシュ・フォアマンが映画『アマデウス』に描いた、モーツアルトのように、彼はたとえようもない深さをもっているが、それは（音楽以外には）発露の手段をもたず、現実にぼく達が眼にするのは同様にたとえようもなく軽薄な一人の男なのである。

『方舟』の「もぐら」は、このような裏返され、「意味抜き」を施された「影」の化身そのものではない。けれども安部が主人公をあのような存在として設定したのは、こうした認識に立ってのことではなかったかと思われる。ここには一つの問いがあるというべきだろう。つまり「人間性」に発する素朴な意志を、あの「反核文学者署名運動」のような硬直した現世否定の姿勢に陥ることなく、しかもその「SFアニメ的な客体化」という奇手によることもなく、それを受けとる手、それを聞く耳をもたない世界に向かって差しだそうとするなら、この「人間性」にはどのような運命が見舞うことになるか、という問い。

また、竹田青嗣が先に「世界の終り」に読みとった寓意は、むしろ『方舟さくら丸』にあてはまるのではないのだろうか。二つの小説の相似点の第二は、これらの小説が共にある分身の一対を主人公・副主人公としていて、閉ざされた世界から、一人は外に出ていき、一人はそこにとどまるものとして描かれるという点にある。「世界の終り」の「僕」のように、地下空間にとどまるのは『方舟さくら丸』では「サクラ」と呼ばれる男であり、「影」のようにそこから出ていくのは「もぐら」である。「もぐら」は出ていく。安部にとってユープケッチャに象徴される完全に外界から遮断された閉鎖系への関心は、自分の「内面」が外界との交渉なしに作りあげる〝世界像の閉塞〟の問題として摑まれている。というより、いまや、「内面」とか「人間性」の発動とかは、厳密に考えるなら、現実を失うという代償なしには、しかもその喪失をさらに自分に繰りこむという操作なしには、可能ではないという認識の上に重ねられている。

『方舟さくら丸』では、いったん外界との接触をはじめてから「もぐら」の「内面」世界があっというまに外界から蚕食される。地下シェルターには、「もぐら」の知らなかった坑道跡から「ホウキ隊」という奇怪な老人の軍国主義的集団のほかに少年少女の暴走族グループが侵入してきていたことが明らかになる。また、「方舟」の閉鎖系のかなめともいうべき巨大な陰圧をもつ便器に「もぐら」は誤って脚を吸いこまれてしまい、閉鎖系を壊すか自分の脚を切断するかの二者択一に追いこまれる。彼は結局のところ、閉鎖系を壊す。彼は、外界に核爆発（核戦争）が発生したと偽って、不測の事態のために準備していたダイナマイト装置を作動させる。不要物排出のためのシステムは壊れるが、彼は便器から脚を引き抜くことにかろうじて成功する。いまや混乱に陥り、老人グループの支配する小ファシズム世界と化した自分の「方舟」から、彼は、まるで追放されるように一人〝外〟に排出されるのである。

その「もぐら」の脱出は、竹田が「世界の終り」に見たような、自分と他人の生き生きした交感を焼きつくすかもしれない「自分自身の根深い〈世界〉イメージ」に抗って、「自分自身を囲む〈自己〉の壁」の外に「世界への通路をもう一度見出」そうと出ていく、安部の「ひどく困難な意志のかたち」を実現している。一方、「方舟」にとどまることを選ぶ「サクラ」の選択は、おそらく街の住人がすべからくファシストとなっても、それでもなおそこにとどまる吉本のあの「大衆を絶対に敵としない」思想につながる安部の、何か「ひどく困難な意志のかたち」を思わせるのである。

6

「サクラ」。この『方舟さくら丸』の副主人公は彼もまた主人公同様、何を考えているのかはっきりしない、奇妙な人物である。安部はこの小説に触れたあるインタビューの中で、「もぐら」が自分の分身であるのと「おなじくらいの比重で」「サクラ」も自分の分身なのだと述べている。だから「題名に掲げるだけでなく、終始一貫サクラを主人公にして、サクラの眼で書くことも出来たはずだ」(「破滅と再生」1)と。

「サクラ」は当初、その〝サクラ〟商売同様摑まえどころのない、いかにもうさんくさい人物として登場する。相棒の女性との関係もはっきりしない。彼女によれば彼は「骨癌」に侵されており、あと半年の命しかない。しかし彼は他の登場人物にも読者にもその心を垣間見せることはなく、この女性の言葉を信ずべきとする根拠が暗示されるわけでもない。読者は、「もぐら」を前にした時と同様、やはりあるちぐはぐな感じの中に宙吊りにされるのである。

この「サクラ」が意外な彼の「内面」ともいうべきものを露頭させるのは、ダイナマイト爆発によって「方舟」が致命的打撃を受け、外界に核戦争が勃発したと「方舟」の住人が全員信じこんだ後、「もぐら」に真相を打ち明けられる場面においてである。「もぐら」

は女性に執着して彼女を一緒につれだしたい。そのためには、相棒の「サクラ」にも真相を知らせなくてはならず、「サクラ」に核戦争というのは嘘なのだとうち明ける。しかし、「サクラ」は、そのことに「それほど衝撃を受けた様子」も見せない。「そうか……嘘か……世間は、今までどおりにやっているわけか……」、彼の口をようやくついて出るのはこのような呟きにすぎない。

後につづく、「もぐら」と「サクラ」の対話。

「変り者だな、君も。まるで残念がっているみたいじゃないか。別れを惜しむほどの連中じゃないだろ」

「たしかに薄汚いよな、爺さんなんて。眉の毛がのびて、鼻毛が飛び出して、顎の下に河馬みたいな皺がよって……まあ、外見のことは勘弁してやってもいいさ。でも許せないのは、おれには何でも分っているって感じの、あのみじめったらしい鈍感さだね」

「話が決ったら、出掛けよう。ぐずぐずしていると、また呼び出しがかかるぞ」

しかし「サクラ」はどことなくはっきりしない。

「出掛けるなら、急いだほうがいいかな」

　女が唇を左右に引き、小首をかしげてぼくとサクラを見較べた。まったく妙な男だ、何をためらっているのだろう。

「行こうよ、冗談を言い合っている暇はないんだ」

「いや……やはり遠慮しておこう。何処でどう生きようと、たいして代り映えはしないよ。それに本来、嘘を承知ではしゃいで見せるのがサクラだろ」　（同前）

「世界の終り」の「僕」が「大佐」の帽子をかぶり直して「僕はここに残ろうと思うんだ」と言うのにたいして、「サクラ」は、自分の残る世界の住人、軍国主義の亡霊めいた老人達には何一つ共感するものがないことを明言したうえで、「いや……やはり遠慮しておこう」と言う。安部の二十二年前の作品、『砂の女』で、主人公が最後に辿りつくのも、いつどこにも出ていけるのなら「何処でどう生きようと、たいして代り映えはしない」という認識だった点は変わらない。しかし、「サクラ」は、『砂の女』の主人公が、彼の身を置く不毛な世界にある意味を発見することをつうじてそこに「もうしばらく」とどまってみようと考えるのにたいして、そこには何の意味もないけれども「本来、嘘を承知ではしゃいでみせるのがサクラだろ」という奇妙な理由で、そこにとどまろうというのである。安部の筆致は、「サクラ」がそこにとどまることにはどのような〝意味〟も、少なくとも『砂の女』にあったようなどのような意味も見出していないことを読者に知らせようとしているように見える。安部は、核爆発後の世界に生き残ったと住人の信じる「嘘」の世界に、嘘と知りつつ、それでも残ることに、少なくとも何かの意味を見たい、という身ぶりを示しているといってよい。この安部の身ぶりは先の吉本の「大衆を絶対に敵にしない」思想と同じではない。吉本の思想は、たとえ大衆がすべからくファシストになったとしても、そこに「嘘」はない、その見かけの「嘘」の向こうにそれを「嘘」として差しだしている「社会構造の総体のヴィジョン」をつかまえることができないならば、思想は自己完結的なモダニズムと化すか、転向に陥るほかはない、と結論するものだからである。ある意味で安部のこの身ぶりは、「真」の世界に「真」としてとどまる吉本の姿勢の対偶に位置する。

しかし安部は、なぜ「嘘」の世界に、嘘を承知で、なおとどまることに意味を見ようとするのだろうか。先に引いたインタビューの中にはこのような彼の発言が見つかる。

『方舟さくら丸』の《さくら》には、説明するまでもなく、国家主権のシンボルである桜と露天の客寄せのサクラの二重の意味をもたせてある。サクラは嘘を承知でその嘘を生きなければならない。そしてその嘘というのは日本の国の花なんだ。国家の外に立つことが誰にとっても不可能なら、抑止力としての核という論理を生きるしかないことになる。だから現代の破滅願望は、反体制として機能するよりも、はるかに国家主義、もしくは民族主義的方向に組織されやすい性格を持っているんだ。けっきょく真の核廃絶は国家の廃絶以外にありえないような気がする。（「破滅と再生」1）

彼が言っているのは、「国家の外に立つことが誰にとっても不可能なら」、もうぼく達に救いはない、ということだ。それではどのように「国家の外に立つこと」は可能だろう。『方舟さくら丸』が、主人公達にどのような既成のモラル、あの「人間性」、また戦後民主主義につらなる理念をも許していないところを見れば、彼は、明言こそしないが、それらのものによって「国家の外に立つ」可能性を既に見限っている。そのような彼の断念がどのようなみちすじを通ってやってきているかはよくわからない。それは、ここまで見てきたことがらと重なるかもしれないし、重ならないかもしれない。いずれにしろここで重要なことは、それらにたいする絶望のうえに立ってこの小説が彼に構想されていることだ。彼は、それらの「人間性」は、今日の現実を直視すれば、絶望にいたりつくほかなく、その絶望は多様な破滅願望に容易に結びつく。しかしそれは、反国家の動きとして機能するより「はるかに国家主義、もしくは民族主義的方向に組織されやすい」、そう考えているのかもしれない。とにかく、「人間性」に直列につながる思考に「国家の外に立つ」可能性がないとすれば、そこに生きる者は、どうすればよいか――「もぐら」と「サクラ」はこの問いにたいする答えの場所に置かれているのである。「もぐら」は、もし「人間性」を手離さない思考が「おれには何でも分っているって感じの、あのみじめったらしい鈍感さ」に染まることを避けて「国家の外」に出ることがあるなら、それはどのようにか、を語っているのではないだろうか。また「サクラ」は、あの『砂の女』の主人公の「とどまり」の延長に「とどまる」ことがそのことで「井の外」につながる可能性を探せば、それはどのようにしてか、を語っているのではないだろうか。「サクラは嘘を承知でその嘘を生きなければならない」。彼はとどまる。しかし彼はそこに「嘘」を見、「嘘を承知でその嘘を生き」るのである。安部はこうも言っている。「でもあのサクラというのは、最後までよく見えなかった。というより、内側に入りこむのがなんとなくはばかられた」と（「破滅と再生」1）。彼は、もしある人間が国家の内側の世界に何の希望の芽も見ず、それにもかかわらず、そこにとどまるとしたらどのようなモラルがありうるか、と考えるのではない。彼はむしろそのような人間を造形してそこに置く。箱のように。それはとにかく「嘘を承知でその嘘を生きる」人間、〝サクラ〟だ。その「内側」を覗くことは「なんとなく」彼には「はばかられ」る。彼にわかっているのは、自分達に残された箱型の回答が「嘘を承知でその嘘を生きる」と読めるなら、とにかく自分達はそうしてみなければならない、ということなのである。

安部はこの当為の造型に成功しただろうか。「サクラ」と「もぐら」、『方舟さくら丸』

を読むかぎり、ぼくは彼はそれに成功していないと思う。この小説は少なくとも『砂の女』の終りの部分の、主人公が溜水装置の桶に見出す「切れるように冷た」い水の存在感を欠いている。また、「世界の終り」の「影」と「僕」の親和と違和の切実な体感をもつというのでもない。ただかろうじて、「もぐら」が「方舟」の外に出て出会う〝世界〟の感触に、ぼく達は安部の「ひどく困難な意志のかたち」を見るのである。

7

「サクラ」は方舟にとどまるけれども、「もぐら」はその外に出る。しかしここでも彼は、「世界の終り」の「影」のように外に脱出できれば何か二つの分身に切り離されていた自分達が「もとどおり」になるとでもいうような「真」を抱えて、「嘘」の世界、不自然な世界から逃れるのではない。先に述べたように、彼はむしろ自分の「世界」イメージ、現実との接触を欠いた自分の「真」の過誤を引き受け、自分の「正しさ」の罰を受けて彼の作った世界から追放されるのである。たしかに彼の脱出は、「世界への通路をもう一度見出」そうとする安部の身ぶりを伝える。しかし竹田が「世界の終り」の「影」に見た、いわば雄ネジの形をしたポジティブなモラルはここにはない。「もぐら」は、「サクラ」と同様、――ネガティブな――雌ネジのかたちで作者に手渡されたものからある仕方でもういちど〝復元〟された雄ネジとして造型される。作者にモラルはない。ただ彼はそのモラルの存在不可能性と、その空虚の意味だけをかかえてその真空を埋めるものへの「必要」を確信しているのである。

その必要の凹型を彼に手渡したものは、この未曾有の高温の中で溶けてしまった。モラルというモラルが苦もなく溶ける高温のなかで安部はかろうじて彼の手にする凹型をたよりに彼の二つの〝雄ネジ〟を復元してみせる。しかしそれは、灼熱の中、特殊合金製のマジックハンドで復元されるやはり特殊合金製の雄ネジである。彼はそれを見る。彼はそれを見送る。しかし彼の手はそれに触れることはできない。

安部は「サクラ」の「内側に入り込む」のは「なんとなくはばかられた」と述べるが、同じことは「もぐら」についてもいえるのではないだろうか。「もぐら」は「サクラ」同様に、中に何が入っているかわからないブラックボックスとして読者に示される。その書かれようは、安部の小説の主人公が多くの場合そうだといえるにしても、やはり奇妙だし、今回の小説ではその奇妙さが奇妙さとして残る度合が他にくらべてずっと強い。「もぐら」に読者が感情移入してみれば、彼はこの「方舟」崩壊のみちすじのどこかで、自分の「正しさ」の正体に気づき、ある絶望を味わっている。しかしその絶望、あるいは自己発見はそれとしては作者によって語られていない。自分の考えてきたことが、どんなに「非人間的」なことで、しかも自分はどれほどそのことに気づかないできたか。彼の自己発見は方舟崩壊の直前に、小説の水面に浮上する。しかしその絶望の苦さはやはり読者の眼に隠されたままだからである。

ふいに方舟破壊を決意する「もぐら」。僅かに作者の声が「もぐら」の内面をぐって読者に届く場面はこう書かれている。

死に瀕している空気生物のことを思った。生きのびようとして集団自殺に突進する鯨のことを思った。ユープケッチャの平和など幻想にすぎなかったのだろうか。だったら遊園地という遊園地に、なぜメリーゴーラウンドがあるのだろう。休日の子供たちがそっくり精神分裂症だと証明できるのなら、あきらめて引き退るしかないが……

ユープケッチャの平和。そして「死に急ぐ鯨たち」。後者は『方舟さくら丸』に続いて公刊された安部の評論集の題名にも採られているから、彼はこのモチーフを大事なものと考えているのだろう。この話は小説の中に出てくる。時に観察される鯨の集団自殺に関するある学者の「面白い仮説」として「もぐら」が「女」に話す。鯨は本来肺で呼吸する地上の哺乳類だった。彼らは、「もしかしたら、溺れるのを怖がって水から逃げているんじゃない」だろうか。溺れまいとして「群れごと浅瀬に乗り上げ」そのまま「空気に溺れて」死んでしまうのではないだろうか。

この、昔は自分達は「肺で呼吸する」地上の哺乳類だった、と信じる鯨は、あの「世界の終り」で「本当の世界」、「ものごとのあるべき姿」を回復するために世界の〝外〟に戻るべきだと説く「影」に似ている。たしかに鯨は「もとは」地上に棲んだかもしれない。しかし彼らは、いまは海に棲む。海に棲むからといって彼らが肺呼吸から鰓呼吸に退歩したのではない。彼らは、どのようにしてか、海に棲み、しかも肺呼吸する生存を自分の条件としたのだ。たしかに彼らは空気を吸う。しかしもし彼らが「本来の姿」に直接に戻ろうとすれば、彼らは「空気に溺れて死んでしまう」。「世界の終り」の「僕」は、むしろ海にとどまる鯨の論理をこのような形で展開することもできたかもしれない。少なくとも「もぐら」は、あの巨大な便器に自分の脚を吸いこまれ、動きがとれなくなった時に、このように語る。彼は、自分の作った「方舟」が、いわば自分を「空気に溺れ」させるのではないか、と感じるのである。自分の糞を食べて生きる、全く〝外界〟を必要としないユープケッチャは、いわば外界の変化を全く蒙らず、「もとどおり」に地上で肺呼吸する鯨にほかならない。ユープケッチャの平和は、幻想だったのだろうか。

「もぐら」は地上に脱けでるけれども、その意味は「もとどおりの鯨」として彼がむしろ「現在」という〝海〟に舞い戻るということである。一方に、「ものごとのあるべき姿」を回復しようと「死に急ぐ鯨たち」の一団があり、それにたいして、海にとどまることを選ぶ少数の奇妙な鯨のグループがいる。しかし「もぐら」はそのいずれでもない。彼は、原始の鯨、「地上で肺呼吸する」突然変異種の「くじら」として、「空気」に追われ、あるいは「空気」の原罪を身に受けて海に舞い戻ろうとする。しかし彼は、そうすれば逆に「水に溺れる」しかないのではないだろうか。「もぐら」と「くじら」。しかし安部は、少なくとも「もぐら」をそのような存在、どのような形でか造型された凹型の「心」として、――凹型の「本来の鯨」(?)として――彼を現実世界、海に送り返そうとするのである。「もぐら」は方舟破壊のボタンを押す。そこにかろうじて洩らされた、こんな感慨。

ベルトの物入れからリモート・コントロールの操作盤を取り出す。安全装置を横にずらせて、赤ボタンにのせた指を沈める。(中略)乾杯の声ひとつない、ひっそりとした孤独な進水式。核戦争というのは、こんなふうに、始める前に始めるしかないのだと思った。現実の勃発に気付いた大半の者は死に絶え、勃発から耳をふさいで知らずに済ませた者だけが生きのびられるのだ。

この小説が一篇の作品として十分に成功していないことはたしかである。この小説にはどこか「空転」の印象が拭いがたい。しかしこの作品が失敗作であると判定するには、あまりにここに賭けられた意図が深くまた大きい。「空転」の印象はきっとここに描かれた主人公達の行動の「空虚」の感じに深く根ざしているだろう。しかしこの「空虚」が必然なら、作品自体の「がらんどう」の印象も、必然かもしれないのである。それは空の、しかしネガの形で「心」を象った、「心」の凹型のように見える。それは人びとの「心」が溶けてなくなる。「世界の終り」を生きのびて、次代に向かってそれ自身歪み、変形を余儀なくされながらも「心」の形を伝えるタイム・カプセルに似ていないだろうか。そこには何も入っていない。しかしいつか時が来て、誰かがそこに鉄を流しこめば、「心」はそこに新しい形で姿を現わす、その可能性は残されるのである。

「もぐら」が地上に出る、その短い一頁の最終章はこう題されている。「透けた街」。そこには次のように書かれている。

> 永い時間がかかった。途中、何度か眠ったようだ。しびれはおさまったし、膝の感覚も戻ったが、合同市庁舎の地下に辿り着いたときには、夜が明けていた。人の出入りが始まるのを待って、外に出る。
>
> ひさしぶりに透明な日差しが、街を赤く染めあげている。北から魚河岸にむかう自転車の流れと、南から駅に向う通勤の急ぎ足とが交錯して、すでにかなりの賑わいだ。《活魚》の印のトラックが小旗をなびかせていた。旗には「人の命より　魚の命」と書いてある。別のトラックが信号待ちをしていた。その荷台には「俺が散って　桜が咲くころ　恋も咲くだろう」と書かれていた。（同前）

彼は「合同市庁舎の黒いガラス張りの壁」に向かってカメラを構える。「自分を入れて街の記念撮影をしようと思った」のだ。この最後のシーンはきっと次の小説冒頭の一節に対応している。というのもそこで彼は「《豚》もしくは《もぐら》がぼくの綽名である」と名乗った後、この同じ建物の「黒いガラス」に映った自分が、自分にどう見えたかについて、こう語っていたからである。自分は「体形を目立たせまいとして、丈の長い黒のレインコートを試してみたこともある」。しかしこの建物の前で、「そんな幻想はあっけなく吹き飛ばされてしまった」。

市庁舎は黒い鉄骨と黒いガラスに覆われた、黒い鏡のような建物で、列車を利用しようと思えばどうしてもその前を通らざるを得ないのだ。黒いガラスに映ったぼくは道に迷った仔鯨か、ゴミ捨て場で変色したラグビーのボールに見えた。背景の街が歪んで映るのは面白いが、歪んだぼくはみじめなだけだ。（同前、傍点引用者）

最終章でこの「道に迷った仔鯨」はもう一度同じ場所に自分を立たせ、カメラを構えてみる。ファインダーをとおして見えるのは「歪んだ」彼でもないがまた歪んだ「背景の街」でもない。「道に迷った仔鯨」はいう。

それにしても透明すぎた。日差しだけではなく、人間までが透けて見える。透けた人間の向こうは、やはり透明な街だ。ぼくもあんなふうに透明なのだろうか。顔のまえに手をひろげてみた。手を透して街が見えた。振り返って見ても、やはり街は透き通っていた。街ぜんたいが生き生きと死んでいた。誰が生きのびられるのか、誰が生きのびるのか、ぼくはもう考えるのを止めることにした。

小説はこのように終わる。ぼくは子供の時に遊んだ「糸電話」の感触を思いだす。「糸電話」は、二人の間で糸がピンと張っている時は話ができるがそうでないと通話不能だ。ぼく達はお互い、近づく時にはそっと糸をたぐり寄せるようにし、遠のく時にはまた慎重に糸をボール紙の筒の円に張ったセロファンの針穴から繰りだしてやったものだが、さて、どうだろう、あの「ものごとのあるべき姿」に立つ「人間性」の論理は、ぼく達にいまさだかにはわからない世界との距離に合わせて糸をピンと張る通話回復の努力というよりは、既存の糸の距離に合わせてぼく達のほうが世界から後ずさりする、そうしてピンと糸を張る通話回復の努力に似ていないだろうか。吉本隆明の思想家としての努力の方向は、いまある不明の世界との距離を正確に測定し、それに合わせてもう一度「ピンと糸を張る」努力に似ていると思う。その努力には慎重さが大切だ。あまり強く糸をひくと、もろい糸電話はすぐに壊れてしまうし、少しでも糸がたるむと、ぼく達の声は世界に届かないうえ世界の声はぼく達に聞こえない。

ところで安部の努力とはどのようなものか。彼はまるで、自分のいる距離と当初の糸の長さの差異を測定しているかのようだ。彼はきっと世界という傷口を覆い、縫いあわせるに足る思想が、一個の誰にも分ちもたれる思想という形で提示しうるとは考えていないのである。『砂の女』のあのモラルの提示から『方舟さくら丸』のモラルの存在不可能性の提示へ。その方向は、そんなことをぼくに考えさせる。もしその彼の努力が、小説という形をとってぼく達に差しだされるにあたってそれがどこか、当初の糸の位置の空虚さを考慮に入れてもなお「空転」の印象をもつとしたら、それは彼とぼく達、つまりあの「道に迷った」突然変異種の「仔鯨」と、海に棲む鯨の距離が、彼には十分に摑めていないからかもしれない。彼は「仔鯨」と「死に急ぐ鯨たち」の距離を測る。でも、海にとどまる鯨たちの体感は彼の小説に現われない。『方舟さくら丸』には「方舟」内世界と、その外の世界は描かれる。しかし描かれる「外」はあの「透けた街」、「もぐら」にとっての外の世界だ。そこには現実の街に該当する第三項が、欠けていて、「空転」の印象はそこから来ているかもしれないのである。たとえば彼は方舟破壊のボタンを押す「もぐら」にこう言わせていた。

「核戦争というのは、こんなふうに、始める前に始めるしかないのだと思った。現実の勃発に気付いた大半の者は死に絶え、勃発から耳をふさいで知らずに済ませた者だけが生きのびられるのだ」と。

これはたいへんに通じにくい言葉だ。しかしきっと彼は、これが人に通じにくいことだなどとそれほどは思っていないのではないだろうか。

人のいうところによると、ある種の爆弾は無機物は破壊しないで生命ある者、有機体だけを殺傷するという。もう少したつと、人間は殺すけれども犬や猫は殺さない、そんな爆弾が現われるかもしれない。ところでこの考えの線上に究極の爆弾を想定してみると、どういうことになるだろう。その爆発に「気づいた」者の大半は「死に絶え」、それを「耳をふさいで知らずに済ませた」者は彼らだけ、何ごともなかったように「生きのび」る、そんな爆弾。「もぐら」は、ちょうどそんな爆弾の炸裂した後の不思議な世界を見ているのである。

安部は「ユープケッチャ」についてこう書いていた。この虫は食物を必要としないし排泄物の処理にも困ったりしない。しかしこの虫が「生き物」であるかぎり、完璧な閉鎖生態系は不可能なのだ。ユープケッチャの棲む島に雨季が訪れ、旅行者もいなくなってしまうと、糞を食物に変えるバクテリアの働きが鈍り、やがて彼らは「年に一度の交尾期」を迎え、羽化を行なう。羽化したユープケッチャは、「シャボン玉の膜のような羽をふるわせ、不器用に地上を飛び交」うと、そうこの小説の前半部分に現われる説明は、注意深く記している。世界との通話を回復しようとして人は後ずさりして糸の距離で立ちどまる。その後ずさりの距離は、あの『砂の女』の主人公の〝決意〟から現にある世界の位置を引き算した、その値だ。「もぐら」は、その引き算の値として、地中から地上に、「世界の終り」からカギ括弧のつかない世界の終りに、羽化したユープケッチャのように「シャボン玉の膜のような羽をふるわせ」、まよいでるのではないだろうか。

（『世界』一九八七年二月号。初出時は副題「村上春樹に教えられて、安部公房へ」が付された。『君と世界の戦いでは、世界に支援せよ』筑摩書房、一九八八年一月所収）

不思議な、森を過ぎる――村上春樹

『ノルウェイの森』には、「100パーセントの恋愛小説」という惹句がひいてある。

しかしこれは、これを額面どおりに恋愛小説として読むと、かなり奇妙な小説である。この小説を読むと、主人公が犯人の推理小説を読まされているような気がする。アガサ・クリスティーの小説に、語り手「私」が実は犯人だという興味深いトリックの作品があるが、この小説から受ける感じはそれと似ている。

クリスティーの作品では、「私」が読者に語りはじめる時点で殺人はもう起こっている。「私」がその犯人なのだが、「私」は素知らぬ振りで淡々と事件を述べていく。読者は、この「私」を「トロイの木馬」のような乗り物にしてその内側に乗り込み、その銃眼から小説の世界を見ていくのだが、やがてこの乗り物はちょっとおかしい、そんな奇妙な感触が、読者にやってくる。

『ノルウェイの森』を読んで、やってくるのは、ちょうどそのような語り手の「僕」にたいする奇妙な「感触」なのだといってよい。

たとえばこんな場面。

「僕」は東京で緑とつきあっている。彼はある日火事を見ながら「なんとなく」緑と物干しでキスする。やがて彼は京都の山奥にいる直子に会いにいく。彼はいろいろなことを話す。しかし緑のことは言わない。その夜、彼は直子と抱きあう。次の朝、直子は何でもない様子をしている。彼は、「昨夜僕の前で裸になった」のにそんな気配を全く見せない直子を訝りながら、「ときどきちらりと」直子を見る。直子がいう。

> 「ねえ、ワタナベ君、どうしてあなた今朝私の顔ばかり見てるの?」と直子がおかしそうに訊いた。
>
> 「彼、誰かに恋してるのよ」とレイコさん(直子のルームメイト――引用者)が言った。
>
> 「あなた誰かに恋してるの?」と直子が僕に訊いた。
>
> そうかもしれないと言って僕も笑った。そして二人の女がそのことで僕をさかなにした冗談を言いあっているのを見ながら、それ以上昨夜の出来事について考えるのをあきらめてパンを食べ、コーヒーを飲んだ。
>
> (『ノルウェイの森』上巻二四一―二四二頁、傍点引用者)

ところで、ちょっとここでフィルムをストップしてみよう。彼は「笑っている」。しかしこの時彼の「笑い」はこわばっているのではないだろうか。なぜなら、後で「僕」は緑と直子と二人の女性への愛に「ひき裂かれ」、結局、緑を選ぶ。そしてその最後の決断を行う段になって、読者に、

　そう、僕は緑を愛していた。そして、たぶんそのことはもっと前にわかっていたはずなのだ。僕はただその結論を長いあいだ回避しつづけていただけなのだ。

という「本心の吐露」がなされるが、では、いったいいつ彼に自分が「緑を愛している」ことがわかるかといえば、それは、この時をおいてほかにないだろうと思われるからである。

これは、主人公がはじめて東京を離れて京都の山奥にある精神療養施設に移った恋人の直子を訪問した翌朝の描写である。この時までに、彼はひとり残された東京で緑と出会い、前述のようにキスをかわし、ほかにも、同じ寮の上級生永沢さんと何度かガールハントをしている。彼は、直子にそのことを言わない。でも、それだけではない。「直子は僕の生活のことを知りたいと言った。僕は大学のストのことを話し、それから永沢さんのこ

とを話した。（……）僕は自分が彼と二人で女の子を漁りに行くことは伏せておいた」。つまり、彼は、ガールハントのことを直子に言わずに伏せておく。そしてその「伏せておいた」ことは、読者に打ちあけるのだが、一方緑のことは、直子に言わないだけでなく、その直子に言わないでいるということ自体を読者にたいして「伏せ」ているのである。

　そのことから、どういうことが起こるかといえば、もし直子に緑のことは「言わなかった」と明言されれば、読者に当然、なぜ言わないのだろうという疑いが生じるところ、その明言が「伏せ」られているため、多くの読者がここを何ということなく通りすぎてしまう。そしてもし、読者に疑いが生じればどういうことになるかといえば、当然、「僕」は「うしろめたさ」を感じている、だから緑のことを言わないのではないか、——「僕」は緑のことが好きなのではないかという心証が読者に生じる。実をいえば、ここで作者は、この心証が読者には共有されず、「僕」（主人公）にだけ届けられ、しかも「僕」（語り手）はそれを読者に明かさないという場面を、どのような意図に立ってか、作りだしているといってよいのである。

　なぜ彼は、そんなややこしいことをしているのだろうか。

　考えてみると、この不思議なあり方に発して、この小説にはじつに奇妙な性格があることに気づく。

　この小説は、一人の男と二人の女をめぐる「三人の男女」の物語である。男は、一人の女を愛し、ついでもう一人の女に恋する。これは、どう考えても構造上、「三角関係」に帰着せずにはいない関係を描いた小説なのだが、不思議なことに、この小説は、世にいわゆる「三角関係」の物語にはなっていないのである。韓国で数年前に作られた三角関係の若い男女を描いた映画に「Y」というものがあり、彼の地で三角関係が「Y関係」と呼ばれていることを知って面白く感じたが、この小説の男女の作る三角形は「Y」の字のように、内側に面積をもたない。『ノルウェイの森』の三人が作る三角関係では、その内部に当然生じるはずの「どろどろした泥沼」が、抜きとられているのである。

なぜそのようなことが可能なのだろう。一見したところ、その理由は主人公が二人の女を愛していることを自覚し、そのことに悩む、その直後に二人の女性のうちの一方が自殺するためだというように見えないでもない。「僕」は、最後近く、とうとう自分が緑を愛していることを認め、そのことを直子の後見人ともいうべき年長の同室の女性レイコさん宛書き送る。そしてその直後、直子が自殺したことを人に知らされる。ふつうであれば、こういう設定は明らかに小説を「三角関係」の泥沼からすくいだすための作者の安易な術策と考えられる。しかし、ぼくがこういう見方に同じえないのは、もしそうであれば、この小説は、実に通俗的な小説となるほかないはずのところ、それが、そうはなっていないからである。

もし、「三角関係」の泥沼化（？）を回避するのが目的なら、なぜ主人公は直子の自殺の直前に、わざわざ緑を撰択しているのだろうか。直子の自殺によって、「僕」が残された緑と一緒になるというほうが、泥沼化の回避だけが目的なら、より都合がよかったはずである。とはいうものの、同じ目的から、作者が「僕」の緑の撰択以後に、直子を自殺させていると考えてみることもできる。しかし、この小説からやってくる読後感はぼくにそう考えさせない。ぼくには、この見方によってはタイミングのよすぎる緑の撰択が、むしろ三角関係を引き受けるため、ここに書かれなければならなかった、そう読めるのである。

文字面だけを追えば、この小説の主人公は、かなりいい加減な人物である。一人の女とつきあい、その女性がいなくなってから別の女とつきあう男が、自分の内心にたずねて、自分が「二股をかけている」と感じないですむということが、そもそもありうる話ではない。よほどの偽善者か破廉恥漢でない限り、そういうことはふつうはない。でもこの小説の主人公は、自分は「緑を愛していた」、そしてそのことは「たぶん」「もっと前に」自分には「わかっていたはずなのだ」、ただ「その結論を長いあいだ回避しつづけていただけなのだ」、そんなことをいう。では、直子より緑が好きなのかというと、

そして僕は直子のこともやはり愛していたのだ。どこかの過程で不思議なかたちに歪められた愛し方であるにはせよ、僕は間違いなく直子を愛していたし、僕の中には直

子のためにかなり広い場所が手つかず保存されていたのだ。

この期に及んでも、彼は、しかし直子のことも好きだ。いや、しかし、ならまだいい。そして直子もやはり好きだ。「しかし僕と緑のあいだに存在するものは何かしら決定的なもの」だ、そんなきわめて曖昧な言い方で本心からの「告白」を最後にレイコさんに書き送るのである。

だから、少くともぼくに、この小説は次のような問いを与える。字面だけ追うと、この小説の主人公は始末におえない偽善者だ。しかし、だとしたらこの偽善者を主人公とする小説が、ぼくを深く動かすのは、どうしてなのかと。

そしてぼくの答えをいえば、ここで作者は、そうと知って、主人公をこうしたヤワな自己欺瞞者として読者に提示している。主人公は偽善者だが、主人公を偽善者として提示する作者の手は、あの芥川龍之介の短篇に登場する婦人のテーブルに隠れた手のように、震えている。いや、こういったほうがいい。主人公は「偽善者」だが、彼は自分が「偽善者」だとよく知っている。ただ彼は、そのことを読者にたいしては「告白」しない。彼は自分をどのように責めようと、その自責を他人に見せない。だから彼が自責しているのかどうかはわからない。しかし、このわからないということ、わからせないということ、そこに、この小説の不思議な無垢があるのだと。

二人の女性の間におかれた一人の男。彼がいったいどちらの女性により惹かれているかを知るのに、よい方法がある。彼はある日、二人のうちの一人に「うしろめたさ」を感じる。この時彼は、もう一人のほうにより惹かれているため、一方の女性に「うしろめたさ」を感じるのではない。一方に「うしろめたさ」を感じることで、もう一方に自分がより惹かれていることを思い知らされる。

「僕」は、直子に緑のことをなぜいえなかったのだろう、そう自問することで、この「うしろめたさ」の存在に気づいている。それなのに、そのことを彼は読者にいわない。というよりそのことを彼は自分にもいわない。彼は右手のしていることをけっして左手に知らせまいとするのである。

主人公のこのような無垢を、どういえば人にわかってもらえるだろう。ここにあるのは極度の「内面」にたいする禁欲なのではないだろうか。

たとえば遠藤周作に『わたしが・棄てた・女』という作品があり、そこで主人公は女を棄て、うしろめたさを受けとる。女を棄てたという事実は、主人公の内面に「うしろめたさ」を生じさせる。主人公はその「うしろめたさ」を一生ひきずり、そうすることでかろうじて女を棄てたことの「罪」が、贖われえないものとして、「うしろめたさ」という「罰」と彼の内面のシーソー上でつりあう。しかしほんらい、ある事実が贖われえないとは、それがそれに見合う「罰」をもたないということ、つまりそれが「罪」ですらないということではないだろうか。「うしろめたさ」はニーチェのいう意味でのルサンチマンの一変種にほかならない。人が誰かを好きになってしまう。その結果、誰かを棄てる。ここにはどのような「罪」もなければ、したがって、どのような「罰」もない。人は、相手に棄てられてルサンチマンを感じるべきではないのと同じく、ほんとうであれば相手を棄てて「うしろめたさ」を感じるべきではないのである。そう、ここに「罰」はない。あるとしたら「罰」がないこと、それが彼にとっての劫罰なのである。

この小説の主人公は、先の最後近くのレイコさん宛の手紙に、こう書く。

僕はどうしていいかわからなくてとても混乱しています。決して言いわけをするつもりではありませんが、僕は僕なりに誠実に生きてきたつもりだし、誰に対しても嘘はつきませんでした。誰かを傷つけたりしないようにずっと注意してきました。それなのにどうしてこんな迷宮のようなところに放りこまれてしまったのか、僕にはさっぱりわけがわからないのです。

レイコさんは、こう答える。

そんな風にいろんな物事を深刻にとりすぎるのはいけないことだと私は思います。

人を愛するというのは素敵なことだし、その愛情が誠実なものであるなら誰も迷宮に放り込まれたりはしません。自信を持ちなさい。

（……）

私たちは（……）不完全な世界に住んでいる不完全な人間なのです。

見ようと思えばいくらでもたわいもない応答と見ることができる。しかしこういう種類のことは、どう書いてみても、まずこのようにしか書かれえないと言っておいたほうがよい。

彼はここで、自分は直子を棄てるが、そのことで「うしろめたさ」を感じたらその棄てたという事実が消えてしまうと言っている。そしてレイコさんは彼に、「うしろめたさ」を感じずに踏みとどまる限り、誰も「迷宮」に放りこまれたりはしない、そう答えている。そうではないだろうか。ぼくはそう思う。

この小説は、偽善にみちた自己欺瞞の小説だという意見があっても何ら不思議ではない。そういう小説だが、そういう犠牲を払ってただ一つ、「内面」の辻褄あわせを排除している。そのため、この言い方が、こうとしかいいようのない不可避性を感じさせる。こういう「たわいのない」言い方が、不思議な禁欲と潔癖の結実、さらには、ある無垢の輝きを帯びたものとして、胸に落ちる。

（『Esquire』一九八九年五月号。初出時は副題「『ノルウェイの森』最新分析」が付された。

『ホーロー質』河出書房新社、一九九一年八月所収）

夏の十九日間――『風の歌を聴け』の読解

1　はじめに

『風の歌を聴け』は群像新人賞受賞作として一九七九年、『群像』六月号に発表された。二百四十数枚の長さの中編で、これを執筆していた一九七八年、作者は二十九歳。これと同じ、一九七八年に二十九歳である人物が、作中の書き手に設定してある。ちなみに、村上春樹は、一九四九年一月一二日の生まれ、作中の書き手、「僕」の誕生日は一九四八年一二月二四日である。全体として短い断片を寄せ集めた形の作品。断片は四十を数え、1から40まで、章をなす。

この話は1970年の8月8日に始まり、18日後、つまり同じ年の8月26日に終る。（2――以下カッコ内の数字は章を示す。）

一九七八年、二十九歳になった書き手が、一九七〇年、二十一歳の時の夏の十九日間の物語を記す、これがこの作品の骨格である。

2　問いの形

しかしただちに、ここからは一つの疑問がめばえる。この一九七〇年八月の十九日間の「話」とは何なのか。これがどういう物語なのか、これを作品は、判然と示さないのである。

また、ここから、第二の問題が出てくる。

この小説は、この十九日間の話をはっきりと示さない。小説には語り手の僕をめぐり、僕と友人鼠の話、僕とその夏知り合った小指のない女の子の話、大きく二つの物語が語られる（僕は大学四年日の夏、故郷の海辺の街に帰省する。そこで小指のない女の子と知り合い、友人の鼠とつきあう）。この二つの物語は互いに関与しない（具体的にこの三者が一堂に会することはない）。しかし、この小説を読むと、わたし達は一九七〇年夏に起こったある一つの「物語」を読んだ気になる、というか、そこからある感動に似たものを受けとる。

ところで、そこにわたし達が読みとっている物語は、僕と鼠の物語でもなければ、僕と女の子の物語でもない。わたし達は、どうもこの作品から物語としては明示されていない第三の物語を受けとる。そうと気づかず、それを受け取り、そこから感動に似たものを手渡されるのである。

では、この作品からわたし達が受け取っているのはどういう物語か。また、その物語がそれと明示されることも、わたし達に気づかれることもなくこの作品に現れる機制とは、どのようなものか。簡単に言うと、——この作品はいったいどういうことになっているのか。

以下、わたしの思うところを、いささか考えるところあり、少し工夫をしたやり方で、記していく。

3　明示された物語

本題に入る前に、一つ前項の補足をしておく。この作品に現れる一九七〇年八月の物語について。そこでの僕と鼠の物語とは次のようなものである。

この八月の十九日間に、僕の友人鼠は四回、登場している。

物語のはじめ近く、僕は鼠に会いにジェイズ・バーにいくが、鼠はいない、鼠に電話するが、女が出てくる、僕は電話を切る、切ってからなぜか少し嫌な気持になる、女を電話に出させるなどというのは、これまでの鼠になかった（9）。ほどなく、日を置いてもう一度僕はジェイズ・バーにいくが、鼠はいない（10）。さらに数日して、ようやく鼠に会う、この時僕はひと月早い誕生日プレゼントとして、鼠にレコードを渡す［一回目］（16）。数日後、ジェイズ・バーで再び会い、明日女と会ってくれと頼まれる［二回目］（24）。その翌日待ち合わせるが、その話は「止め」にしたと言われる［三回目］（27）。一週間後、鼠が元気がない、とバーのマスター、ジェイに聞かされ、翌日、僕は鼠を誘ってホテルのプールに行く。鼠は「小説を書こうと思う」と言う、鼠の話を受け、僕が人間は金持ちも貧乏人も「みんな同じ」だ、という意味のことを言う。それに続いて、こんな場面がそこに出てくる。

「ひとつ質問していいか？」

僕は肯いた。

「あんたは本当にそう信じてる？」

「ああ。」

鼠はしばらく黙りこんで、ビール・グラスをじっと眺めていた。

「嘘だと言ってくれないか？」

鼠は真剣にそう言った。

このあと、僕は鼠を家まで「送り届けて」別れるが、これがこの小説の一九七〇年八月に鼠の出てくる、最後の場面である［四回目］（31）。物語の最後の日付に特定されている八月二六日、僕は街から東京に帰る。その日の夕方ジェイズ・バーにお別れにいくが、その場面に鼠はいない（38）。

この僕と鼠の一九七〇年八月の物語は、鼠のある（たぶん女性とかかわる）経験、物語を暗示はしている。鼠はあることで自分に問題を抱えており、屈託している。しかし、それは少なくとも、単独では、この作品の一九七〇年八月の十九日間の物語を、構成していない。

また、僕と小指のない女の子の物語は、次のようなものである。

八月のある朝、僕は気がつくと裸の女の子のかたわらに寝ている。その前日、ジェイズ・バーのトイレに一人の女の子が転がっていた、その女の子を介抱して、アパートまで送り、そのまま眠ってしまった。彼女は言う。「でもね、意識を失くした女の子と寝るような奴は……最低よ」。僕の弁解は聞き入れられない（9）。数日後、僕はレコード屋にいき、そこに働いている女の子が彼女であることに気づく。僕はレコードを買う。女の子はまだ怒っている（15）。しかし一週間後、何かをきっかけに自分の誤解に気づいたらしく、彼女から僕に会いたいという電話がくる(18)。二人はジェイズ・バーで会う(20)、彼女は幸福ではない自分の家の事情などを話す。翌日、彼女のアパートに招ばれ、ご馳走になる。彼女は明日から「一週間ほど」旅行をするという(22)。一週間ほどして、彼女から電話がくる(33)、食事をし、夏の夕暮れの中を歩き、彼女のアパートに行く。僕は来週東京に帰る、という。彼女は自分のことを話す、彼女は泣く、彼女は旅に出たのではなく、子供をおろしたのだと言う。

「みんな大嫌いよ。」でも、「あなたは嫌な人じゃない」と彼女は言う。アパートのベッドで、彼女は眠る、「お母さん……」(35〜36)。

ここにも、小指のない女の子の(たぶん男性とかかわる)ある経験、物語が見えかくれしている。彼女はある男との間に妊娠し、堕胎する、それと平行して僕と知り合い、ある人生との和解を味わう。話は何とはなしに鼠の話と、鏡に映ったようにシンメトリックな印象を与える。しかし、鼠との物語同様、一つの構成要素にとどまっている。

4　否定から肯定へ

この小説がわたし達に送り届けてよこす物語とは、どういうものだろうか。

結論を先に言えば『風の歌を聴け』は、否定から肯定への物語である。

この小説のはじめに、この物語の二つのキー・ノートが現れる。否定と肯定を示す、二様の言葉である。

まず、僕が体現する、僕の親炙する小説家デレク・ハートフィールドのエッセイ集のタイトルとして示される、こういう言葉。

「気分が良くて何が悪い？」（1）

これに対するに、鼠のキー・ノートは、鼠の登場する場面の冒頭の一行、鼠のセリフで示される。それはこうである。

「金持ちなんて・みんな・糞くらえさ。」（3）

「気分が良くて何が悪い？」は肯定で、八〇年代以降の気分を先取りしている。これに対し、「金持ちなんて・みんな・糞くらえさ。」は否定で、六〇年代以前の時代の気分を代表している。『風の歌を聴け』は、一九七九年に現れ、世界に対する否定感情をテコにした従来の戦後の文学に対し、その否定に対する否定――肯定――をモチーフにして書かれる。これはそういうものとして、戦後はじめての小説となる。世の中に対して否定的な感情が、肯定に転じる、その転換と転換の感触が、わたし達に届き、気づかぬまま、わたし達を動かす。

　こんな場面がある。鼠は、金持ちの悪口を言う。僕が鼠の家も「相当な金持ち」であることを指摘すると、その度、

　鼠は決まって、「僕のせいじゃないさ。」と言った。時折（大抵はビールを飲み過ぎたような場合なのだが）、「いや、お前のせいさ。」と僕は言って、そして言ってしまった後で必ず嫌な気分になった。鼠の言い分にも一理はあったからだ。（3）

　この金持ちであることへの自責（気分がよいことへのうしろめたさ）へのまぜっかえしは、それ自体がルサンチマンの表現という側面をもち、その側面で僕を「嫌な気分」にする。なぜなら、この「いや、お前のせいさ。」、「金持ちなんて・みんな・糞くらえさ。」への批判は、鼠の感情（うしろめたさ）がルサンチマンへの迎合であることへの批判だからである。

　この小説から**表1**に示されるような強調表記の一連のフレーズの連鎖を取り出すことができる。ゴチック、傍点、ナカグロ使用が、その強調のアイテムだが、この小説は、「金持ちなんて・みんな・糞くらえさ。」にはじまり、

章	強調表記	指標性
3	金持ちなんて・みんな・糞くらえさ。	＊
6	本当に少し？	
9	でもね、意識を失くした女の子と寝るような奴は……最低よ。	＊
11	ヒューズは絶対に飛ばない。	
13	**カリフォルニア・ガールズ**	
22	科学的直感力？	
31	みんな同じさ。	＊
34	**「嘘つき！」**	
37	**僕は・君たちが・好きだ。**	＊

表１：『風の歌を聴け』の強調表記
——1970年の物語における

僕は・君たちが・好きだ。（37）

に終る、そういう否定から肯定の物語なのである。

僕と鼠の物語はもちろん、僕と小指のない女の子との物語も、それと同様、この大きな物語の一部をなす。そこで物語はあなたって「最低よ」から、「みんな大嫌い」、でも「あなたは嫌な人じゃない」へと、同じメッセージを伝える形で重心を移動する（これに付随するエピソードとして一週間ほど住んである日僕に「嫌な奴」という書き置きをおいていなくなる東京で会った女の子の話（19）なんてのもある）。

『風の歌を聴け』は、「金持ちなんて・

みんな・糞くらえさ。」という六〇年代末の否定感情に立つ鼠の没落の物語にほかならない。鼠が消える。そしてこの新しい世界に僕が一人残される、「気分が良くて何が悪い？」という言葉とともに。このあっけらかんとした響きとさみしさ。そこにこの小説から送り届けられてくる、これまでにない感触の秘密がある。

5　精神史的意義

ここで、簡単にこの否定から肯定への物語、「気分が良くて何が悪い？」という気分の出現の精神史的意味に触れておきたい。

この否定から肯定への転換の意味をはじめて宣揚するのは、五年後、一九八四年の村上龍である。その意味をはじめて取りだしたのは竹田青嗣だが、そのことを、竹田は「ポップの勝利」と呼んでいる（『ニューミュージックの美神たち』一九八九年）。サザンオールスターズの音楽について、村上龍は、こう書いている（「無敵のサザンオールスターズ」）。

サザンは日本にはじめて現れたポップバンドだと思う。それほどサザンはすごいバンドなのだが、桑田佳祐自身はたぶん気付いていないかも知れない。（中略）ポップスはずっと日本に存在しなかった。（中略）ポップスはそもそも、強くてきれいで金持ちのアメリカの大衆が求め、作り出したものだ。（中略）ジャズ、ブロードウェイミュージカル、ポップアート、ロックンロール、そしてハリウッドの映画、僕は、ルイ・アームストロングから『スター・ウォーズ』まで、アンディ・ウォーホルを含めて、みなポップスと呼びたい。（中略）

それでは、どうして今まで日本にポップスがなかったのだろう？　貧乏だったからだ。あしたの米がない、ひえも食いつくした、娘を身売りしなければ、……という百姓は「ラブ・ミー・テンダー」や「ア・デイ・イン・ザ・ライフ」を絶対に聞けないし、聞こうとしないだろう。（中略）

「喉が乾いた、ビールを飲む、うまい！」

「横に女がいる、きれいだ、やりたい！」

「すてきなワンピース、買った、うれしい！」

それらのシンプルなことがポップスの本質である。そしてポップスは、人間の苦悩とか思想よりも、つまり「生きる目的は？」とか「私は誰？　ここはどこ？」よりも、大切な感覚について表現されるものだ。

だから、ポップスは強い。ポップスは売れる。すべての表現はポップスとなっていくだろう。

では、この「ポップ(ス)の勝利」はいつ日本の小説に現れるか。「金持ちなんて・みんな・糞くらえさ。」から「気分が良くて何が悪い?」へ。『風の歌を聴け』には、「金持ち」という言葉が十六回、「貧乏」という言葉が六回、出てくる。これは、貧乏と金持ちが意味をもつ世界から、そういうものが意味をもたない世界への移行を記すたぶん日本の戦後期にあって最初期の小説の一つなのである。

村上春樹はそのことを十分に自覚している。たとえば、

[僕と小指のない女の子の和解の場面]

彼女はクスクス笑った。

「きっと立派なお家なのね。」

「ああ、立派な上に金がないとくれば、嬉しくて涙が出るよ。」

彼女はストローの先でジンジャー・エールをかきまわし続けた。

「でも私の家の方がずっと貧乏だったわ。」

「何故わかる?」

「匂いよ。金持ちが金持ちを嗅ぎわけられるように、貧乏な人間には貧乏な人間を嗅ぎわけることができるのよ。」(20)

あるいは、

［僕と鼠が会う最後の場面］

鼠は5分間ずっと黙っていたが、突然口を開いた。
「時々ね、どうしても我慢できなくなることがあるんだ。自分が金持ちだってことにね。逃げだしたくなるんだよ。わかるかい？」
「わかるわけないさ。」と僕はあきれて言った。「でも逃げ出せばいい。本当にそう思うんならね。」(31)

これはたかだか十五年ほど前に書かれた小説の一節だが、いまなら、こういうやりとりを小説に探すことはほぼ不可能だろう。金持ちと貧乏という差異の布置は、いまではすっかりここでもっていたような意味を失っている。この種の物語の没落が、この小説ではじめてわたし達の前にもたらされるのである。

この僕と鼠の最後の場面、続いて僕は鼠に、こう言う。

でもね、よく考えてみろよ。条件はみんな同じなんだ。故障した飛行機に乗り合わせたみたいにさ。もちろん運の強いのもいりゃ運の悪いものもいる。タフなのもいりゃ弱いのもいる、金持ちもいりゃ貧乏人もいる。だけどね、人並み外れた強さを持ったやつなんて誰もいないんだ。みんな同じさ。何かを持ってるやつはいつか失くすんじゃないかとビクついてるし、何も持ってないやつは永遠に何も持てないんじゃないかと心配してる。みんな同じさ。（31）

これに、鼠が「嘘だと言ってくれないか？」と「真剣に」反問する、先に引用しておいた場面が続く。ここで村上春樹は、彼なりの言い方で、先の村上龍とほぼ同じことを言おうとしている。ただ、彼と村上龍との違いは、この時彼の眼が、「喉が乾いた、ビールを飲む、うまい！」のほうにというより、（ビールは飲むが）そこに没落し、意味を失う「生きる目的は？」「私は誰？　ここはどこ？」のほうに注がれている、ということにある。鼠、僕、女の子、経済状態の三つの層が示されるが、この小説の魅力は、この「ポップ（ス）の勝利」が、そこで敗れて消えていくものへの喪失感に裏打ちされ、そこから語りだされるところに、生まれている。

6　時間描写

この作品がこのような物語として現れていることを、目に見える形で取り出す方法があるだろうか。やり方はいくつかあるだろうが、ここでは、冒頭に触れた、十九日間の物語に着目し、これを行ってみる。
わたし達の用いる入り口は、ここに語られる「話」が「1970年の8月8日に始まり、18日後、つまり同じ年の8月26日に終る」と書かれながら、克明に読んでいくと、これが十九日間では終わらない物語になっていることである。
これをどう考えればよいか。
むろん、処女作で文学賞応募作でもあったこの作品のこうした齟齬が、作者の勘違い、ずぼらさから生じている可能性も、考えられなくはない。しかし、次のことを考えると、これが作者の無頓着、不注意によるものとは、やはり考えにくい。
この小説には書き手がかつて小説を書こうとして「全ての物事を数値に置き換えずにはいられない」性癖にとりつかれたという意味の挿話が記されている。先の十九日の特定は、その性癖の表現である。わたしの観察では、作者の時間に対する目配りはかなり徹底している。
たとえば、この小説は、
一九七八年　書き手二十九歳
一九七〇年　書き手二十一歳
という二つの明示された時期のほかに、

一九六三年　書き手十四歳

という第三の時期に、彼にとって一つの節目をなす大きな経験のあったことを暗示している。ところでその暗示は、さまざまな場所で、いろんな言い方でなされながら、いささかのブレも見せない。作者の軸足は、しっかりしている。以下はすべて、一九六三年のことである。

僕が絶版になったままのハートフィールドの最初の一冊を偶然手に入れたのは股の間にひどい皮膚病を抱えていた中学三年生の夏休みであった。(1)

僕がものさしを片手に恐る恐るまわりを眺め始めたのは確かケネディー大統領の死んだ年で、それからもう15年にもなる。(1)

14歳になった春、信じられないことだが、まるで堰を切ったように僕は突然しゃべり始めた。(中略) 14年間のブランクを埋め合わせるかのように僕は三ヵ月かけてしゃべりまくり、7月の半ばにしゃべり終えると40度の熱を出して三日間学校を休んだ。熱が引いた後、僕は結局のところ無口でもおしゃべりでもない平凡な少年になっていた。(7)

［一九七〇年、小指のない女の子と会った後］

帰り道、僕は車の中で突然、初めてデートした女の子のことを思い出した。七年前

の話だ。(22)

［一九七〇年の春休みに死んだ仏文科の女の子に触れて］

僕は彼女の写真を一枚だけ持っている。裏に日付けがメモしてあり、それは1963年8月となっている。ケネディー大統領が頭を撃ち抜かれた年だ。

(中略)

彼女は14歳で、それが彼女の21年の人生の中で一番美しい瞬間だった。(26)

一九六三年、ケネディー大統領が暗殺された年、僕は14歳、中学三年生。この年、僕は、急にしゃべりだし、寝込み、股の間にひどい皮膚病を抱え、ハートフィールドの本を手に入れ、最初のデートをする。またその同じ年の夏、自殺した女の子は「人生の中で一番美しい瞬間」をもつ。

この一九六三年という年の特権化はこの作品において何を意味しているだろう。

この小説には後に触れる昔知っていた女の子から彼に対してなされるラジオのリクエスト番組の曲のプレゼントのエピソードがあり、そこで僕は、ラジオのディスク・ジョッキーから電話を受け、誰が僕にビーチ・ボーイズの「カリフォルニア・ガールズ」をプレゼントしているか、その女の子の名前を思い出せるか、と訊かれる。僕はその女の子の名前を思い出す。しかしそこはこう書かれる。

僕はやっと思い出した名前を言った。(12)

僕は思い出す。その「名前」は口に出されるが、小説には出てこず、読者には明かされない。僕は高校の卒業生名簿を調べ、大学の事務に連絡し、さらに下宿屋に電話し、彼女の行方を探す。彼女は大学を病気療養のため、退学している。下宿屋の主人は春に下宿を出たきり、その行き先を知らないと言う(17)。彼女の行方はわからないままだが、この場面は、わたし達に容易に、『ノルウェイの森』におけるこれに酷似した場面を連想させる。『ノルウェイの森』の同様の場面で、僕は自分の前から消えた直子の行方を探すが、その問い合わせ先と問答がこれと重なるからである。

『風の歌を聴け』の次作『1973年のピンボール』に、唯一人、固有名詞をもつ例外的な人物が出てくるが、その名前は直子である。その作品で僕はかつて直子を愛していた。そして彼女は「もう死んでしまっ」ている(『1973年のピンボール』「1969―1973」の章)。わたしの仮説は、この最初の小説で僕が口に出している名前は、直子だというものである。彼女はこの小説に現れない。しかし彼女が大学を退学している一九七〇年三月は、仏文科の女の子の自殺した月である。また、その女の子の写真が取られた一九六三年、僕は最初のデートをしていて、それは高校ではないが、中学三年の年、たぶん中

日	月	火	水	木	金	土
						1
2	3	4	5	6	7	8
9	10	11	12	13	14	15
16	17	18	19	20	21	22
23	24	25	26	27	28	29
30	31					

表2：カレンダー（1970年8月）

学の同級生である。彼女らはすべて、あるいは皆、いまはいない、失われている。それは直子なるものの分身、分光された姿であり、その分光のプリズムの位置、光源の存在が、この一九六三年という年への固執で示されているのではないかというのが、さしあたり、このことに関するわたしの考えなのである。

　このように、わたしの観察するところ、これは処女作ながら、著者二十九歳の作であることを思い出させるにたる意外に堅固な構成をもつ作品である。わたしは先の十九日間の物語という齟齬を、単に作者のずぼらさ、不注意によるとするのは、読解者の怠慢であろうと思う。以下、この問題を考えるが、不注意でないとしたら、それは、何を物語るか。

まず、事実を示そう。具体的にこの数字の齟齬とは、次のようなことを指している。

7　十九日間の問題

この一九七〇年八月の十九日間の話の起点はいつか。この年の八月のカレンダーは、こうなっている（表2）。

まず、ここで第一日目に特定されている八月八日は小説の物語のどこに該当しているだろうか。この日は土曜日である。小説で僕が小指のない女の子の部屋でめざめてから数日後、電話リクエスト番組から僕に電話がかかってくる。それが土曜日。このラジオ番組は、二回出てくる。この日を物語の第一日目、八月八日に想定する。なお、この想定は、わかってもらえるだろうが、鼠の登場、女の子との朝、ラジオからの電話という想定可能な第一日目の候補日のうち、最も遅い日から十九日間を数えるケースにあたっている。この算定の仕方ですら、物語は十九日間にはおさまらない。そのことを、以下わたしは証明しようというのである。（傍線後カッコ内の数字は章の数、日表示は日付を指す。）

こうなる。

8日、高校時代の知り合いの女の子が僕に音楽をプレゼントしてくる。僕がその女の子の名をDJに答えると、三日後（14）番組からTシャツが送られてくる（11日）。翌日（15）、その女の子に借りていたレコードを返すべく、僕はレコード屋に行くが、そこで、一週間前（5日）に会ったことのある小指のない女の子が働いているのに会う。僕はそこでレコードを買い、そのうちの一枚を、ジェイズ・バーにいき、鼠にプレゼントする（12日）。［この間、三日を使い、僕はラジオの女の子の連絡先を探すが、女の子の行方はわからない］。一週間後（18）、小指のない女の子から電話がくる（19日）。彼女とジェイズ・

バーで会い、翌日（22）アパートに招ばれる（20日）。彼女は明日から一週間ほど旅行するという。一方、僕は鼠と会う。女と会ってくれと言われるが、翌日その話はなしにしたと言われる。約一週間後、元気のない鼠を誘いホテルのプールに行く。小指のない女の子から電話がくる。僕は彼女と一週間ぶりに（33）会う（27日）。この日僕は来週（30日以降）東京に帰ると答えている（35）。もう一度土曜日がくる（29日）。ある難病で寝たきりの少年（?）の手紙がDJによりリクエスト番組で紹介される。DJ、紹介の後、「僕は・君たちが・好きだ。」というメッセージを聞いているすべての人間に送る。帰京の日がくる。僕は、ジェイズ・バーにお別れによる——。

ところで、この日は小説の記述を信じれば、8月26日である（38）。三日間、一日、一週間、一日、一週間、これだけで計十九日間、さらに最後十九日目に、僕が「来週」帰京すると明言する、それだけの日程を、一九七〇年の8月8日（土）から26日（水）までの十九日間におさめることは、誰の目から見ても、不可能である。

小説にとって不可欠の意味をもつ電話リクエストの二回目もまた土曜日であることを考えるなら、どう考えてもここでは一週間、物語が「はみだしている」。

すると問いはこういう形をしている。これを解決するのは、そう難しいことではない。この物語を八月一日からはじまることにするか、九月二日に終わることにすればいい。作者はむしろ、物語を「はみださせている」のではないか、わたしはこう考えてみるのである。

この小説の冒頭近く、こういうくだりがでてくる。ここには、わたしの見るところ、村上春樹の小説世界の原形が、きわめてシンプルな形に示されている。

僕がここに書きしめすことができるのは、ただのリストだ。小説でも文学でもなければ、芸術でもない。まん中に線が1本だけ引かれた一冊のただのノートだ。（1）

彼は世界にまず一本の線を引く。そしてそれを、生の世界と死の世界、いまある世界ともう失われている世界に分ける。彼のこの小説世界の構造は、以後、顕在化し、次作『1973年のピンボール』（一九八〇年）の前半では、僕の物語を描く奇数章は生の世界を、鼠の物語を描く偶数章は死の世界を描いている。後の『世界の終りとハードボイルド・ワンダーランド』（一九八五年）の初期形ともいうべき構造モデルが、そこに早くも姿を現している。

この形が、じつは第一作である『風の歌を聴け』にすでに仕込まれているのではないだろうか。この作品がすでに「まん中に線が1本だけ引かれた」一冊のノートとして、わたし達の前にある。これが、この齟齬から、この齟齬を解決すべくわたしにやってくる作業仮説である。

以下、わたしはこの作業仮説に立つ。あらかじめわたしの読みを示せば、ここで鼠は死んでいる。『風の歌を聴け』は、一方に鼠が住み、他方に小指のない女の子が住む、その二つの世界を僕が行き交う、異界の物語である。

8　二つの世界を行き来する

ここに現れるのはどういう物語だろうか。この異界の物語は、ある日、僕にラジオのリクエスト番組で「カリフォルニア・ガールズ」という曲が誰かの手でプレゼントされることからはじまる。僕は五年前、ある親切をした女の子を思い出す。彼女はそのお礼にと僕にこの曲の入ったビーチ・ボーイズのアルバムを貸してくれた。僕はそれを借りたままになっていた。果たして送り主はその女の子だった。僕は、以後、三日間彼女の居所を探すが、その行方は杳として知れない。

ところでその後、僕はどうするか。

僕は、彼女に返礼すべく、そのいまはない借りたレコードとプレゼント用のレコードを買おうと、レコード屋に行き、そこで小指のない女の子とばったりと出会い、レコードを計三枚買う。そして、その足でジェイズ・バーに行き、鼠にそのうちの一枚をひと月早い誕生日の贈り物にとプレゼントする。

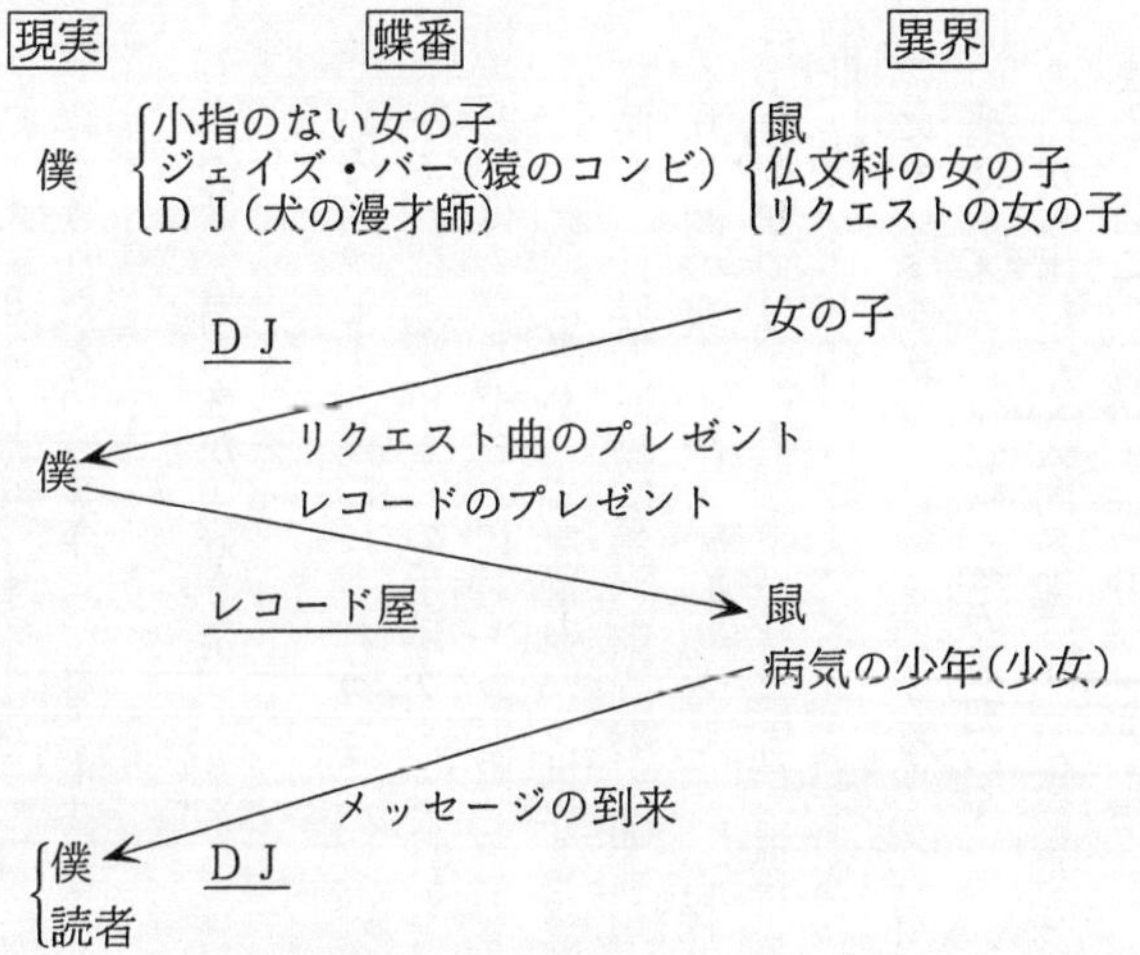

図：『風の歌を聴け』における音楽のキャッチボール

ここで、図を見ていただきたいが、この小説は、鼠のいる世界、僕のいる世界、二つの世界の間を僕が行き交い、ある経験をする物語である。そしてその行き交いをささえるメディア（媒体）をなすのが、音楽なのである。

そのキャッチボールで、はじめのボールはある日、むこうの世界から僕に「カリフォルニア・ガールズ」という形で、ラジオを通じ、投げられてくる。そのお返しに、僕によって新たにレコード屋で買われ、今度はグレン・グールドのベートーヴェン「ピアノ協奏曲第3番」の形で鼠へと返球されるのがレコードである。

ところで、小説の最後、もう一度ラジオの電話リクエストのDJが現れ、この三年間難病で寝たきりだという少年（それとも少女？）からの手紙を読みあげる。そして、あの、

僕は・君たちが・好きだ。

というメッセージが口にされる。このメッセージが、同時に作者の読者へのメッセージにもなるのは、少年からの手紙が、いわばむこうの世界から僕への、さらなるボールの投げ返し、僕のプレゼントに対するお返しだからなのである。

ここで鼠とは誰か。また鼠のいる世界とはどんな世界だろうか。

荒俣宏『世界大博物図鑑』第五巻［哺乳類］（一九八八年）によれば、「ネズミは土中にもぐり、闇のなかで生きる動物として、古代インドやエジプトでは死の象徴とされた」。ヨーロッパでは、「人間の肉体を離れた魂はネズミの姿をとるといわれ」ているという。中世以来、ヨーロッパには、さまざまなネズミにまつわる俗信があるが、たとえば罪人のもとにネズミを送ってこれを罰する聖女ニヴェルのゲルトルートの俗信では、「死んだ人間の魂はネズミと化し」、その最初の夜を、ゲルトルートとともに過ごす。鼠は、古来、人の口から出ていく人間の魂、死の象徴だというのである。

また、ここで、僕に「カリフォルニア・ガールズ」をプレゼントする女の子が大学を病

気療養のため退学するのが「今年」、一九七〇年の三月で、仏文科の女の子が自殺するのと同じ年の同じ月だという、先の指摘を思い出してもよい。

また、この寝たきりの少年のDJへの手紙は、

お元気ですか?

毎週楽しみにこの番組を聴いています。早いもので、この秋で入院生活ももう三年目ということになります。時の経つのは本当に早いもんです。(37)

とはじまるが、その入院生活は、僕が鼠と出会ってからの「3年」に、やはりそのまま重なっている。

彼は僕が鼠と知り合った秋から三年間、骨髄の病気で寝たきりの生活を送る。つきっきりで彼の看病をし、現にこの手紙を彼のために代筆する姉は、そのため、「大学を止め」ているが、あの「カリフォルニア・ガールズ」の女の子、この少年(少女?)の姉、二人の女性はともに、いわば病気のため大学を退学している。

図は、わたしの作業仮説に立つ第三の物語の語られる構造を示したものだが、こう考えれば、小指のない女の子がなぜレコード屋に働いているのかもわかる。ここでは、ジェイズ・バー、ラジオ局、レコード屋というそれぞれ音楽に関係のある場所(ジェイズ・バー

にはジュークボックスがある）が、鼠の死の世界と僕の生の世界、二つの世界をつなぐ蝶番的な場所、結界的場所であり、そこを主宰するジェイ、小指のない女の子、そしてとりわけラジオのＤＪが、仲介者的存在として、この二つの世界をとりもつ。次作『１９７３年のピンボール』に配電盤として現れ、最近では『ねじまき鳥クロニクル』（一九九二年〜）にクリーニング屋として現れる、そういう蝶番的存在の系譜を村上の作品に指摘することができるが、その嚆矢が、このリクエスト番組のＤＪなのである。

９　検算

では、この作業仮説は、先の十九日間の物語の問題をクリアしているだろうか。答えはイエス。いったん、先の物語をこのような考えに立ち、二つに分ければ、これは先の必要条件を完全にみたしている。すなわちこれを僕と小指のない女の子の現実における物語と、僕と鼠の世界における物語に分けて考えれば、双方は次に示すように、それぞれ、ぴったり（？）十九日間におさまる。

まず、僕と女の子の物語（表３ａ参照）。

５日、僕、女の子の部屋でめざめる。

８日（土曜日）、ラジオ局から電話くる（ここから物語を算定）。

日付	出来事	章	日数
8/4	小指のない女の子と出会う。	9	
5	その女の子のアパートでめざめる。	8	
	【一週間】		
8	ラジオ局から電話がくる。曲のプレゼント。	12	1
12	一週間後、レコード屋で働く彼女と会う。レコード買う。（彼女、誤解したことを謝る。）	15 16	5
	【一週間】		
	〔一週間後、彼女、ジェイズ・バーに行き、鼠と会い、電話番号を聞いて僕に電話よこす。誤解をそこで謝る。しかしこの一週間は存在しない。〕	18	
12	彼女とそのまま、ジェイズ・バーに行く。	22	5
13	翌日、彼女から電話が来る。彼女のアパートに行く。		6
	彼女「明日から旅行するの。一週間ほど」と言う。		
14			
	【一週間】		
21	一週間後、彼女、電話よこす。僕「来週帰る」と言う。	33	14
22	土曜日。ラジオ番組、ＤＪ、手紙紹介する。	37	15
26	翌週の水曜日、帰京。	38	19

表３：鼠幽霊説に立つ二つの19日間の物語
ａ：僕と小指のない女の子の物語（現実世界の物語）

12日、僕、レコード屋に行く。
　ところで、これは彼女との出会いの一週間後のことだが、二つの物語を分離するわたしの作業仮説では、彼女はジェイズ・バーに僕の居所を探しに行かない。もうこの時、自分の誤解に気づき、僕に謝る。つまり、実際の小説では彼女と僕の和解まで「一週間」がかかっているが、わたしの鼠幽霊説ではこの一週間は現実には存在せず、ここで、一週間が短縮される。で、二人はそのまま、ジェイズ・バーに行く。

13日、彼女から電話来て、僕、彼女のアパートを訪問する。

21日、一週間ぶりに彼女と再

日付	出来事	章	日数
8/4	僕、ジェイズ・バーから鼠に電話、鼠不在、女が出る。 小指のない女の子が転がっている。	9	
5	その女の子のアパートでめざめる。	8	
	ひどく暑い日、ジェイズ・バーで鼠を待つ。鼠来ず。 【一週間】	10	
8	土曜日、ラジオに僕宛のリクエストがかかる。	12	1
11	三日後、Tシャツが送られてくる。	14	4
12	翌日、女の子のいるレコード屋でレコードを買う。	15	5
	ジェイズ・バーに行き、レコードを鼠にプレゼントする。	16	
	この間、三日間、プレゼントの主の女の子を探す。	17	
13?			
14?	鼠、調子悪し。女と明日2時、会ってくれと僕に言う。	24	7?
15?	翌日、ジェイズ・バーで鼠と会う。 【一週間】	27	8?
	この間、一週間ばかり鼠調子悪し。	29	
20?			13?
21?	翌日、鼠とホテルのプールに行く。鼠、小説を書こうと思うと言う。 「嘘だと言ってくれないか」鼠が真剣に言う。	31	14?
22	土曜日。ラジオ番組、DJ、手紙紹介する。	37	15
26	ジェイズ・バーにお別れに行く。帰京。鼠不在。 ジェイが言う、「鼠もきっと寂しがる」。	38	19

表3b：僕と鼠の物語（異界の物語）

会、「いつ東京へ帰るの?」と訊かれ、僕、「来週」と答える。

22日（土曜日）、電話リクエストの番組で、DJ、「僕は・君たちが・好きだ。」と言う。

26日（水曜日）、僕は街を離れる。

次に、僕と鼠の物語（表3b参照）。

4日、僕、ジェイズ・バーから鼠に電話する。知らない女が出る。

8日（土曜日）、ラジオ局から電話くる（ここから物語を算定）。

12日、僕、レコード屋でレコードを買い、鼠に一枚、プレゼントする。その後、21日までの間に、次のことが起こっている。数日後、鼠が、僕に女と会ってくれと言い、翌日、僕は、約束の場所に行くが、鼠、その話は止めにしたと言う。この間一週間ほど、鼠、元気がない（この間を九日間に想定）。

21日、僕は鼠をホテルのプールに誘い、いろんなことを話す。

22日（土曜日）、ラジオでDJの先のメッセージが流れる。

26日、僕、街を離れる。

二つの物語は直列につながれる乾電池のようにではなく、並列につながれる乾電池のように、平行している。並列の物語として、この二つは8月8日から8月26日までの間に、こうしてすっぽりとおさまっている。

10　鼠は死んでいる

この作品は、『1973年のピンボール』、『羊をめぐる冒険』（一九八二年）、『ダンス・ダンス・ダンス』（一九八八年）と続くいわゆる鼠四部作の第一作にあたっている。このうち、『羊をめぐる冒険』にいたり、鼠の死が、読者に明らかにされるが、わたしの読みをいえば、じつは鼠はこの四部作の最初から死んでいる。彼は最初からいわば半分幽霊なので、これに続く『1973年のピンボール』が描くのは、この鼠の死、――鼠が死のうとしている一九七三年九月、自分が何をしていたか、という物語——なのにほかならない。次作『1973年のピンボール』にいたって作者は、彼の作品がピンボール・マシン、配電盤を媒介にした死者との行き交いの物語であることを明らかにする。しかし、この連作は、一見青春小説の外見をもつこの文学賞応募作から、すでにこうした構造をもっているのである。

この小説の魅力の一つは、この鼠の、ある種こころもとない存在感からくるが、それもこのことと無関係ではない。たとえば最後の日、ジェイズ・バーに鼠はいない、しかし、そのことを僕も、ジェイもいぶからない。会えないのは残念だ、などと僕はいわないし、どうしてこないのかな、などとジェイはいわない。そこで鼠の不在はいわば空気のように自然である。

そう思って二人の関係を見れば、

僕が鼠と初めて出会ったのは3年前の春のことだった。それは僕たちが大学に入った年で、……（以下略、4）

というそもそもの出会いにしてからが、何かアリスの不思議な国的に「さかさま」的だ。

鼠と僕が大学に入った年、この時少なくとも僕は東京の大学に入学している。しかし、二人はこの二人ともに育ったこの街で、それまで互いに知らず、この街を離れるという時、知り合い、以後親交を深める。

小説に現れる二人の関係は、たとえば二人は高校時代の親友で、しかし一方はいまは大学を止め、郷里に帰っており、他方が夏に帰郷している、というように描かれている。しかし、書かれているのは、その逆。しかも、二人が、いつ、どこで、仲良くなったか。東京で、大学生として、親交を深めたのか。そういうことに、この小説は、一貫して気持ちよい無関心を示し続ける。

最後、後日譚として、以後、鼠が小説を書き、毎年クリスマスに「HAPPY BIRTHDAY & WHITE CHRISTMAS」と冒頭に記した小説を送ってくるエピソードが出てくる(39)。

ところで、この小説が単行本になった時、村上は、表紙の裏、折り返しに、「HAPPY BIRTHDAY & WHITE CHRISTMAS」というロゴ・マークを入れている。ここにもわたし達は作者の同じ身ぶりを認める。鼠はいない、彼はもう小説を書いて送ってはこられない。

そのため、それは僕によって代わりに、書かれる。そこでも鼠は、死んでいるのである。

11 作品の未成年性

わたし達は、こうして、気がつくと、最後のＤＪの紹介する病気の少年の手紙を、「まん中に線が１本」引かれた、そのむこうからのメッセージとして、聞いている。というか、わたし達は気づかない。でもそれは、そういうものとしてわたし達に、読まれている。

そのむこうの世界には、中学時代のはじめてのデート相手、いつか親切をしてほんの少し心を通わせた高校時代のガール・フレンド、自殺した大学時代の女友達（しかしその死はこの夏の数ヵ月前のことにすぎない）、さまざまな「いまはない」もの達が住まっている。鼠が生きているか死んでいるかわからない、半分幽霊のような存在だという話をしたが、それと似たことがこの手紙にもいえる。この手紙の特色は、それを書いているのが少年か少女かわからない、ということだ。手紙の冒頭を読むと、書いているのは少年かな、と思えてくる。でも、その後半あたりにくると「お医者様（素敵な人です）が」などとあり、女の子かな、とも思えてくる。

彼（彼女）がいるのは、まだ死の世界にも、失われたものの世界にもなっていない、未成の――未成年の――「いまはないもの」の世界である。その未成性が、この小説に、不思議なひろがりを与えているのである。

難病の少年少女の手紙といえば、通俗小説の定石なのだが、しかしこの手紙に、通俗の匂いはない。なぜか。この小説で、書き手はそれまでに彼がそこに書き込んだ否定と等量の肯定を、この手紙にこめている。二つはここで相殺される。この定石がなぜ通俗にならないか、最後に残るのは、チェシャ猫の笑いのような、猫のいない、生の肯定のその「感触」なのである。

この小説は、音楽を媒体に作者の言葉が生の世界、むこうの世界、二つの世界を行き交う、そういう異界の物語である。この話が8月8日土曜日にはじまる十九日間の物語だという断りが、実はそのことを暗示している。そのような物語として、この小説は、ある生の肯定の感触を伝えてよこす。その感触の繊弱、未知性がこの作品に独自の魅力を、与えている。


（『國文學』一九九五年三月号）

行く者と行かれる者の連帯——村上春樹『スプートニクの恋人』

i 「あちら側に行く」と「こちら側にとどまる」

前言

これから、しばらくの間、最近書かれた個々の小説を読んでいこうと思います。形式は、以前別の領域で試みたことがあるのですが(『言語表現法講義』岩波書店、一九九六年)、模擬授業という形を借ります。現時点での仮の題は、「現代小説論講義」とでもしておきましょう。これを続けていくうちに、この講義の表題となるような言葉が浮かんでくればよいでしょう。一九九〇年代以降に書かれた、生きのよい、声価の定まらない小説を素材に、小説を読むということの面白さが、いわば臨床的に読み手に感じられることを念頭に、論じてみようと思います。

一つ一つの作品について、この作品のポイントはこういうところだ、ここを押さえると、この作品の面白さ、よさ、新しさが、一望できる、もっと楽しく読める、そういうビユー・ポイントを指し示してみたい。まあ、そうすることで、新しい小説の読み方、楽しみ方を、現代に生きる小説家たちに連帯する形で示せたら、とてもうれしい、さらに、同時代の小説を取り上げる中で、いま新たにせり出しつつある問題、主題、といったものを掘り起こせたら、いま、小説家たちがぶつかっている困難といったものにもふれられたら、もっといい、と思います。

いまの文芸批評の多くが読み物であることを忌避し、病理解剖的になっていることを反省し、これとは違う、生きた対象としての小説に、いわば市井に生きる町医者として、あるいはクリニックの臨床心理士的に、向きあう批評を置いてみたい。そういう意味で、鳥瞰的な作家論ではない、微視的な作品論というものが、いまではほとんどお目にかからないものになっています。あるのは、作品を一方的な素材としたテクスト論と呼ばれる批評ですが、そうではなく、作品で作者が何を試みようとしたと、その作品が僕たち読者に語りかけてくるところに着目し、いま、小説家がどういう問題にぶつかっているのかが、作品を知らないまま読んでもわかる、かつての文芸評論を復活させるつもりで、やってみようと思います。

前置きはこのくらいにして。第一回目は、村上春樹さんの『スプートニクの恋人』、一九九九年の作です。

作品世界の三つの部分

まず、作品のあらすじから。

次ページの表を見て下さい。この小説はだいたい三つの部分からなっています。それがまたこの小説の三つの世界に対応している。でも、それぞれの区分の基軸をなす人物が、1「ぼく—すみれ」、2「すみれ—ミュウ」、3「ミュウ—ぼく」ではなく、このうち3が「ぼく—にんじん」となっているところ、にんじんという新しい要素が入ってくるところが、たとえば「ぼく」の回復への道が「レイコさん—ぼく」の交渉をきっかけに開けてくる村上さんの以前の作『ノルウェイの森』などと、違うところです。また、それぞれの関係のうちに、「あちら側」と「こちら側」とも言うべき二項的な関係が埋め込まれています。そしてその相互の間に、いわば位相のズレがある。こちらについてはまたふれますが、その基本構造も図1として示しておきます（一七九頁参照）。これがこの小説の基本形です（後に述べる理由で、第16章はここから外してあります）。

次に、内容です。第一は、「ぼく」とすみれの世界。章で言うと、第1章から第6章まで。舞台は主に国立と吉祥寺そして代々木上原で、話は、こう進みます。

区分	章別	基軸	場所
1	第1章〜第6章	ぼく−すみれ	国立・吉祥寺・代々木上原
2	第7章〜第14章	すみれ−ミュウ	ギリシャ
3	第15章〜第16章	ぼく−にんじん	国立・立川

表：『スプートニクの恋人』の三区分

主人公で語り手の「ぼく」は、二十四歳、小学教師をしています。「ぼく」は大学のとき知りあった二歳年下のすみれに恋しています。すみれはエクセントリックなところのある小説家志望の女の子で、「ぼく」はすみれをこの世につなぎとめている港のような存在です。

ここで少し補足しておくと、村上さんの作品で一人称の主人公が「ぼく」とひらかな表記されるのは長編ではこの小説がはじめてです。これは、主人公「ぼく」が執筆時の作者の年齢（四十九歳〜五十歳）から見てほぼ息子の世代に属し、はじめて作者とは別世代の人物に設定されていること、また同じく村上さんの作品の一人称の主人公としてはやはりはじめて小学校教師という〝地道な〟職業に設定されていることと、関係あるかも知れません。

一方、このすみれの造型は、国立・吉祥寺・代々木上原を舞台とする第一部分では『ノルウェイの森』の緑に似ていますし、ギリシャを舞台とする第二部分では、同じ作品の直子に似ています。また第一の世界の「ぼく」とすみれは、そこでのワ

ます。タナベと緑を、第二の世界のミュウとすみれは、そこでのレイコさんと直子を、連想させ

「ぼく」は、なかなか渋い。すみれに意見を求められて述べる自分の考えを、「凡庸」な考えと称したりします。

さて、小説は、そのすみれがある日、従姉の結婚式で十七歳年上の在日韓国人二世の女性ミュウと出会い、「広大な平原をまっすぐ突き進む竜巻のような激しい恋」をするところからはじまります。ミュウはピアニストの勉強をしにフランスに留学したりしていた女性で、いまはそのピアノをやめ、死んだ父の貿易関係の会社を引き継いで、ワインなどの輸入の仕事をやっています。やがてすみれは、ミュウの秘書となり、働きはじめる。するとと少しずつすみれの感じが変わってきます。夏、すみれはミュウの商談の旅に同行してヨーロッパに行くのですが、ひょんなことからミュウと二人で滞在することになったギリシャの島で、忽然と姿を消す。失踪してしまう。そこまでが小説の第一部分です。

ついで第7章から第14章までの第二部分。これは、舞台がギリシャです。まず第7章の冒頭、真夜中の二時に日本にいる「ぼく」に電話が入り、彼は起こされます（補足しますと、この小説の三つの部分は、すべて電話で区切られています。第一部分と第二部分は、すみれからの電話だと思ったらミュウからの電話だった、第二部分と第三部分の区切りは、ミュウからの電話だと思ったら「ガールフレンド」（後出）からの電話だった。また

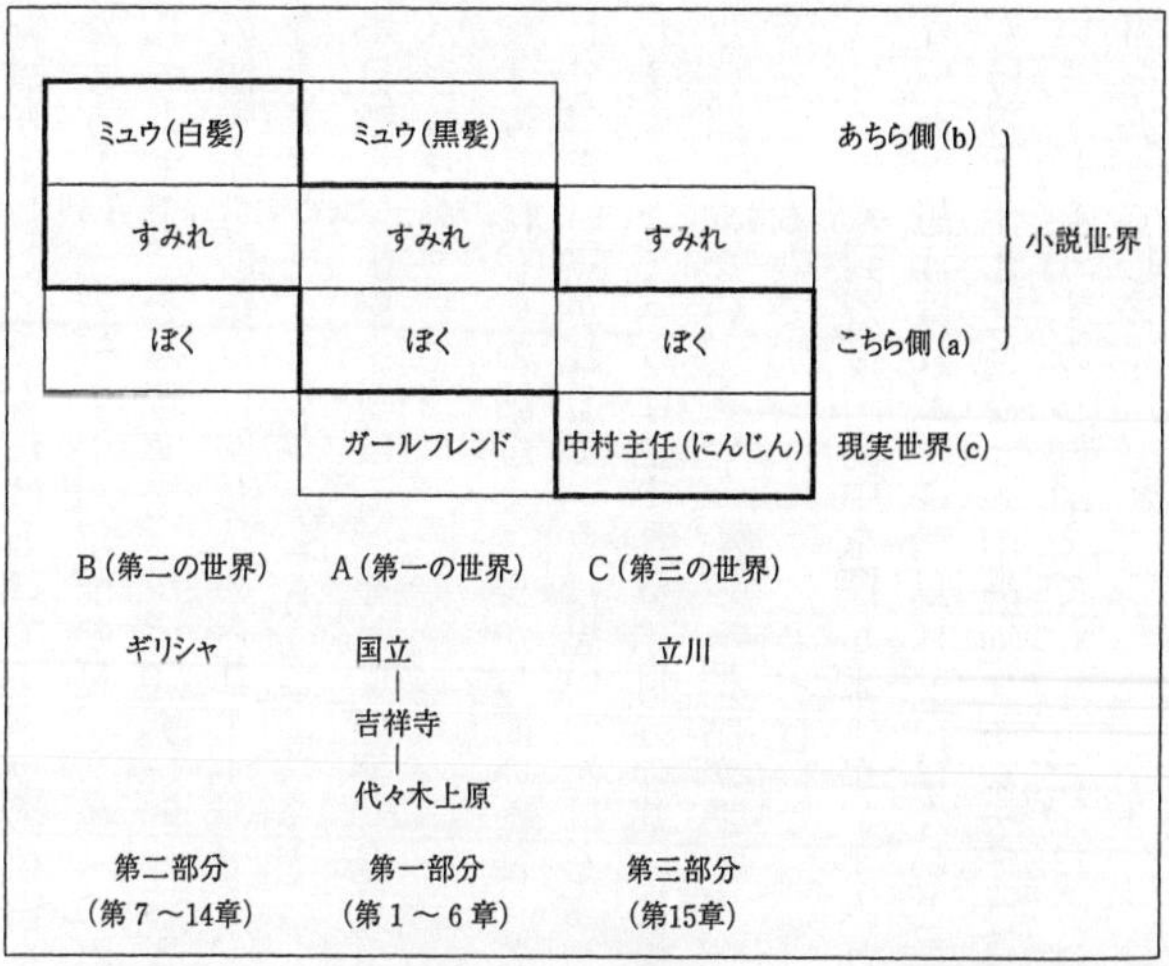

図1：『スプートニクの恋人』の基本構造（第1章から第15章まで）

最後、当のすみれから電話が来ると、この小説は終わります）。

それはギリシャのとある島からの電話で、ミュウは、すみれがいなくなったと言います。夏休み期間にあった「ぼく」は急遽、成田からギリシャに飛び立つ。ギリシャの島ですみれを探しますが、すみれは「煙みたいに」消え、結局わからずじまいに終わる。「ぼく」は、飛行機の予約の手違いからか、トランジットの一日をアテネで過ごすこととなり、アクロポリスの丘に上り、月を見て、一人日本に帰ってきます。

ギリシャの島で「ぼく」はすみれの残したフロッピーディスクを見つけ、そこですみれとミュウに起こったことを知りました。すみれはそこでミュウの秘密を聞きだしています。ミュウはピアニストになろうという志望を十四年前の夏、スイスの町で奇怪な体験をしたことがきっかけで断念しています。その町でフェルディナンドという変な男につけ回され、ある日、一夜、ほんの偶然から観覧車に閉じ込められます。でも、そこから見える自分のホテルで、自身の分身(ドッペルゲンガー)がそのフェルディナンドと素っ裸で性的な行為にふけっているのを目撃し、衝撃を受ける。そして翌朝、発見されたときには、一晩で髪が真っ白になっているのです。

すみれは、その話をミュウから聞いた後、若くして死んだ自分の実母の夢を見ます。そして、恋い焦がれるミュウに思いのたけをぶつけようとミュウの寝室を訪れ、身を投げ出しますが、ミュウに拒まれる。自分の部屋に帰りしな、何ごとか言うけれど、それはミュウに聞こえない、という小さな挿話があって、次の朝、ミュウが起きてみると、すみれは消えているのです。

「ぼく」も到着後、島中を探しますが、すみれは見つからない。井戸にでも落ちたのではないかと思うけれど、この島に井戸はないと言われます。島を離れ、何かの手違いで一日だけ過ごすことになった中継地アテネで、「ぼく」は、アクロポリスの神殿跡を尋ね、思います。もうすみれは消えてしまった。自分はこの世界にたった一人の、自分の好きな人間を失ってしまった、と。

ちなみに、この第二部分の最後の場面の独白は異様にパセティックな響きを奏でていて、これを読むと、このあたりがこの小説の最終場面だったのかも知れないと思わせます。その独白で、第二部分は終わっていますが、ここでの話は、いわばこの世ならぬもの、世界の「あちら側」に行くことをめぐり、ギリシャを舞台に展開されるミュウとすみれの物語です。

そして、最後が立川を舞台とする第三部分。第15章です。帰国後、やがて、夏休みが終わり、学校がはじまる。「九月の新学期が始まって二度目の日曜日」の朝、「ぼく」は再び電話で起こされます。ミュウからの電話かと思って出ると、「ぼく」が便宜的に時折り肉体的な関係を結んできている小学校の教え子の母である「ガールフレンド」からの電話です。「ぼく」は、にんじんというあだ名の彼の教え子である彼女の息子がスーパーで万引きをしてつかまり、一緒にいるので、身元引き受けにきてほしいと彼女に依頼されます。最初の電話が、ギリシャに呼び出すものだったように、この第二の電話は、「ぼく」を立川という別の世界に呼び出すのです。「ぼく」が立川のスーパーマーケットの保安室に到着すると、にんじん親子と警備主任の男が待っています。先のギリシャが「あちら側」と接する世界だったとすれば、この立川の保安室というのは、「ぼく」のいる世界の外部にひろがる、普通の人たちの生きる現実世界で、いわば「こちら側」とふれあう普通の世界を象徴しているようです。保安室の中村主任という人物は、「ぼく」を見ると、この蒸し暑い夏、「ずいぶんきれいに日焼けしておられますね」と、けっこうねちねちと「ぼく」にいやみを言います。「ぼく」は、辛抱強くそれを受け流すと、最後、にんじんを解放してもらい、二人で帰ってくる。にんじんは、そこでシャープペンシルやコンパスなどをごそっと二度まで万引きし、つかまっていました。にんじんは身を硬くし、口を閉ざしています。「ぼく」はそういうにんじんの姿に、自身の幼い頃の姿を重ねあわせる。そして言う、自分はたった一人の好きだった友達を、つい最近、失ったところだ、もう誰一人、心を開けるような友達はいなくなってしまったと。にんじんは、そういう「ぼく」に少しだけ顔をあげます。

この第三部分にあるのは、中村主任やにんじんのいる世界、「ぼく」のいる小説世界の手前の側にある、ただの人の生きる、普通の現実の世界です。そして最後、表からは除いた第16章にいたって、夢なのか事実なのかわからないのですが、夜、国立にある「ぼく」の部屋に、三度目の電話がかかってくる。電話はすみれからで、彼女はどこかの公衆電話にいて、そこからかけているのだと言います。すみれがそうして帰ってくる、どこかから。

そういう「ぼく」の独白があり、小説は終わります（この最終章はエピローグ的に小説の基本構造からはみだしてノリシロ的に存在しています）。

二つの恋の話

　さて、これはどういう話なのでしょう。いろんなふうに言えそうです。でも、僕は、簡単に言うなら、これは二つの恋（＝片恋）の物語なんだと言いたい。一つはすみれのミュウへの恋で、これは「こちら側」（現実、普通の世界）にいるだけでは我慢できない、この世界を超え出た「あちら側」の世界に行きたい、超越的なものへの恋、〝超越したい、恋〟です。これに対し、もう一つの恋が「ぼく」のすみれに対する恋で、それはこの世にとどまろうといういわば〝超越しない、恋〟なのです。先に僕は語り手「ぼく」のキーワードは「凡庸」だと言いました。すみれの職業作家志望、エクセントリック、超俗的なあり方に対し、「ぼく」は、小学校教師で「凡庸」を旨としています。つまり、この小説を作者に書かせているのは、「超越しないでこの世にとどまる」ことは、どのようにして、「超越してこの世ならぬところに行ってしまいたい」欲求と、つながることができるのか、あるいは、どのようにして、「超越してあちら側に行ってしまいたい」希求を、否定することなく、また、それに負けずに、「この世界にとどまること」は、これと対峙できるか、という問いなのでしょう。

　こう書けばわかってもらえると思うのですが、こういう対位の中に、僕たちは、もし望むなら、あの一九九五年の地下鉄サリン事件のオウムの影とも言うべきものを見て取ることができます。ここで「あちら側に行くこと」を超越的な欲望とでも言ってみるなら、このあり方の一つに、あのオウム的な欲求、真なるもの、あるいは「生死を超え」たものを求める、という志向が含まれていることがわかるでしょう（オウムの教祖の主著の一つのタイトルが、『生死を超える』でした）。むろん、それはこの小説の世界ですみれの体現するものがオウムと関係あるというようなことではありません。そうではなく、「超越したい」すみれの欲求と「ここにとどまる」「ぼく」のあり方という対位のうちに、この小説の主題の形がはっきりと姿を見せています。そしてこういうところに、この小説にいたるまでに『アンダーグラウンド』、『約束された場所で』という二作により、作者が経てきた、オウム真理教にまつわる考察と経験が、生きているだろうと言うのです。

最後のシーンは現実か夢か

さて、するとこの小説は何を語っていることになるのでしょうか。この小説の読解上、ポイントになるのは、表からは除いた最後の第16章に出てくる、ギリシャで消えたはずのすみれからくる電話を、どう受け取るか、という問題です。そこですみれは言います。

「ねえ帰ってきたのよ」、「いろいろと大変だったけど、それでもなんとか帰ってきた。ホメロスの『オデッセイ』を50字以内の短縮版にすればそうなるように」。いろいろと乗り継いで。「今どこにいる？」そう「ぼく」がたずねると、「わたしが今どこにいるか？　どこにいると思う？　昔なつかしい古典的な電話ボックスの中よ」（傍点原文）。

　こう書くとわかるでしょうが、このシーンは、『ノルウェイの森』の最後の「僕」が緑に電話をかける場面のちょうど逆です。そこでは、「あなた、今どこにいるの？」と緑が「僕」に聞く、すると「僕」は思う。「僕は今どこにいるのだ？　でもそこがどこなのか僕にはわからなかった」（傍点原文）と。そしてそれが、この作品の終点を形作っていました。

　ではこの終わり、それは『ノルウェイの森』ならぬこの小説で、何を語るのでしょうか。

　端的に、すみれは本当に帰ってきたのか。それともこれは「ぼく」の白昼夢のようなものにすぎないのか。

　ここで僕の考えを言うとすると、こうなるでしょう。頭で考えたら、ここですみれが帰ってくるということはありえません。というのも、すみれはパジャマ姿のままギリシャの島で失踪した。パスポートもお金もなしで。そんな彼女が、数ヵ月後、日本の国立付近の電話ボックスに現れるわけはないでしょうから。でも、小説を読むと、この、頭で考える限りウソの白昼夢のようなものであるはずのこのシーンが、ありありと、現実にありうるものと読める。よく考えてみれば、この小説の感動は、この最後のシーンが――たとえ現実ではないとしても――少なくとも主人公の単なる想像、夢、白昼夢のようなものでもない、という受け取りが読者にもたらされることを通じて、たぶんはそのことから、やってきているのです。頭で考えるとありえないことが、読者の心に訪れる。ではそんなことが、なぜここに起こりえているのでしょうか。

語りの構造

これを考える上での手がかりの一つは、この小説の語りの構造の問題です。語りの構造というのは、この小説を書き手が「ぼく」を語り手にして書く、その「書き手」と「語り手」と主人公の関係の構造のことです。物語られる出来事の順序とそれを物語る話の順序とが違う場合、そのそれぞれを、ストーリーとプロットと言い分けます。それで言うと、この小説のストーリーは、「22歳の春にすみれは生まれて初めて恋に落ちた」と「ぼく」によって語りだされることからはじまりますが、ここでその語りの構造は、図2に見るように、「ぼく」が語っている「語りの時点」をXとすると、第一部分、第二部分にかかる第1章から第14章まで、「ぼく」がXの時点からすみれとの物語を語るという構造が、動いていません。つまりここまでは、この小説を語り出した冒頭の語りの時点Xからの動かない回想として、話が綴られているわけです。でも、第14章の終わりにきて、この構造が崩れます。この章の最後、ギリシャから帰る最後の日、アクロポリスの丘に上る場面で、「ぼく」はとうとう、こう言います。

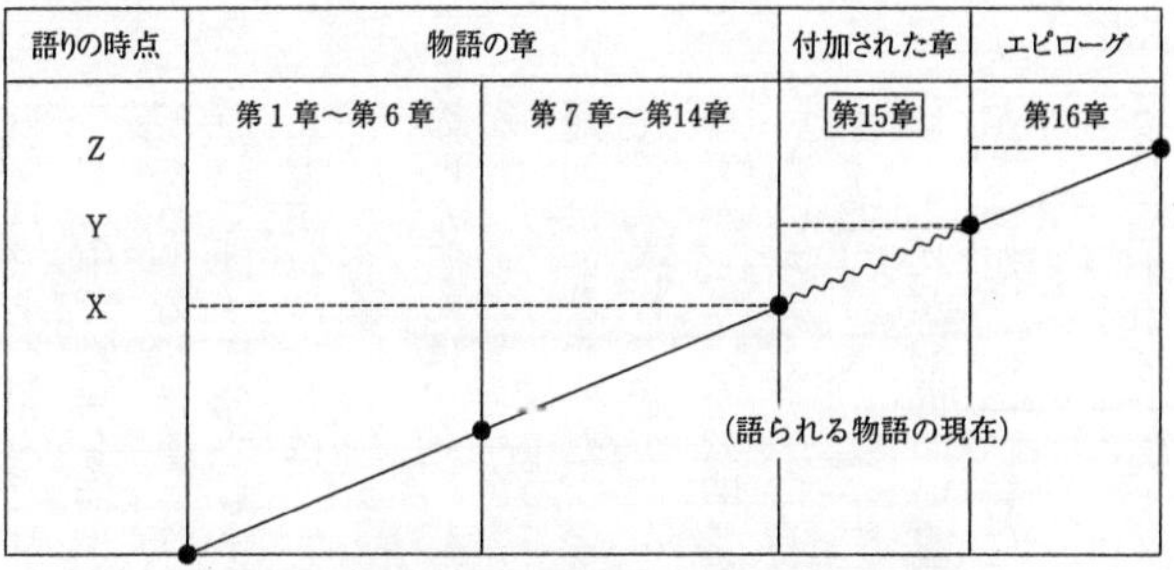

図2：語りの時点の変遷から第15章の付加がわかる

ぼくは明日になれば飛行機に乗って東京に戻る。すぐに夏休みが終わり、限りなく続く日常の中に再び足を踏み入れていく。

（『スプートニクの恋人』二六三頁）

この「明日」という言葉に注意しましょう。「語る現在」の時点Xはいまここで、語られる物語の現在時点に追いつかれているのです。このことは何を語っているでしょうか。

村上さんが、この小説を刊行した後のインタビューで、こう言っていることが思い出されます。

物語を使って何ができるかについては、僕は非常に意識的に考えています。そのために大事なのは、きちんと底まで行って物語を汲んでくることで、物語を頭の中で作るようなことは絶対にしない。最初からプロットを組んだりもしないし、書きたくないときは絶対に書かない。（中略）頭の中で物語を作らないということで言えば、この小説の中で、結局「すみれ」は見つからないまま、主人公はギリシャから東京に帰ってくる。そのあとどうなるかについては、自分でも全然わからなかったんです。そしたら、「にんじん」が出てきたんですね。あれは、一種の救いだった。

このにんじんは、

最初はいなかった。いないまま「僕《ママ》」と「ミュウ」との関係性の中で煮詰まって追われてる感じで話が進んでいたんだけど、そのまま話を終えたらどこにも行かないような気がしていた。閉じられたまま終わって、それはやっぱりいけないと感じていて、いろいろ考えてるうちに、「にんじん」と「にんじんのお母さん」が出てきたんです。で、二人を生かすことによって、ある種の広がりというものを出すことができたし、これが納得のいく形で書ければ、次の本にうまく入っていけるだろうという予感があった。　（「物語はいつも自発的でなければならない」『広告批評』一九九九年一〇月）

ここに言われるにんじんが出てくるのは、この次の章、第15章です。最後の第16章で

「ぼく」は帰国後しばらくしたある日、東京の街角をジャガーに乗って走り去る変わり果てたミュウの姿を見かけます。そしてその後、彼の部屋に深夜、すみれから電話がかかってくるところで、この小説は終わるのですが、察するところ、当初のぼんやりした構想では、この第16章がエピローグ（後日譚）的に付いて、終わりになるのだったのではないでしょうか。つまり、この第14章が実質的な物語の「どんづまり」になっていたと思われるのです。

そう思ってみれば、この第14章の終わりにはこんな意味深なくだりもある。

そしてまたぼくは、いつか「唐突な大きな転換」が訪れることを夢見ていた。たとえ実現する可能性が小さいにしても、少なくともぼくには夢を見る権利があった。

（『スプートニクの恋人』二六一頁）

この「唐突な大きな転換」が、この言葉が書かれた時点で、第16章の、「唐突に」何の脈絡もなしに、東京の「ぼく」のいる世界にすみれが帰ってくる白昼夢か現実かわからない「転換」の場面を念頭においたものであることは、言うまでもないでしょう。小説は、この後、最後、第16章の「唐突な大きな転換」をへて、すみれが帰還するという形で終わろうとしていました。事実、第16章は、ギリシャの島の港で別れて以来、ミュウからの連絡は一度もなかった。

（同、二九七頁）

とはじまっていて、第14章の、アクロポリスでのパセティックな独白から、そのまま第15章なしで続く書かれ方になっています。でも、そのまますみれからの電話が「ぼく」を起こす場面へと進んでも、「そのまま話を終えたらどこにも行かない」。「閉じられたまま終わって」小説が終わった感じがしない。それは――もし僕の想定が間違ってないならですが――その最後のすみれからの電話がとても現実のものとは思えず、空転してしまう、ということでもあったでしょう。これが、たぶんは最後、作者のぶつかった困難だったというのが、僕の考えです。その困難を克服するカギとして、ここににんじんがやってくる。それが先に村上さんのインタビューで述べている、「一種の救いだった。出てきてくれてよかったなあって」という言葉の中身でしょう。そしてそのにんじんを造型すべく、新しい語りの時点Yが導入される。こうして、その後の後日譚としての第16章へと物語を橋渡ししているのだと思うのです。

では、このにんじんの到来は、何を成就しているのか。

ii　「花《すみれ》」から「根《にんじん》」へ

ウィーンの一夜と猫が消える時期と犬が死ぬ時期の符合

そのことを考えるうえに、手がかりを提供していると思われるのが、次に申し上げる、「ぼく」がにんじんに語る、飼っていた犬がトラックで轢かれて死ぬという少年時のエピソードです。でもその前に、一つ、小さな指標に目をとめておきます。それは、ミュウ、すみれ、にんじんについて語られる、髪の毛の問題です。毛髪は登場人物の身につける衣服類、車などとともに、この小説で面白い意味性を帯びさせられています。まずミュウは観覧車の一夜をへて、白髪になります。彼女は自分の半分は向こう側にいってしまった、自分の生は終わった、と感じる。それが「髪の黒い、潤沢な性欲を持ったあと半分のミュウ」が消えたという言い方で語られます。そのことを受け、図1にあるように、東京ではヘアダイを使って黒髪にしていたミュウが、ギリシャの島では、そのとき以来の白髪の女性として現れます。一方、すみれは小説制作の夢に憑かれていて身なりを構わない、恋愛と無縁な髪の「くしゃくしゃ」した女の子として登場してきます。そして「ぼく」の求愛に対し、「わたしには性欲というものがよく理解できないの」と言います。でも、そのすみれが、ミュウに「くしゃくしゃな」「髪を触られた瞬間」、恋に落ちる。そしてその変化は、ミュウとつきあいはじめると、それまで身なりにまったく構わなかったすみれが綺麗になる、そしてその「くしゃくしゃの髪」が「クールなショートカット」に変わる、というように示されるのです。

ところで、最後に現れるにんじんですが、彼も、「髪がもしゃもしゃとちぢれ」た、やせた少年なのですね。このことは、僕の考えでは、「くしゃくしゃ」と「もしゃもしゃ」、この共通点で、すみれとにんじんが、すくなくとも「ぼく」にとり、同質の存在であることを、暗示しています。

さて、犬の話というのは、こうです。この小説では主要登場人物が、あるものを失う、という挿話が、それぞれの人物について三つ、出てきます。一つ目がミュウのウィーンでの十四年前の観覧車の話で、このとき、彼女は自分の半分を永遠に失っています。そして二つ目がすみれの「小学校の二年生くらいのとき」の「秋の終わり」の三毛猫の失踪で、このとき、彼女は、飼っていた三毛猫を失う。猫が何かに憑かれたように松の木のてっぺんに駆けのぼり、「まるで煙みたいに」(傍点原文)消えてしまうのです。ところがこの第15章で、「ぼく」はにんじんにこう言います。「ぼく」が「小学校5年生のときに」かわいがっていた犬が「家の近くでトラックにはねられて死んでしま」った、家族は遠い存在だった、この犬だけが友達だった、それでこの犬が死んだ後、自分はひとりぼっちになってしまった、と。

でも、よく考えてみると、物語の語られる現在の時点で、すみれは二十二歳、「ぼく」は二十四歳。先のすみれの「小学校の二年生くらい」の「秋の終わり」というところを「小学校三年」と読み替えてみるなら、これはすみれが九歳、「ぼく」が十一歳の年の出来事になり、ほぼ同じ年の出来事であることがわかります。でもそれだけではなく、さらにこの符合の線をミュウの方まで延長すると、それは（これも現在の時点ですみれ、「ぼく」ともに誕生日の前ならばですが）ともに語る現在のいまから見ての十四年前ということになり、ですから、ミュウがスイスで半分の自分を失ったのとほぼ同年に、すみれの猫が消え、「ぼく」の犬が死んでいることがわかるのです。

二匹の犬の対照

ここで、この小説に出てくる犬の意味が重要になってきます。

私事に亙りますが、実は僕は当初、この『スプートニクの恋人』の宣伝文句を目にしたとき、この小説をそれほど読みたいと思わなかったのです。その惹句が少しあざといように思えたので。それが、読む気に変わったのは、この小説の扉と本文の間に、スプートニクという人工衛星の二号にライカ犬が使われ、「宇宙空間に出た最初の生物となるが、衛星は回収されず、宇宙における生物研究の犠牲となった」という一文が引かれているのを読み、作者の意図が、違うところにあるとわかったからです。

このライカ犬がどんなに孤独で苦しかったか、というなら、同じくこのライカ犬への思いを手がかりに書かれたレイダル・イェンソンの小説、ラッセ・ハルストレムの監督で映画にもなった『マイライフ・アズ・ア・ドッグ』が思い出されるでしょう。そう考えるなら、この小説は、あのライカ犬が世界にもたらした、何番目かの文学作品かも知れません。宇宙に浮かぶ密閉された箱に閉じ込められた孤絶。それはここで、観覧車の中に閉じ込められたミュウの孤絶、「あちら側」の世界をめざし、そのまま消えるすみれの肖像のうちに結像しています。また、遠く、これまでの村上さんの作品の井戸の底の孤絶(『ねじまき鳥クロニクル』)ともその対極的な位置で、響きあっています。井戸、そして図像的にその反対の形象であるエレベーターの二つが、これまでいくつかの作品を通じ、彼のデタッチメントのモチーフの象徴となってきているのですが、この二つは、あのギリシャの島にない、と特に断られているのも興味深いところです(先にもふれたように島の警官は「ぼく」に、「この島では誰も井戸を掘りません」と答えます(一八三頁)。また、ロードス空港の案内所の女性も、島に行くフェリーに、満員なんてことはない、「エレベーターじゃないんだから」と言うのです(一二七頁))。この小説にいたって、井戸、エレベーターの形象は、猫の登る木のてっぺん、観覧車、人工衛星と、空に浮かぶ孤絶空間という形象に取って代わられます。宇宙に遺棄されるライカ犬は、すみれの超越性の孤絶の象徴となることで、この小説における超越性＝デタッチメントと、現実にとどまること＝コミットメントという対位をささえるのです。

ところで、この犬のイメージに象徴される空に浮かぶ孤絶の死に、第15章は「ぼく」のにんじんに向かってする話として、地べたでトラックに轢かれて死ぬもう一つの犬のイメージを付加します。にんじんとは誰か。すみれが花、にんじんが根菜、つまり根であることに、注意しましょう。村上は、この第15章で、ライカ犬のイメージに新たにいわば「ただの犬」の死を対置するのです。

「こちら側」の二重化

僕は、このにんじんの挿話の付加によって、最後のあのすみれの電話とすみれの帰還が、頭で考えればあり得ないのに、読者の心にはあり得ないわけでもないという現実性を帯びて読まれるようになっている、つまり、先の第15章がない形のままなら空転したはずのものが、その空転から脱するようになっている、と思います。なぜそうなるのか。僕の考えを、言ってみます。

図3を見て下さい。これは前回の図1に変則的ではありますが、ローバー・ミニのエンブレム風の〝羽根〟をつけた図です。いわば第15章の内実ぬきに基本構造として示された先の図1では、A〔第一の世界＝国立・吉祥寺・代々木上原〕は小説世界における「こち

ら側（a）」、B（第二の世界＝ギリシャ）は小説世界における「あちら側（b）」で、この第1章から第14章までをコアとして、それに付け足しとしての第15章がC（第三の世界＝立川）としてつく形でした。これだと、水平軸のA―B世界（＝村上のこれまでの小説世界の基本構造）における垂直軸の「a―b」という関係性が、小説の基本で、これに項目としての第15章の「現実世界」が形式的に付け足されています。でも、第15章が内実として付加されると、そこにいわばもう一つの現実世界、つまり「こちら側（a）―あちら側（b）」という関係性として生きられた現実世界が付け加わります。「ぼく」はすみれとの関係では「凡庸」を自任し、自分は「二級品」だと言う。そこで「ぼく」は「こちち側」の人間なのですが、第15章になり、電話でガールフレンドに呼び出しを受け、スーパーの蒸し暑い保安室に教え子のにんじんを引き取りにいくと、そこに、いわば普通の生活世界の住人である中村主任がいて、彼は、その「ぼく」にむかい、しかしあんたなんか「凡庸」どころじゃない、特権階級みたいなものだ、と言うのです。

ここで、両者の関係は、中村主任（c）が〝現実世界〟における「こちら側」であるのに対し、「ぼく」（a）は〝現実世界〟における「あちら側」だという関係になっています。ですから「ぼく」（a）は、小説世界における「こちら側」の住人でありつつ現実世界における「あちら側」の住人でもあるという二重性を帯びる。この第15章の付加は、「ぼく」という存在、そして「ぼく」のいる世界――「こちら側」（a）――を、村上の小

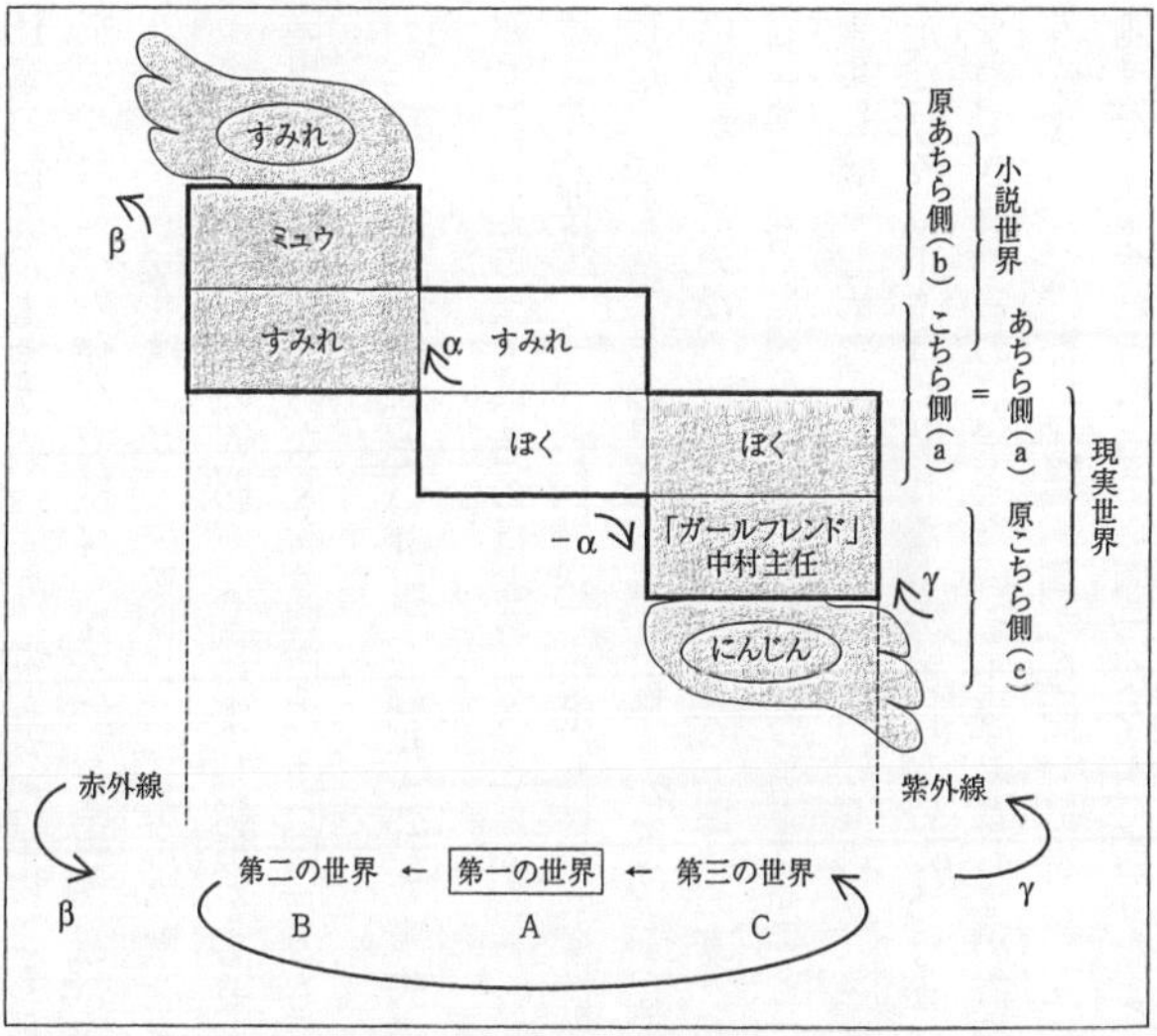

図3：第15章の付加により羽根が生える

説世界にあってはじめていわば二重化しているのです。

それはどんなことを意味しているでしょうか。すみれは、小説世界の中で、つねに「この世ならぬもの」に憧れます。そしてミュウの失われた半身を追いかけるように、小説の第二部分の舞台であるギリシャの島で、Bのさらにむこうの世界、「原あちら側」に行ってしまいます（矢印β）。そしてミュウから「ぼく」に呼び出しの電話がかかって「ぼく」もギリシャの島に行く（矢印α）。そしてすみれは見つからず「ぼく」は東京に帰ってきます。でも、この第

15章の付加によって、「ぼく」は、ただ単にこちら側の世界Aで、すみれを待つ、すみれを失っただけの存在ではなくなるでしょう。というのも、彼は、小説の第三部分、第15章の冒頭で、今度は「ガールフレンド」からの電話を受け、いわばそこで新たに失われかかっているもう一人の人間、ことによれば彼を必要としているにんじんという教え子を、救い出さなければならなくなり「原こちら側」とも言うべき世界に赴くからです（矢印→a）。

超越したい欲求と超越された喪失の連帯

ここに起こっているのはどういうことか。これまで村上さんは、「あちら側」（非現実＝超越的な世界）と「こちら側」（現実＝日常的な世界）をめぐる二項的な作品を書いてきました。『羊をめぐる冒険』では「鼠」が「あちら側」に消え、『ねじまき鳥クロニクル』では猫がまずいなくなった後、主人公「僕」の妻クミコが「あちら側」に失踪しています。でも、「こちら側」に残された人間にできることは、ただその喪失に耐えること、そして喪失を嚙みしめて生きていくことだけなのか。それで果たしていいのか。もうそういう設定だけでは小説は終われないのではないだろうか。いわばオウム以後、作者の村上さんにやってきているのは、そういう小説家としての直観だと思われるのです。それが、言ってみるなら、（小説世界の）「こちら側」に対し、そんなのはオレたちにとっては「あちら側」だよ、それを「こちら側」だなんて言うなよ、と異議申し立てする登場人物、中村主任（とそこにいわば人質にされたにんじん）が「現実世界」の住人として登場してくることの意味なのでしょう。

さて、するとどうなるでしょうか。「ぼく」は中村主任の手に落ちたにんじんを、さんざんいやみを言われた末に奪回して二人で帰ってくる。でもにんじんの心は凍っている。さらに「ぼく」には長い間彼の母とセックスフレンドだったという大人としての弱みもある。

でも、このとき、「ぼく」は、にんじんの心に言葉を届けることに成功する。なぜでしょう。「ぼく」は、にんじんに自分の好きだった友達を自分はつい最近失ったところだ、「ぼく」はいまやひとりぼっちだ、と言います。便法としてではなく、自分にあるのはもうこの「喪失」だけだという気持ちから、その痛みを秤のこちら側におくのです。すると、にんじんは顔をあげる。「ぼく」は、かつて犬をトラックに轢かれてひとりぼっちになってしまった、そのときと同じ状況に、いままたすみれを失うことで陥るのですが、そのことを口にすると、にんじんの心が、「ぼく」に向かって開かれる。ある意味でライカ犬であるすみれが一匹の地上の犬に媒介され、「ぼく」とにんじんとをつなぐのです。

先にすみれが花で、にんじんが根であることに注意を喚起しましたね。花は空中に向かい、根は地中に水を探します。すみれは空に向かって伸び、空に消えるのですが、にんじんは、そのすみれを地中に向かって探しにゆく、そういう根なのではないでしょうか。

したがって、最初の図1は、いわば両側に〝羽根〟を生やした図3の形になって、この小説の最後の場面の意味を僕たちに教えるものとなります。そこで、すみれは、Aの世界からBの世界に行き、そこからさらにその向こう、虹で言うなら赤外線の方向に消えるのですが（矢印β）、その後、人工衛星に乗ったライカ犬のように、ぐるりと地球を回り、Cの世界のさらに手前、虹で言うなら紫外線の方向から（矢印γ）、Cの世界を通って再びAの世界に戻ってくるのです。

これを、すみれは、にんじんという橋を渡って、「ぼく」の世界に戻ってくるのだ、と言ってもよいでしょう。そのことが先に述べた、すみれとにんじんの髪がともに「くしゃくしゃ」、「もしゃもしゃ」であることの意味であり、すみれがライカ犬であるとしたらにんじんがただの犬であることの意味であり、すみれが花でにんじんが根であることの意味なのだと思います。そしてそれが最後、本当ならそんなことがありっこないのに、現実ではないがしかし白昼夢でもないものとしてすみれが戻ってくる、あのシーンが、読者の心を動かすことの理由なのではないでしょうか。

そう考えれば、なぜ、この第三部分にいたり、あの小学校五年生のときの犬の死が「ぼく」の口からにんじんに語られるのかも、わかります。はじめの二つの話、観覧車と三毛猫の話は、きっと最初から考えられていた挿話ですが、「ぼく」の犬の話は、その二つに後になって付加されています。それは、その付加を通じて、前二者、ミュウとすみれの

「超越したい」欲求に、「ぼく」の「超越された」喪失経験を重ねて置く、という小説家の行為となっています。この話を重ねることで喪失する「ぼく」は失踪するすみれに連帯している。超越することと超越されること（喪失すること）は、対立するのではない。喪失を深く生きることは、超越したい欲求を理解し、これに連帯することだ。作者はここに、第三の挿話を重ねることで、こう言っているのです。

母親の消滅、子供の登場

最後に一つ、これまでふれる機会のなかったことを述べてこの話を終わりましょう。ギリシャでの最後の夜、すみれがミュウの寝室を訪れ、そこを立ち去り際、ミュウに何ごとかを囁く。でもそれは「とても小さな声」だったので、ミュウには「聞き取れなかった」。そう書かれていることを先に指摘しました。そこですみれは、何と言っているのか。僕に連想を示唆するのは、その前夜、すみれの見る夢です。そこですみれは二歳のときに死んだ実の母に会っています。でも、それは、自分が写真で教えられていたのとは別人だった。「本物の母親は美しく、若々しかった」。夢の中で彼女は「お母さん」と思い切って叫びます。しかしその声と同時に、母は穴の奥の暗闇に引き込まれ、消えてしまう。すみれはその後「高い塔のてっぺん」に出る。そして白いガウンを脱ぎ、全裸になって空の前に立つ。そこで目が覚める、でも目が覚めたら、母親の顔だけがどうしても思い出せなかった、と書かれています（二〇三〜二〇四頁）。

そして次の日、その夢に励まされ、促されるように、すみれはミュウの部屋に行くのですね。

すみれが夢に見た「美しく、若々し」い母、それは、ミュウだったのではないでしょうか。だから目が覚めた後、顔を思い出せなかったのではないでしょうか。そして、すみれが最後にミュウに囁いた言葉は、その「お母さん」という言葉だったのではないでしょうか。

そう思います。

ミュウというのは、ギリシャ語でMのことです。Mといえば、マザー、メール、ムウテル、ママ。Pが父につながる頭文字であるように、母につながる頭文字です。僕の推定が正しく、あの言葉が「お母さん」なら、最後、すみれは、いわば母なるものに拒絶されていることになります。

ところで、第15章の最後近く、「ぼく」は「ガールフレンド」に、もう会うのはやめよう、と言うのですが、この「ガールフレンド」というのが、やはりもう一人のすみれといってもよい「にんじん」の、「お母さん」なのです。つまり、ミュウと「ガールフレンド」という「ぼく」を異なる世界に呼び出す二人の電話の女性は、ともに母という一点でも対位的なのです。

こうして、この小説では、「ぼく」が「ガールフレンド」と別れ、すみれがミュウから拒絶されて別れ、ともに一人になる。僕には、この二つのエピソードの示す方角に、母の前の子供たることから、子供の前の大人たることへと移行しようとする、この時期の村上さんの志向が現れているような気がします。この「にんじんのお母さん」というのは先のインタビューでの村上さんの言葉ですが、そこに言われる「これが納得のいく形で書ければ、次の本にうまく入っていけるだろうという予感」があった、というのも、このことと関わります。にんじんとの会話で、村上の小説ではじめてといっていい表現が出てきます。ホッチキスの万引きについて尋ねる場面。「ぼくは子供の方を向いて穏やかにたずねてみた、『どうしてホッチキスなんだ？』」そう書かれています。こういうふうに村上が「子供」という言葉を書いたことは、これまで一度もありません。その「子供」と「ぼく」の会話の終わり。「ぼく」はすみれについて言う。「ぼく」はその友達にあってはじめて、誰か心を通いあわせる友達のいることがうれしいことだと思うようになった。「ひとりぼっちであるというのは、ときとして、ものすごくさびしいことなんだって思うようになった」。

「（前略）ひとりぼっちでいるというのは、雨降りの夕方に、大きな河の河口に立って、たくさんの水が海に流れこんでいくのをいつまでも眺めているときのような気持ちだ。雨降りの夕方に、大きな河の河口に立って、水が海に流れこんでいくのを眺めたことはある？」

にんじんは答えなかった。

「ぼくはある」とぼくは言った。

にんじんはきちんと目を開けてぼくの顔を見ていた。

「たくさんの河の水がたくさんの海の水と混じりあっていくのを見ているのが、どうしてそんなにさびしいのか、ぼくにはよくわからない。でも本当にそうなんだ。君も一度見てみるといいよ」

（同、二八七～二八八頁、傍点引用者）

にんじんが顔をあげる。二人の心が通いあう。このあたりが、僕の言う、この小説のビュー・ポイントということになるでしょうか。

（『一冊の本』二〇〇一年七月号・八月号。初出時表題は「現代小説論講義［第1回・第2回］村上春樹『スプートニクの恋人』（前編・後編）」。『小説の未来』朝日新聞社、二〇〇四年一月所収）

村上春樹の短編から何が見えるか——初期三部作を中心に

全長編を読むこと、全短編を読むこと——私の方法論

今日は「村上春樹の短編世界をめぐって」というテーマでお話をします。

最近、『村上春樹の短編を英語で読む　1979〜2011』（講談社）という本を出したのですが、それを受けた話になるかと思います。

なぜか自分でもわからないのですが、村上春樹さんの小説にはだいぶ以前から関心があるらしく、もう何冊か、本を書いています。意識的に出したのは、『村上春樹　イエローページ』というもので、以前勤めていた大学のゼミ学生と何年か作品を読み込んだ上で執筆しました。パート1、パート2の二巻本で、それが今は幻冬舎文庫で三分冊となっています。ほかに、ほうぼうに書いた文章をある出版社がまとめてくれて、『村上春樹論集

1、2』としてやはり二冊になっています（若草書房）。『村上春樹 イエローページ』の二冊で、『風の歌を聴け』から『海辺のカフカ』まで、十編の長編小説をすべて分析、考察したのですが、今回の短編に関する本は、それと向きあうものです。

助走として、この本の成り立ちから言いますと、七年くらい前に、早稲田大学の新設学部に移りました。国際教養学部というその学部は英語で授業をやるところで、学生は当初、全員外国人、今は三分の一以下ぐらいが外国人です。そういう学生を相手に英語で日本文学について授業をやることになり、結局、村上春樹と吉本ばななを選ぶことにしました。

一つか二つの作品の翻訳があるというだけでは、学生に勉強させることができないのですね。かなり広範囲に翻訳があり、それについては、日本の人間だけでなく、外国の批評家も論じている、というような作品でないと、結局、英語で授業はできません。というわけで、講義の三分の二くらいを村上春樹で、三分の一を吉本ばななでという割合でこの授業を作りました。

外国語に翻訳された村上春樹の――むろん教える側としては日本語のオリジナルとの比較をも頭に考えるわけですが――授業をしていると、いろいろな発見もあるし、自分で考えることもある。そういう経験をもとに書いたのが、今回の本です。

村上春樹の長編小説については、先の『村上春樹 イエローページ』というもので最近刊『1Q84』を除いて全踏破しています。それを英語でやることもできるでしょうが、ただ縦のものを横に直す、というのでは面白くない。それで英語では、これまで気ままにいくつかを取りあげるだけだった短編世界を本格的に対象にしてみることにしました。いったい短編の世界から見ていったら、村上はどう現れるのか、と考えたのです。

こう思ったのには、以前、『村上春樹 イエローページ』を書いたときに、一つ気づいたことが関係しています。これを書いたとき、自分の関心のある一人の小説家の全作品を取り上げて、全部について考え、もれなく論じることは、楽しくもある一方、かなり苦しいことだとわかったのです。当初の対象は、八編でした。僕はかなりわがままに仕事をしてきた文芸評論家だろうと思いますが、このとき、自分の好きな作品だけを「つまみ食い」して書くことと、全編くまなく網羅することの違いを思い知らされました。六編くらいまではそれほど苦しまずに書けるのですが、ジグソーパズルではありませんが、最後の二編くらいのところで、エヴェレスト登頂の最後の数百メートルの苦しみと似たものを、味わわなければなりません。

『風の歌を聴け』から『ねじまき鳥クロニクル』まで。八合目ぐらいまでは、だいたい自分の関心で書けるのですが、最後の二編ぐらいはどうしてもうまく書けないというのが出てきます。全部を同じレベルで論ずるのは、非常に厳しい。全部をやるというのは、大部分をやるとか、気に入ったものをやるというのとはまったく異質の仕事なのだと、そのとき気づきました。

また、そのときの経験で、もう一つわかったことがあります。村上春樹という小説家は、極めて広い幅の読者を持っているということです。中で『ノルウェイの森』が途轍《とてつ》もないベストセラーとなったわけですが、あれだけ売れてしまうと、普通、文芸評論家や研究者という人間は、近寄りません。どうしてもある種の偏見というか、それだけ人気があって売れるものについて自分がわざわざ読んで何かを言う必要はないだろうという気持ちになってしまうのです。

僕自身の経験でいっても、『世界の終りとハードボイルド・ワンダーランド』が出たときに、本屋さんに行ったら、今までの本の置き方とは変わっていたのを記憶しています。それは『ノルウェイの森』の前、一九八五年のことです。大きなテーブルが、全部、『世界の終りとハードボイルド・ワンダーランド』で埋めつくされていました。畳で二枚分ぐらいのスペースに、同じ本が並んでいる。そういうベストセラーは、なかなか買えない。買うのに抵抗がある。でも、この本は買っておかねばと思って買い求めました。ところが、そのときのトラウマで一年間その本は読めませんでした。いくつかの批評が出て、それでも読む気にならない。最後に、竹田青嗣の批評を読んで説得されて、ようやく読むことができたのです。そしたら、やはり非常に素晴らしかった。よい小説だったので、それについて自分も書いたという記憶があります。

ところで、『村上春樹　イエローページ』を書こうとしたとき、今度はその反動というか、それと反対のことが起こりました。僕が書くのは文芸批評ですが、これだけこれまでの小説家と違って広範に読まれている小説家を、これまでと同じ仕方で論じるだけでよいのだろうか、と思ったのです。村上春樹の読者の大半は、村上は読むけれども、従来の純文学と呼ばれている作品は読みません。そういう読者が手に取るような批評の方法とスタイルがあってもよいのではないだろうか。むろん、批評はそんなには読まれない。でも、現実に読まれないとしても、普通の読者に広く開かれた批評とはどういうものか。村上の小説が、これまでの小説と異なるように、これまでの批評と異なる批評の方法とスタイルを編み出すということが、それ自体で、一つの村上春樹に対する批評行為ともなるのではないだろうか。そんな思いが浮かんだのです。それで、方法的にも、かなり冒険をして、今までよりももう少し間口が広い読者に開かれた批評ということを考えて書いたのが、『村上春樹　イエローページ』でした。

今回の本は、全短編、ということを意識したもので、方法的にも作品を読むことの面白さから離れまいとして書かれています。その二点で『村上春樹　イエローページ』の方法を継承していると自分では考えています。

もう少し、『村上春樹　イエローページ』の話を続けてみましょう。

この本は、今回の本と同様、大学――この場合は前に勤めていた明治学院大学のゼミですが——で学生と一緒にやった講読、分析をもとにしています。そこも国際学部というところだったので、文学が専門でもなんでもない、そんなに好きではない学生たちですから、文学を研究するつもりじゃなくていい、と僕は言って始めました。新しい土地を訪れた測量士のつもりになって、小説の地形をひたすら、観察、分析、考量しよう。例えば、小説に登場する食べ物、衣服、通信手段、そういう「物件」にだけ注目して調べてみる。あなたは、出てくる飲み物にだけ、注目して作品ごとの出現の変化を調べてごらんなさい、あなたは、小説に出現する色だけ全部ピックアップしてごらんなさい、あなたは、電話と手紙、フロッピー、コンピュータのチャットとかの変遷を、という具合です。そんなふうにして、村上春樹の長編小説を数年間、全部、いわば「非文学的に」読んでいったのです。

そうすると、いろんな面白いことがわかりました。例えば、飲み物について。初期の、八〇年代前半の村上春樹の作品には、ビールがよく出てくるのですが、だんだん出なくなっていく。ただの水、あるいはミネラルウォーターになってくるのです。あるいはまた、中華料理は一切出てこない。村上作品には、ラーメンが一切出てこなかったのが、『海辺のカフカ』の星野青年という人物が登場する場面で、ラーメンに煙草の吸い殻を投げ捨てるという形ではじめて出てくる。それは暴力的な出現で、本当は衝撃的なことなのです。そういうことが、最初から追ってくるとわかってくる。なぜそんなことがここで起こっているのか、と。

あるいは、『国境の南、太陽の西』では、赤と青が大事で、主要な女性登場人物二人がそれぞれ、衣服で青と赤を代表しているのですが、場所としては、青山と赤坂が大きな地勢的指標となってそれに照応しています。ところで、二つの地域の間を走る「外苑東通り」の交差点、そこで信号が、青から赤に変わろうとするとき、主人公は、そのうちの一人、昔傷つけたほうの女性を目撃する。で、この小説のキーワードは、「中間」はない、なのですが、その時、中間の色、黄色は出てこないのです（笑）。

そういうディテールから調べることを、学生たちと一緒に徹底的にやりました。ただ、最終的に文章は全部、注も含めて僕が自分で書きました。それで、適当に所々は学生の名前を当てたりして「編著」という形で――いわば著者性を水で薄めて――出してみたのです。そういう試みで考えていたことは、批評というものは放っておくとロケットのように誰もいない空に向かって上に上がっていってしまう、そういう力学を持っているので、できるだけその批評に反対噴射力をつけて、リニアモーターカーみたいにどこまでも「低く」浮かんだままの形にさせたいというようなことでした。

やはり同じことが、今回の本でも言えます。

その延長で、今日のお話しもしてみたい。今回の本には、今日お配りした資料のリスト（次頁、表1参照）にあるような村上の全短編のリストを出して、全八十編に作品番号を付

表1：村上春樹短編リスト（1979～2011、単行本及び『全作品』収録分）

作品番号	作品名	発表時期	発表媒体	収録短編集（収録順序）	発行年月	収録英訳短編集
長編1	「風の歌を聴け」	1979年6月	群像	『風の歌を聴け』	1979年7月	＊
長編2	「一九七三年のピンボール」	1980年3月	群像	『一九七三年のピンボール』	1980年6月	＊
1	中国行きのスロウ・ボート	1980年4月	海	『中国行きのスロウ・ボート』1	1983年5月	EV
2	貧乏な叔母さんの話	1980年12月	新潮	中ス2		BWSW
3	ニューヨーク炭鉱の悲劇	1981年3月	ブルータス	中ス3		BWSW
4	五月の海岸線	1981年4月	トレフル	カ日10		
5	スパゲティーの年に	1981年5月	トレフル	カ日15		BWSW
6	四月のある晴れた朝に……	1981年7月	トレフル	カ日2		EV
7	眠い	1981年8月	トレフル	カ日3		
8	かいつぶり	1981年9月	トレフル	カ日16		BWSW
9	パン屋襲撃	1981年10月	早稲田文学	未収録（全作品I―8）		（web）
10	カンガルー通信	1981年10月	新潮	中ス4		EV
11	カンガルー日和	1981年10月	トレフル	『カンガルー日和』1	1983年9月	BWSW
12	あしか	1981年10月	ビックリハウス	未収録（全作品I―5）		
13	32歳のデイトリッパー	1981年11月	トレフル	カ日12		
14	タクシーに乗った吸血鬼	1981年12月	トレフル	カ日4		
15	彼女の町と、彼女の緬羊	1982年1月	トレフル	カ日5		
16	サウスベイ・ストラット	1982年2月	トレフル	カ日17		
17	あしか祭り	1982年3月	トレフル	カ日6		
18	1963／1982年のイパネマ娘	1982年4月	トレフル	カ日8		
19	窓（註1）	1982年5月	トレフル	カ日9		
20	書斎奇譚	1982年6月	ブルータス	未収録（全作品I―5）		EV
21	図書館奇譚	1982年6～11月	トレフル	カ日18		

22	月刊「あしか文芸」	1982年	ヘンタイよいこ新聞	未収録（全作品Ⅰ―5）		
23	おだまき酒の夜	1982年夏	ショートショートランド	未収録（全作品Ⅰ―5）		
長編3	「羊をめぐる冒険」	1982年8月	群像	『羊をめぐる冒険』	1982年10月	
24	午後の最後の芝生	1982年8月	宝島	中ス5		EV
25	土の中の彼女の小さな犬	1982年11月	すばる	中ス6		
26	シドニーのグリーン・ストリート	1982年12月	海臨時増刊	中ス7		
27	駄目になった王国	1982年12月	トレフル	カ日11		
28	チーズ・ケーキのような形をした僕の貧乏	1983年1月	トレフル	カ日14		
29	螢	1983年1月	中央公論	『螢・納屋を焼く・その他の短編』1	1984年7月	BWSW
30	納屋を焼く	1983年1月	新潮	螢納屋2		EV
31	鏡	1983年2月	トレフル	カ日7		BWSW
32	とんがり焼の盛衰	1983年3月	トレフル	カ日13		BWSW
33	プールサイド	1983年10月	IN・POCKET	回デ4		
34	めくらやなぎと眠る女	1983年12月	文學界	螢納屋3		
35	雨やどり	1983年12月	IN・POCKET	回デ7		
36	踊る小人	1984年1月	新潮	螢納屋4		EV
37	タクシーに乗った男	1984年2月	IN・POCKET	回デ3		
38	三つのドイツ幻想	1984年4月	ブルータス	螢納屋5		
39	今は亡き王女のための	1984年4月	IN・POCKET	回デ5		
40	野球場	1984年6月	IN・POCKET	回デ8		
41	嘔吐1979	1984年10月	IN・POCKET	回デ6		BWSW
42	ハンティング・ナイフ	1984年12月	IN・POCKET	回デ9		BWSW
43	ハイネケン・ビールの……	1985年5・6月	ショートショートランド	未収録（全作品Ⅰ―8）	1991年7月	

長編4	『世界の終りとハードボイルド・ワンダーランド』		新潮社	『世界の終りとハードボイルド・ワンダーランド』	1985年6月	＊
44	パン屋再襲撃	1985年8月	マリ・クレール	『パン屋再襲撃』1	1986年4月	EV
45	象の消滅	1985年8月	文學界	パ再2		EV
46	はじめに・回転木馬のデッド・ヒート	1985年10月	書下ろし	『回転木馬のデッド・ヒート』1		
47	レーダーホーゼン	1985年10月	書下ろし	回デ2	1985年10月	EV
48	ファミリー・アフェア	1985年11月	LEE	パ再3		EV
49	双子と沈んだ大陸	1985年冬号	別冊小説現代	パ再4		
50	ローマ帝国の崩壊……	1986年1月	月刊カドカワ	パ再5		EV
51	ねじまき鳥と火曜日の女たち	1986年1月	新潮	パ再6		EV
52	雨の日の女#241・#242	1987年1月	L'E	未収録（全作品Ⅰ—3）		
長編5	『ノルウェイの森』		講談社	『ノルウェイの森』	1987年9月	＊
長編6	『ダンス・ダンス・ダンス』		講談社	『ダンス・ダンス・ダンス』	1988年10月	＊
53	TVピープル（註2）	1989年6月	par AVION	『TVピープル』1	1990年1月	EV
54	飛行機……	1989年6月	ユリイカ臨時増刊	Tピ2		BWSW
55	我らの時代のフォークロア	1989年10月	Switch	Tピ3		BWSW
56	眠り（註3）	1989年11月	文學界	Tピ6		EV
57	加納クレタ	1990年1月	書き下ろし	Tピ4		
58	ゾンビ	1990年1月	書き下ろし	Tピ5		
59	トニー滝谷（L）	1990年6月	文藝春秋	レ幽5	1991年7月	BWSW
60	沈黙	1991年1月	書き下ろし（全作品Ⅰ—5）	レ幽3	1991年1月	BWSW
61	緑色の獣	1991年4月	文學界臨時増刊	レ幽2		EV
62	氷男	1991年4月	文學界臨時増刊	レ幽4		BWSW
63	人喰い猫	1991年7月		書き下ろし（全作品Ⅰ—8）		BWSW
64	青が消える	1992年	ル・モンド	未収録（全作品Ⅱ—1）	2002年11月	
長編7	『国境の南、太陽の西』		講談社	『国境の南、太陽の西』	1992年10月	＊

長編8	『ねじまき鳥クロニクル』		新潮社	『ねじまき鳥クロニクル』	1994~5年	＊
65	めくらやなぎと、眠る女	1995年11月	文學界	レ幽7		BWSW
66	七番目の男	1996年2月	文藝春秋	レ幽6		BWSW
67	レキシントンの幽霊（S）	1996年10月	群像	『レキシントンの幽霊』1	1996年10月	
ノン1	『アンダーグラウンド』		講談社	『アンダーグラウンド』	1997年3月	＊
ノン2	『ポスト・アンダーグラウンド』	1998年4~11月	文藝春秋	『約束された場所で……』	1998年11月	＊
長編9	『スプートニクの恋人』		講談社	『スプートニクの恋人』	1999年4月	＊
68	UFOが釧路に降りる	1999年8月	新潮	『神の子どもたちはみな踊る』1	2000年2月	AQ
69	アイロンのある風景	1999年9月	新潮	神子2		AQ
70	神の子どもたちはみな踊る	1999年10月	新潮	神子3		AQ
71	タイランド	1999年11月	新潮	神子4		AQ
72	かえるくん、東京を救う	1999年12月	新潮	神子5		AQ
73	蜂蜜パイ	2000年2月	書き下ろし	神子6		AQ
長編10	『海辺のカフカ』		新潮社	『海辺のカフカ』	2002年9月	＊
74	バースディ・ガール	2002年11月	書き下ろし	『バースディ・ストーリーズ』	2002年11月	BWSW
75	蟹（註4）	2003年4月	Stories Magazine	『めくらやなぎと眠る女』	2009年11月	BWSW
長編11	『アフターダーク』		講談社	『アフターダーク』	2004年9月	＊
76	偶然の旅人	2005年3月	新潮	『東京奇譚集』1	2005年9月	BWSW
77	ハナレイ・ベイ	2005年4月	新潮	『東京奇譚集』2		BWSW
78	どこであれそれが見つかりそうな場所で	2005年5月	新潮	『東京奇譚集』3		BWSW
79	日々移動する腎臓のかたちをした石	2005年6月	新潮	『東京奇譚集』4		BWSW
80	品川猿	2005年9月	書き下ろし	『東京奇譚集』5		BWSW
長編12	『1Q84』		新潮社	『1Q84』	2009年5月	＊

※註記1 元の題は「バート・バカラックはお好き？」　2 元の題は「TVピープルの逆襲」　3 後に「ねむり」と題し、一部改変をへて二〇一〇年十一月、新潮社より単行本として刊行　4 初出は英訳（Crabs）　英訳短編集タイトル：EV→The Elephant Vanishes　AQ→After the Quake　BWSW→Blind Willow, Sleeping Woman　＊ 短編集以外の単行本　作品番号の「ノン」は「ノンフィクション」を指す。L、Sはそれぞれロング、ショートバージョンを示す。

しています。このうち、作品論として扱っているのは十数編ですが、全短編を読んだうえで、最新作『1Q84』を含む全長編を念頭に、短編をもとにすると、どういう村上春樹の小説家としての経験が浮かびあがってくるか、ということを考えようとしています。英語という迂回路を使ったために、そのことを日本のことをよく知らない人間に伝えるにはどこまでシンプルに思弁化すべきか、また作品のディテールをどのように汲みとるか、オリジナルと翻訳の間、など、多くのことがらも考えました。つまり、全部の短編をカバーし、広い範囲のいろんな人間に伝わるように考える。専門家としての自分に対する抵抗として批評をやってみよう。それが今度の『村上春樹の短編を英語で読む　1979〜2011』という本なのですが、今日はこれを土台に、村上春樹の短編から何が見えるか、ということをお話ししてみようと思っています。

短編「レーダーホーゼン」のわからなさ

このようにして読んでいくと、ふつう作品を論じたり分析したりするのと、どれほど、違う作品へのアプローチの道筋が作られるものか。そういう話から入りましょう。

一つ例をとります。

ここに述べたように、全短編を踏まえたうえで、できるだけ海抜ゼロの無前提の場所からそれぞれの作品について見ていく、そういう姿勢で、授業を始めました。相手は、日本のことをそんなに知らないけれど村上春樹にはたまたま少し関心があるといった程度の留学生たちです。半分弱、日本語は読めません。そういう学生と一緒に、いくつかの短編を選び、飛び石伝いに村上の小説家としての経験が浮かびあがるよう、英語で読んでいきました。

ここに「レーダーホーゼン」という短編があります。『回転木馬のデッド・ヒート』という一九八五年に出た短編集の中の作品です。これは、「はじめに・回転木馬のデッド・ヒート」（以下、「はじめに」と略記）という序文と八つの作品から成っていて、この「はじめに」という文章が、全体のガイドラインになっています。その「はじめに」で、作者は、この短編集に収められた一連の作品について、これらは「正確な意味での小説ではない」とか、「スケッチと呼ぶ」ことにしたいとかと述べています。ここに書いたものは、全部自分が人から聞いた話がもとで、自分は人から話を聞くのが好きなのだが、聞いているると、中のいくつかが自分の中に「おり」のようになって沈んでくる。それを事実に沿って書いてみた、というのです。で、その冒頭に、この「レーダーホーゼン」が載っている。実は、この作品は、この序文と同時にやはり書き下ろしの形で単行本にするに際し、書き加えられています。でも、本当は、この序文自身が、フィクション、一つの虚構なのです。人から聞いて書いた、という虚構の枠組みに立って書かれた作品集なのです。

さて、「レーダーホーゼン」。これが、読むと実によくわからない(笑)。どういう話かというと、語り手の「僕」は三十代の小説家で、結婚しています。妻が買い物に行っている留守中に、妻の友人の女性が約束より二時間も早く訪ねてくる。妻とは同年代で、エレクトーンの教師。なかなか体格もよくてジムに通ったりしている運動マニアで、その日、雨でテニスの予定が崩れたので、妻との約束より二時間も早く来たというのです。そのとき「僕」は、ビデオで映画の『ジョーズ』を見ていました。残り二十分くらいの『ジョーズ』を一緒に最後まで見ますが、なお妻は帰ってこない。それで、二人は世間話を始める。でもすぐに話の種は尽きて少し気まずくなる。と突然、その女性が、両親の離婚の話をし出すのです。

大学二年のときに母親の方から一方的に離婚が言いだされ、父親と一緒に自分も捨てられたのだが、その原因というのが、「レーダーホーゼンだった」と。

えっ? 「僕」が聞き返し、彼女の話が始まります。

レーダーホーゼンとは何かというと、そうです、アルプスでヨーデルを歌う、ちょっとマッチョな感じのするおじさんなどが穿いている、あの吊り紐のついた半ズボンです。ドイツの民族服的な半ズボン。でもそれが、離婚の顚末の話とどうつながるのか。

母親は昔、英語の教師で、結婚してからはずっと献身的な家庭人の良き母でした。娘の自分も溺愛されてきました。父は若いときこそ女性問題を起こすようなところもあり、母親も結構苦労したのですが、けして悪い人間ではない。年を取ってからはそういうトラブルもなくなり、両親は比較的仲良く暮らしていたということです。さて、その母親が五十五歳のとき、ドイツに住んでいる実の妹から「遊びに来ないか」と誘われ、初めての外国旅行に出る。父親も誘うが、こちらは仕事の関係で行けない。それで、生まれて初めての一人旅、十日間の予定でドイツを旅行するのですが、そのとき、「おみやげに何がほしいか」と訊ねられ、父親は「レーダーホーゼン」と答えました。

ところが、母親は十日間経っても戻ってこない。ドイツに行ったっきり。結局一カ月半ほど経って帰国しますが、自宅には戻らず大阪のもう一人の妹のところに行ってしまう。何が起こったのか。父親も自分も全く理解できない。数週間して電話が来ると、母親は突然、離婚する、手続きの書類を送る、と宣言する。いくら理由を聞いても埒があかない。そのまま、二、三カ月後に離婚成立。そのとき、父親とコミで自分まで捨てられた。娘は、そのことにひどく傷つき、母親を恨んだといいます。

でも三年後、ようやく母親と親戚の人間のお葬式で再会する。その帰り、ぎこちない挨拶のあと、喫茶店に入り、そこで母親から、娘は、いったい何があったのかという話をはじめて聞くのです。

母親は、「そもそもあの半ズボンが原因だったのよ」と話しだします。ドイツで母親は、夫への土産に良質のレーダーホーゼンを買える地方の店を教えられて、一人で電車に乗って出かけました。ところがその店は、百年以上ずっとオーダーメイドで作るのが方針の老舗《しにせ》で、本人、つまり父親が実際に来店して採寸しないと引き受けられないという。困った母親はいろいろ考えたあげく、夫と似た体型のドイツ人に代役を務めてもらい、例外的にオーダーメイドとして引き受けてもらうことに漕ぎつけます。

しかし、そこで、店の職人と代役のドイツ人が談笑しながら作業をしているのを脇に腰を下ろして眺めているうちに、突然、母親は夫と離婚することを決心する。ぴっちりした革製のレーダーホーゼンをあっちを引っ張ったりこっちを伸ばしたりして試着し、店員と談笑しているその代役の男性の様子を見ているうち、それまで自分の中でぼんやりと漂うばかりだったものがはっきりと形をとってきた。それが自分の夫への憎悪だと気づいた。我慢できないほどの怒り、憎悪だったと、いうのです。

なぜそうなったのか。それは自分にもよくわからない。しかし事実はそう経過した。問題はそのレーダーホーゼンだったのだ、と母親が話すのを聞いて、なぜだか、もう母親を憎めなくなった、娘はそう思う。——これが妻の友人の話で、かつほぼこの不思議な短編全体の大半を占める内容なのです。

「母の物語」、「娘の物語」

以上のように、一読しただけでは、どういう話かよくわかりません。自分でわからない小説を学生の前で扱うわけにもいきませんから、授業の最初の頃、僕はむろん、この「レーダーホーゼン」を授業で扱わなかったのです。

ところで、僕の場合、文学の授業ですから、中間テストとか期末テストの代わりに学生にレポートを書かせます。課題は、授業で扱わない短編を、論じよ、というものです。僕が教室で学生にやらせ、自分でも用意していって、学生の解釈に対し、自分の解釈を対置する。そこにどれだけの「差」があり、なぜそれが生じているかを、考えさせるのですが、そうして教室で学んだ仕方を駆使して今度は自力で作品を分析、考察せよ――。これがいつもの課題なのです。

村上春樹の短編は、英語ですと現在、大部のアンソロジーが二冊、それに単独の短編集が一冊と、全部で三冊あります。全部でほぼ八十編の短編があるのですが、そのうち翻訳出版されているのは四十七編。あとはウェブなどに非公認の翻訳があるので、八十編のうち、六割、七割が英語で読もうと思えば読めます。ところで、その中から、見ているとこの「レーダーホーゼン」を扱ってくる学生がかなりの数いる。そこでかねがね、なぜ学生たちはこの小説を取りあげるのだろうと僕は訝っていたのです。

でも永年、わからなかった。そしたら、ある年、最初の授業で教え、その後、村上春樹と宮崎駿で修士論文の指導も行い、それをコペンハーゲン大学に提出して今はケンブリッジ大学の博士課程で学ぶ、当時のティーチングアシスタントの留学生の院生が、「先生、先生、これ、とってもおもしろいですよ」と言って持ってきたレポートがありました。自分にも読ませてくれというので、彼女にも読ませていたのです。それは、日本人の学生が書いたもので、タイトルが「Lederhosen as Female Sexual Organs」、日本語に訳すと「女性器としてのレーダーホーゼン」。レーダーホーゼンというのは女性器のことだ、というのですね。このレポートを読んで、僕も非常にショックを受けた。で、なるほど、と思い、それに満点をつけました。

その論はどう書かれていたか。ごく短く言うと、こうです。日本で、ある女性がレイプされて、警察に行ったら、ポリスが「あなたはバージンじゃないのか、じゃあ、よかった」と言った。日本はそういう国だ、この小説でも、自分の性的な放恣で妻を精神的に虐待してきた男性が、社会から「でもいい人なんだけどね」という評価を受けている。この小説が描いているのは日本社会における男性の女性に対する性的な制覇のただならぬ深さの問題なのだ。母親は、五十代になり、一人でドイツという異国に行って、男たちが「ぴっちりした革製の半ズボン」を「のばしたり縮めたり」して子どものように笑っているのを見ているうちに、突如、夫への憎悪、怒りを喚起される。それは、「レーダーホーゼン」に自分の屈辱と誇りの象徴としての女性器が重なったということだというのです。

つまり、ぴっちりとした革の半ズボン、男の下半身を覆うレーダーホーゼンを穿いて嬉々としている男たちの姿に、母親は、夫の都合のいいように形作られてきた自分の性的存在としての似姿の原型を見たのだ、ということになります。

このレポートに、僕は強く刺激を受けました。それで、次の年から、その学生のレポートを授業の中で取り上げつつ、「今までこの短編は扱ってこなかったけれども、また、これを取り上げてレポートを書く女子学生が多いのは何故だろうと思ってきたけれども、これを読んで刺激を受け、自分なりにこの短編を分析したくなった」と言って、それから、授業で取り上げるようにしたのです。

時間がかかっている。それだけではない。負うた子に教えられて瀬を渡る、ではありませんが、学生に教えられ、背中を押されて、この短編にたどり着いているのです。

僕がそのレポートから受け取って、まず考えたのは、この母親の物語はフェミニズムの物語なのだということです。僕くらいの年代で、僕が知っているような人の名前を挙げると、上野千鶴子さんなんかがやってこられたような運動の流れの中で出てくる、日本の女性の自立の物語。これがこの小説の一つの軸です。

しかし、もう一つの物語の軸があります。それは、この「母の物語」＝「自立する女性の物語」に対する、『娘の物語』＝「自立する女性に捨てられる子どもの物語」というもう少し深い色をした軸です。

この娘は母親に捨てられます。フェミニズムに目覚めた母親に捨てられる。娘はそれで深く傷つく。子どもとしては当然ですね。ひどく傷つくのです。けれども、自分が三十歳過ぎになって、自分も独身で仕事もする大人になって、自立する女性として母親を許さざるを得なくなる――。

僕の解釈では、この「レーダーホーゼン」という短編がおもしろいのは、ここですね。小説の最後に、「僕」の妻が帰ってくる。すると、「僕」と話していた妻の友人の両親の離婚の話は中断され、そこから「ガールズトーク」と訳されていますが、女同士の話になってしまう。やがて、三人での食事になる。でも、妻がちょっと席を立っていなくなったとき、主人公の「僕」が、「さっきのレーダーホーゼンの話だけどね、あれはやはり半ズボンじゃだめだったんだろうね。レーダーホーゼンじゃなきゃだめだったろうね」と囁くと、女性は「そうね。レーダーホーゼンじゃなかったら私は母を許さなかったでしょうね」と答えてよこす。妻が帰ってきて、二人の話は終わる。そこで、小説も終わっています。

第一回目の授業でやった解釈では、お母さんのフェミニズムの問題と、娘のフェミニニティの問題、その比較に焦点をあてました。フェミニズムの女性の自立が、娘の女性性の自覚にどういう微細な陰翳を与えることになるか、という問題、その比較です。

母の自立は、娘を傷つける。娘は傷つきながら、いわば粗雑な出来の母の自立の物語を、それでも許す。同じ自立する女性として、母をどうしても憎めない。もはや女性として子どもであることからも遠ざけられている。しかも母はといえば、その深い娘の苦悩に、気づいていないのです。

娘の方が、女性の苦悩として、より深い、より成熟した段階に歩みを進めている。それを僕は、母のフェミニズム――女性主義――に対し、それよりももう少し深い娘のフェミニニティ――女性性――というように論じました。僕などと同年代の両親の子どもたち、特に女の子たちが、母との葛藤で、どんなに傷ついているかというのは、よく知られた問題ですが、教室でこの話をしたとき、これは実は、あなたたちの物語なのではないかと言うと、教室がすっと静まりかえったのが印象的でした。

学生の半分以上が女性でした。

でもそれから、次の年、さらにその向こうにもう一つの物語が重なっていると感じました。なぜ妻の友人の女性は、結婚できないのか。そこには男性恐怖、男性嫌悪のようなものがあるだろう。だから彼女はスポーツマニアでもある。でも、なぜ彼女は約束の二時間前にやってくるのか。その前に電話一本かければ、妻が不在だとわかったのではないか。いや、彼女は電話しないで来る。そしたらたまたま、「僕」一人だった。「僕」は『ジョーズ』を見ていた。でも、彼女は、ある意味、ジョーズのように、僕のところにやってきたのではなかっただろうか――。

この小説とほぼ同じ頃に、村上は別の短編を書いていて、それは「象の消滅」というのですが、そこで主人公の「僕」は、一人の女性にかすかに心を惹かれ、誰にもしなかった秘密の話をします。つい、「象」が消えたのを自分は目撃したということを仄めかすのです。それと、同じことがこの小説にも書きこまれている。妻の友人は、「僕」にかすかな好意を寄せていて、それで電話せずに二時間前の訪問をする。すると、偶然、友人の「妻」はいなかった。二人は話す。でもすぐに話は尽きる。気まずさが漂う。すると、ふいに彼女は、お母さんがね、レーダーホーゼンがもとで離婚したの、――とそれまで誰にも言わなかったような話をする。えっ? 二人は盛り上がる。この展開が、「象の消滅」と同じであることにその次の年、気づいたのです。

すると、この短編を同時に書き下ろされた先の「はじめに」で、われわれは回転木馬に乗ってデッド・ヒートしているような存在で、「どこにも行けない」と書かれていたことが思い出されてきました。「他人の話を聞けば聞くほど、そしてその話をとおして人々の生をかいま見れば見るほど、我々はある種の無力感に捉われていくことになる。我々はどこにも行けないというのがこの無力感の本質だ」、「どこにも行かないし、降りることも乗りかえることもできない」。そうそこに書いてある。つまり、女性は、無意識のうちに「僕」にSOSを発していたのではないか。そして「僕」にもその声は届いている。でも、「妻」の友人に対して、こういう場合、いったいどんなふうに手を差し伸べることができるものだろう?

「我々はどこにも行けない」。作品には、意味深にも、「僕はときどき妻の友人くらい夫にとって奇妙な存在はないような気がするのだが、それでも彼女には最初に会ったときからある種の好感を抱くことができた」。こう書かれています。そんな数行が、徐々に別の意味を帯びて見えてきたのです。

というわけで、いまは、この作品には、この二つの焦点があるのだ、と僕は思っています。本にもそう書きました。でも、こういう解釈が僕の頭に宿るのに、数年間の授業があり、ある年のレポートがあり、翌年の第一回の授業があり、ついで、その翌年、第二回目の授業での補足があった。何年もの学生とのやりとり、それも日本語、英語でのやりとりというものの重なりが、必要だったのです。

長編と短編のあり方の違い

ここまで、僕がどんなふうに村上春樹の作品にアプローチしてきたか、そこで解釈がどのようにして膨らんでいくか、というお話しをしました。解釈が少しずつ姿を変える。短編の解釈というのは、それ自体が、そういう生き物めいた存在なのです。

さて、こういうことは、あまり長編では起こりません。短編と長編というのは、それぞれくらい、本質的に違うものだからです。では、短編を通じて、何が見えてくるのか。短編は、長編にはない、何を伝えてよこすのか。

短編と長編の違いとは何でしょう。この二つは、作品のあり方として違います。いろいろな区別の仕方があるでしょうが、一般に、長編は非常にはっきりとした一つの特徴のもとにあります。それは、長編は、推理小説とは違う、ということです。

推理小説というのは、誰かが犯人だということをわかっていないと書き始められないのですね。僕は、できるものなら一度自分でも書いてみたいと思うのですが、それは、こういう小説です。事件が起こって私立探偵がずっと犯人を探していく。でも、最後まで行って、結局、誰が犯人かわからない。この小説はそのまま終わる。でも、にもかかわらず十分に面白い。そういう推理小説を書けたら、――もう推理小説ではないでしょうが――、なかなかいけるんじゃないでしょうか。

でも、そういう小説はありません。誰もが、必ず犯人は捕まるだろうと思って推理小説を読む。そして、不思議な話ですが、必ず犯人が捕まる。名探偵がいて、必ず犯人を見つける。それはそういう約束事になっているからで、推理小説を書く人がどんな場合でも、最後がどうなるかをわかっていないと、書き始められないのは、そのためです。それは、着陸地を確保したうえでないと離陸できない飛行機と似ています。飛行機は、どこに着陸するかわからずに、とりあえず離陸しようというわけにはいきません。推理小説はそれと同じ構造を持っているのです。

ところが、長編小説というのは、終わりがわかっていたら、逆に、書けません。終わりがわかっていないので書ける。終わりがわからず、自分もどうなるのかわからないということが力になって書かれる。村上春樹自身が、ヘンリー・ミラーもそういうことを言っているし、ドストエフスキーも言っていると、どこかで書いています。

村上春樹は、この短編と長編の違いに極めて自覚的な小説家です。自分の場合、短編は、コントロールして、どういうふうにして終わるか、最初から作りあげる、一方、長編はそのコントロールがきかないことに本質があるというのです。事実、長編は、とりわけ村上春樹の場合、後年の長編になるに従い、自分にとってのわけのわからなさが手がかりになるという要素が強くなっています。小説の中に置かれる「謎」の性格が初期と後年とでは変わってくるのです。

『羊をめぐる冒険』とか『ねじまき鳥クロニクル』あたりまでは、まだ謎は解かれるべきものとして、置かれています。例えば、『ねじまき鳥クロニクル』では、間宮という元兵士の老人からカティーサークの箱で贈り物が来ますが、開いてみると、箱の中が空です。これは謎ですね。何で箱は空っぽなのだろうと、読者は思う。『ねじまき鳥クロニクル』は最初、BOOK1と2の二巻で終わっていましたが、そのことについては何も触れられないまま終わった。それで、何人かの批評家、専門的な読み手が非常に怒ったのです。例えば、スーパーエディターを自称した安原顕、あるいは仏文学者の中条省平といった人々です。中条さんなどは、そういう謎の放置が十七もある、これは全くの詐欺だと、非常にきつい批判を書いた。そんなことがあった後で、BOOK3というのが出ましたが、そこでは放置された「謎」のいくつかが、ケアされています。つまり『ねじまき鳥クロニクル』までは、謎は作者にとっても解かれるべきものとして置かれているのです。ところが、その後の『海辺のカフカ』になると、その謎はもう解かれるべきものとしては置かれていません。そして、なぜその謎はこの小説ではもはや解かれるべきものとしては置かれていないのかということも、ある意味で、断られています。

この小説の中で、大島さんという登場人物が源氏物語の六条御息所の話をします。源氏物語は、小説としてはとっても魅力的な面白い形をしています。非常に長い小説ですが、全部が書かれていないし、終わり方としては、明日、明後日、誰かさんが来るなあというような形で終わっている。全く何なのこれは、というか、非常に魅力的な形をしているのです。その初期でも、若い光源氏が、実はかなり年増の、わけありの問題の多い女性（それが六条御息所ですが）と関係があったという設定になっています。そんな描写は直接出てこないのですが、知らないのは読者ばかり、物語の中の人は当然のこととしてみんな知っている、という形なのですね。

さて十六か十七ぐらいになってだんだん悪くなってきた光源氏が、別の女性夕顔と関係をして、それが結構評判になると、その相手の女性夕顔に夜ごと悪霊が現れ、苛《さいな》みます。悪夢にうなされて、夕顔はだんだん衰弱していく。光源氏は困って祈禱師に依頼し、部屋じゅうに香料、護摩をたいて悪霊退散をやる。この話が、三十もとうに過ぎた（平安時代ではだいぶ年寄りです）六条御息所にも伝わります。御息所は髪が長いのですが、ある日、目が覚めると自分の髪に護摩の匂いがこもっている。それで彼女は、自分には全く自覚はないけれども、夜な夜な光源氏の夕顔を苛みに行っている悪霊は自分なのではないかと気づくのです。我々がこれを読むとなるほどと思えますが、これは論理的にどういうことなのと言われても困りますね。

そういう話を持ってきたあとで、『海辺のカフカ』の主人公の少年の父親が血だらけで殺される。父親が殺されたのには、目撃者もいて、それは主人公の少年が家出した直後のことです。カフカという名の主人公の少年は犯人ではない。けれども、家出の後、自宅のある東京中野区から遠く離れた四国の高松市まで来ていた少年が、とある神社のところで気を失い、やがて気づくと、べっとりと血がついている。それもTシャツの内側からついている。そういう話が重なる。当然、自分が殺したのではないかと主人公の少年は思うのです。しかし、よくわからない。そういう、別種の謎になっています。

こうなると、この「謎」の受けとられ方自身が変わってきます。これが英語やフランス語なんかに訳されてみると、受け取られ方にも影響が出てくる。『海辺のカフカ』の場合は、小説家のジョン・アップダイクが『ニューヨーカー』に最初に書評を書きましたが、アップダイクはだいぶこの種の「謎」の混入に惑わされてしまったらしく、オリエンタリズムというか、この作品を源氏物語に触れつつ、やや大仰に論じる結果となっています。でもこれは、アップダイクが馬鹿げているというよりは、そしてアップダイクが、たぶらかされてエキゾチックに現代小説を論評しようとしたというよりは、村上春樹の中で謎というものの質がだんだん変わってきた、長編小説の意味が変わってきたということなのでしょう。長編がいよいよ自分にとってコントロールのきかないものになってきた、そのことがこんなふうに現れているのです。

最新作の『1Q84』でも、普通で考えたら何なのだこれは、というようなことがたくさん出てきますね。月が二つ浮かんでいるとか、上から降りようとすると消えている非常階段が下から昇ろうとすると現れるとか。しかし、それは面白おかしい謎を作ろうということでもなければ、よく考えるとそれは解ける、ということでもないでしょう。この事態は、先に述べた「先が読めない」ことのうちに、村上がますます長編小説の本質を見出し、そこにのめり込んでいくようになったことの現れなのだと僕は思います。

初期短編から見えてくること

短編を、二〇〇五年の「品川猿」を最後に、もう七年もの間、村上が書いていないということのうちにも、それが現れているでしょう。短編は、村上の中では、長編のちょうど逆、完全にコントロールのきく作品としてつくられてきているからです。その傾向は、最後の短編に先立つ二〇〇〇年前後以降の短編集が、二冊とも、連作短編集という形になっていることのうちにも現れています。二〇〇〇年刊の『神の子どもたちはみな踊る』、二〇〇五年刊の『東京奇譚集』の二つがそれです。

では、初期から二〇〇五年まで、こういう作品を書いてみようと十分に制御のきく形で村上が書いてきた八十編の短編小説、これを順繰りに見ていくと、どういうことがわかるのか。

僕の結論を先に言えば、長編だけでは、また、つまみ食い的な短編の考察では、見えてこなかった村上春樹の小説家としての「戦い」のようなものが、浮かびあがってきます。

そのすべてをお話しするわけにもいかないので、初期短編から見える、出発時の村上春樹の小説家としての戦いとはどんなものだったのか、ということについて、以下、お話ししてみようと思います。

さて、今日お配りした資料のリストを見ていただくとわかるように、村上春樹という作家は非常にコンスタントに仕事をする勤勉な小説家です。二〇〇五年までは、ずっとコンスタントに短編を書いている。僕は、これを四つの時期に分けています。

「初期の短編」（長編『羊をめぐる冒険』発表以前、一九八〇～八二年）
「前期の短編」（長編『ノルウェイの森』発表以前、一九八二～八七年）
「中期の短編」（長編『国境の南、太陽の西』発表以前、一九八九～九二年）
「後期の短編」（長編『1Q84』発表以前、一九九五～二〇〇五年）

さて、僕が言う「初期の短編」の中でも「初期短編三部作」と言えるのが、『風の歌を聴け』でデビューした翌年の八〇年に最初に書かれることになる短編「中国行きのスロウ・ボート」、二つ目の「貧乏な叔母さんの話」、そして八一年早々に書かれる三つ目の「ニューヨーク炭鉱の悲劇」の三作品です。これらはデビュー後ほぼ一年間で書かれているのですが、村上春樹の成り立ちを考えるうえに、非常に重要な意味をもっています。

なぜ有力な新人が、『風の歌を聴け』（一九七九年六月）、『一九七三年のピンボール』（一九八〇年三月）と二つの中編小説でデビューした後、その後、一九八一年三月までの一年間で、短編を三つしか書いていないのか。

実は、この間に、もう一つ、「街と、その不確かな壁」という第三の中編を彼は雑誌

『文學界』に発表しているのですが、これは失敗作でした。いまだに単行本として公刊されていませんし、今後もそれはないでしょう。というのも、その中編をもとにして、のちに傑作の長編『世界の終りとハードボイルド・ワンダーランド』が書かれているからです。

日本の雑誌ジャーナリズム、文芸雑誌ジャーナリズムには締め切りがあります。大体これぐらいの枚数でいつ締め切りという形で小説を書かされる。それは書かせるほうも問題があるかもしれないし、書くほうにも問題があるのかもわかりませんが、とにかくそういうふうにやられている。それが日本の文芸ジャーナリズムの慣習です。そのため、独立心ある若いデビューしたての小説家は大変な苦しみを味わいます。恐らくそれも一つの要因で、村上は自分の意に満たないまま、時間切れで、意欲作である「街と、その不確かな壁」という作品を発表してしまったのでしょう。そのときの経験に懲りて、これ以降は、こういうふうな形では決して小説を書くまいと固く心に誓ったのだったろうと思います。それで、これ以降は締め切りのある小説原稿は一切書かない。自分ができ上がったと思ったときにそれを持っていくように変えた。その意味では、村上春樹はかなり早い時期から、日本の小説家の中では非常に変わった書き方を貫いてきている少数派の小説家です。それに似た小説の書き方をしている人として名高いのは、丸谷才一さんでしょうか。でも、他にすぐに名前が思いつかない、それくらい少ない。

そんな危機的な試行錯誤の中で書かれ、以後の彼の小説の方向を決めた「戦い」の様相をよく示しているのが、これからお話しする初期の三部作なのです。

なぜ、短編第一作「中国行きのスロウ・ボート」に注目するか

時間がありませんので、思いきり要点のみお話しすることになりますが、第一作の「中国行きのスロウ・ボート」という短編は、主人公の「僕」がこれまでの自分の人生の中で出会った三人の中国人について語るという趣旨の短編です。タイトルもそれなりにしゃれているし、内容はどちらかといえば不器用でナイーブ。若書きの一篇と見られがちですが、都市文化を体現する新世代のスタイリッシュな作家と目されて登場した小説家が、最初に書いて発表した短編が、中国人の思い出というのは、どういうことなのか。ここには立ちどまって考えてみるだけのものがあるのではないかと僕は思うのです。

中国とは、村上にとって何なのか。

さきほど僕は、村上春樹の小説には、中華料理、ラーメンなどは出てこない、ということに触れましたね。話がちょっと回り道になりますが、やはり村上春樹が中華料理を食べられないという話が、イアン・ブルマという人がインタビューして書いて『ニューヨーカー』（一九九六年十二月二十三日号）に載った「Becoming Japanese」というタイトルの論

文に出てきます。それは、邦訳された彼の本『イアン・ブルマの日本探訪――村上春樹からヒロシマまで』（TBSブリタニカ）という本にも収録されています。なぜか原書の英語版には載っていないのですが。

そして、そのインタビューでは、村上の奥さんが、「春樹は、中華料理が嫌いで、ラーメンなんて絶対食べない」というふうなことを言ったことになっている。そして村上自身が、当時はあまり知られていなかった事実として、高校の国語教師で僧侶の父親が京大在学中に徴兵で中国に渡ったこと、その父親が語った兵士としての体験に驚いたことがあること、父親の体験が自分に遺伝していると信じていること――ちょっと異様な感じですが――などと語っているのです。しかも、中華料理を食べられないのは、ひょっとするとそのせいもあるかもしれないとも、言われている。実は、インタビューの翌日、村上本人から電話があって、昨日言った父親関係のことについては書かないでくれ、と言われた、ということまで、――ルール違反でしょうが――このイアン・ブルマという人は書いています。

もっともこの父にまつわる思いは、父の死後、エルサレム賞受賞スピーチで、村上自身の口から語られています。それくらい、深く、大きい。これら後になって明らかになっている事実を合わせ、顧みて、短編第一作が我々に教えることとは、何でしょうか。

僕としてはやはり、村上春樹にとっての中国の意味ということを、考えざるをえない。

論証は飛ばして結論だけ言うと、それは、村上春樹がプリミティブな、といってよいほど、何か原初的な形で中国に対して罪責感ないし良心の呵責《かしゃく》ということを強く感じていた、ということです。僕は村上春樹と大体同じぐらいの年齢ですが、その年代は、戦後民主主義の教育を小学校、中学校と受けてきた最後の世代にあたっています。中学校とか小学校で習った先生が、安保反対とか勤評反対——文部省が始めた勤務評定に反対する——のデモをやっているのを、ああ、先生がデモをやっている、というふうに見た覚えがあります。そういう時代状況の中で育ってきていて、戦後民主主義に対する愛憎は思われている以上に相当に深いのですが、そういう僕からすると、こう見える。

村上春樹が、作家人生の最初の短編に、中国人とのすれ違いの思い出を書いたということは、日本（人）は中国に対していまなお謝るべきところをしっかり謝りきっていない、そのことが自分には耐えられないほど、苦しい、ということかもしれない。村上春樹という小説家の底にあるのは、それくらいナイーブですらある、戦後の日本に対する罪責感なのではないか。彼はそういう意味では、短編の第一作に、彼の心の一番深いところにあるモチーフを書いてみようとした。そしてそのことは、この村上春樹という——社会へのコミットメントを忌避し、受動的だと攻撃されることの多い——小説家が、本当は深いコミットメントの姿勢をもつ小説家であることを、何より雄弁に語っているのではないだろうか。

その傍証になるかどうかわかりませんが、実はこれと同じモチーフが、のちの二〇〇四年の『アフターダーク』という長編に、繰り返されています。「中国行きのスロウ・ボート」の中心的エピソードは一人の中国人のバイト仲間の女の子と「僕」との「すれ違い」を描く心に残る二番目の挿話なのですが、そこに登場する中国人は、日本生まれで日本の学校に通い、将来日本語と中国語、英語などの通訳になりたいという希望をもつ十九歳の女の子です。ところで、『アフターダーク』の女性は、日本人で、十九歳。日本の学校が合わないで横浜の中華学校に通い、大学で中国語を勉強して、やはり将来は翻訳家か通訳になりたいと希望している。つまりこれは、「中国行きのスロウ・ボート」の中国人の女の子の設定を本歌とした、明らかな反歌としての日本版の設定なのです。主人公の名前は浅井マリですが、それに対応するようにドンリ（冬莉）という同じ脚韻の名前をもつやはり十九歳の中国人女性も、そこに登場してきます。

それだけではない。「中国行きのスロウ・ボート」に出てくる三人目の中国人の元同級生は、君は「昔のことを忘れたがっている」が、「俺は君と同じ理由で、昔のことをひとつ残らず覚えてる」んだ、「忘れようとすればするほど、ますますいろんなことを思いだしてくるんだよ」と奇妙に意味深なことを語るのですが、このモチーフも、『アフターダーク』でよりシリアスに反復されます。おまけに「中国行きのスロウ・ボート」で「僕」が女の子の連絡先を書いたメモをすぐに間違って捨ててしまうところ、『アフターダーク』に出てくる中国人の男、あるいは主人公の男友達は、大事な情報、ないし主人公の女の子の同様のメモを、大事に折って仕舞うのです。他にもいろいろありますが、端折ります。ただ、『アフターダーク』は、ボストン・レッドソックスの野球帽をかぶっている主人公がアメリカにではなく、オリンピック開催前の北京に留学に行くところで終わる。

この『アフターダーク』が構想されたのは、たぶん二〇〇〇年代初頭、二〇〇八年開催の北京オリンピックを前に、日本では中国語を習う人が爆発的に増えていた時期です。その直後、二〇〇一年、小泉純一郎が首相になり靖国参拝を強行して、一転、両国の感情的な対立が激しくなってもいく。さらにその後、中国の国力が増してきて、中国に対する不安感が日本の社会にも広まって、両国の間に緊張が高まり、現在は中国と日本はそんなに良好な関係とは言えないのですが、でも、これから二十年くらい経ってみると、どうでしょう。日本がアメリカから中国のほうにシフトしたということの最初の指標として、村上春樹のこの小説がクローズアップされることになるのではないか。僕はひそかにそう予想しています。

現在のところ村上春樹はアメリカとの関係の強さで受けとめられることが多いのですが、十年もしたら、中国から何かの栄誉章のようなものを受けるでしょう。すごい人気作家ですからね。そしてそのときには、この最初の短編に、光があたるでしょう。僕がこの作品に注目したきっかけの一つは、授業で、やはり中国人の学生の多くが、この短編を取り上げるということでした。ああ、なるほど、村上の短編第一作は中国人の物語なんだ、とそのとき、気がついたのです。村上春樹の中国への関心は、だいぶ遠くまでさかのぼる、しかも、現在に続き、かつ、とても深いのです。

さて、こう言うと、それは穿《うが》ちすぎだろう。村上はそんなに深く考えて書いたわけでもないのじゃないか、と反問されるかもわかりません。でも、これに続く第二作、第三作を見ていくと、こういう見方が必ずしもさほど強引なものではないらしいことが、見えてくるはずです。

第二短編「貧乏な叔母さんの話」と『1Q84』

村上がこの後に書くのは、「貧乏な叔母さんの話」です。

これは、一言で言えば、そうだ、自分は貧乏な叔母さんについて書いてみたいのだと、ある日突然、「貧乏な叔母さん」という主題に取り憑かれる（新人小説家であるらしい）「僕」の話です。彼は恋人に言います。どんな結婚式にも、必ず一人くらいこの「貧乏な叔母さん」がいるだろう。有名人の昔の写真の説明などで、この人は誰、隣りは誰、一人置いて次は誰、と書かれる、この「一人置」かれる人のような影の薄い存在。親戚とかが集まると、そこに必ず一人いる、そういう「貧乏な叔母さん」のことを自分はどうしても書きたいのだ、と。

彼はそういう強迫観念にとりつかれる。それで、目には見えないけれども、四六時中、その貧乏な叔母さんの霊みたいなものが背中に、いわばお岩さんみたいに張りついた状態になる。お酒を飲んでいてもそう。友達におまえちょっとおかしいぞ、おまえと飲んでもどうも暗くなっていけない、と言われ、一人、二人と、去っていかれる。雑誌やテレビで一時騒がれたりもするけれども、やがて飽きられ、忘れられる。「僕」は結局、一人ぽっちになってしまう。「貧乏な叔母さん」という反時代的な強迫観念に取り憑かれたばかりに、孤立してしまうのです。

さて、そんなある日、「僕」は郊外の電車に乗ります。そこに、すごく苦労したような三十代の女性が、小さな子供を二人連れて乗ってきて、向かいの席に座る。子供は女の子とその弟です。十歳くらいの弟が、十三歳くらいの女の子が大事そうに被っている帽子を取って、悪戯をする。「お母さん、叱ってよ」と女の子が言うと、お母さんはもう疲れ果てているし、周囲を気にして「黙っていなさい」としか言いません。ややあって、女の子は母親が弟を叱ってくれないので、自分で弟を突き飛ばして帽子を取り返す。男の子がわーんと泣く。すると、お母さんが手で女の子の膝をぴしゃりと打って、「電車の中で騒ぐような子はもううちの子じゃない」、「あなたは向こうに行っていなさい」と叱責する、そして女の子は、「僕」の隣りに席を移し、顔を伏せて座るのです。

そのときに「僕」は、こう思います。自分は「その女の子の肩に手を置いて慰めてやりたかった。君がやったことは全然間違ってないし、帽子を奪いかえしたときのあの手際なんて実にたいしたものだったよと言ってやりたかった」と。そう強く、激しく思います。でも、そんなことも言い出せないで、目的の駅に着き、電車を降りる。しかし、改札を出て、気がついてみたら、背中に張りついていた「貧乏な叔母さん」は消えていた、——そういう話です。

さて、この短編についても、——ここにお話ししたのは僕の解釈に沿った「あらすじ」で、必ずしもこの短編はこう受けとられているともいえないのですが——、第一作とのつながりで、いろいろ言えることがありそうです。例えば、タイトルの「貧乏な叔母さん」の「貧乏」。この言葉ですぐ想起できるのは、ドストエフスキーの第一作として知られる『貧しき人々』です。それに続く二作目が『虐げられた人々』。ともに読むとなかなか面白い、よい作品なのですが。「貧しい人々」への関心を断ち切れない。ここにあるのは、そういう命題です。

いまでは村上春樹がドストエフスキーのただならぬ信奉者であることは誰の日にも明らかですが、デビュー当時、このシティーボーイめいた新人小説家と暗いドストエフスキーを結びつけた読者は少なかったでしょう。でも、そのような時代から取り残された「貧乏」というような主題に取り憑かれた、あるいは取り憑かれて、そのことがきっかけで周りの人間から去られてしまう、そういう人間を主人公に据える作品を、村上が書こうとしたことは、ここでやはり記憶されてよいと思うのです。

当然ながら、このドストエフスキーの小説のタイトルの向こうには、またもう一つの言葉、あの「プロレタリアート」という言葉が控えているでしょう。この短編の最後には、こういうくだりが出てきます。

> もし、と僕は思う、もし一万年の後に貧乏な叔母さんたちだけの社会が出現したとすれば、僕のために彼女たちは街の門を開いてくれるだろうか？ そこには貧乏な叔母さんたちによって選ばれた貧乏な叔母さんたちの政府があり、貧乏な叔母さんたちがハンドルを握った貧乏な叔母さんたちのための電車が走り、貧乏な叔母さんたちの手によって書かれた小説が存在しているはずだ。
>
> いや、彼女たちはそんなものを必要とは感じないかもしれない。政府も電車も小説も……。
>
> 彼女たちは巨大な酢の瓶をいくつも作り、その中に入ってひっそりと生きることを望むかもしれない。空から眺めると、そんな瓶が何万本、何十万本と見渡す限り地表に並んでいることだろう。それはきっと素晴しい眺めであるに違いない。
>
> そうだ、もしその世界に一片の詩の入り込む余地があるとすれば、僕は詩を書いて

もいい。貧乏な叔母さんたちの桂冠詩人だ。（引用は初出による。傍点は加藤）

ここの個所で、なぜ「貧乏な叔母さん」が「貧乏な叔母さんたち」と複数形にされて、しかも何度も何度も代名詞は使わずにそのまま、繰り返されるのでしょうか。それは、この語を「プロレタリアート」と置き換えよ、と作者が仄めかしているのではないかと僕は思います。もしこの語に置き換えてこの小説を読んでみたら、どうなるか。すると、これは、世の虐げられた階級、いまは忘れられようとしている貧しい人々のことを書きたいのだ、と時代遅れの、観念的な強迫観念に取り憑かれた「僕」が、どうしてもその観念から身を放せずにいたところ、ごく身近な小さな女の子の悔しさと痛みに触れ、声をかけようとして果たさなかったという経験を通じて、気づいたら、その観念から自由になっていた、という話になっていることがわかるはずです。この作品が、プロレタリアートをめぐる観念的な気がかりに取り憑かれた反時代的な「僕」が、身近な、小さな女の子の痛みにふれる経験を通じて、その強迫観念から自由になる――という、忘れがたい場面をもつ短編と見えてくるのです。

でも、それだけではない。

時間もないので、簡単にお話ししましょう。

実は、この短編のこの電車の場面と似た挿話が『1Q84』に出てきます。『1Q8

4』は、二十九歳の一対の男女（天吾と青豆）が主人公で、それぞれ話が交互に展開し交錯していくという物語です。僕がこの小説をとてもおもしろいと思ったことの一つは、この大掛かりなエンターテイメント仕立ての長編小説が、ごくごく小さな、ちっぽけともいえる、一つの場面に支えられていることでした。その小さな場面とは、二人が、小学四年のとき、放課後の学校でひととき、出会い、心を通わせるというシーンです。この長い小説のうち、最初に刊行されたBOOK1とBOOK2でいえば、二人が手を触れあうのはこの場面だけです。このときの思い出に導かれて、二人は小説の中で互いに相手を探しあう。さて、この場面がふいに男の主人公天吾に思い出されるのは、ある場面をきっかけにしてなのですが、その場面というのが、いまお話しした「貧乏な叔母さんの話」の場面と同じ、電車のシーンなのです。

『1Q84』のBOOK1の半ばあたりで、主人公の天吾は二俣尾《ふたまたお》という青梅線の奥地に出かけ、その帰りの電車の中で、苦労してくたびれたようなお母さんと女の子の二人連れと乗り合わせます。電車はがらがらです。何気なく主人公がその母子を見ていると、その女の子もちらちらと主人公を見る。それで、その母子が電車から降りていくときに、その女の子がもう一回、「何かを訴えるような、不思議な光」を宿した目で、天吾を見るのです。そして、その少女の目が天吾に小学校の同級生の一人の少女のことを思い出させる。ああ、あの女の子も「同じような目をしていた」と。話はそこから一転、その少女の話につながっていきます。

その同級生の女の子は、母親がある新興宗教の信者で、週末に布教活動をするその母親に連れられて一緒に歩いたりしている。そして同級生にいじめられているその女の子を、天吾は一度だけ庇《かば》って助けたことがありました。すると、それから少しして、放課後の時間、その女の子が隣りにやってきて、何も言わず、手を握り、天吾を見上げ、走り去るのです。

彼は、そのときのことを思い出す。そして読者は、その女の子が、展開しているもう一つの物語の主人公青豆であることに、突如、気づく……。

この場面はそういう非常に大事な転轍《てんてつ》個所なのですが、その原型を、村上は、先の「貧乏な叔母さんの話」の郊外電車のシーンから「移送」してきているのではないかと、僕には感じられます。

もしこの僕の推測が間違っていなかったら、このことは、村上の中で、あの「貧乏な叔母さんの話」のシーンが、とても大事なものだったことを語っているでしょう。そしてそのことは、村上にとって、「貧乏な叔母さんたち」への気がかり、配慮といったもの――貧しい人々への眼差しというものが、かけがえなく大きな観念的な負荷、あるいは関心、だったということを語っているはずです。

村上には、世の中から一歩身を引いた「デタッチメント」（関わりの無さ、距離を取ること）の小説家だという世評が強いのですが、実は、まったく違う出自をもつ小説家なのではないか。こうして初期短編の第一作に続き、第二作からも、我々はそういうことを強く示唆されることになります。

第三短編「ニューヨーク炭鉱の悲劇」、あるいは見えないものへの気がかり

この二つに続き、三番目に書かれた短編が「ニューヨーク炭鉱の悲劇」です。これは、前の二作以上に、まったくわけのわからない小説として今まで読まれてきました。国文学畑の研究者たちは、「死の不条理感」などと難しいことを言っていますが、いくら読んでも彼らが何を言っているのか、わかりません。

これはどういう小説か。すぐにわかるのはこれが、「死」をめぐる話だということです。「死」にまつわる三つの挿話が出てきます。第一は、語り手の「僕」の周りで友人が次から次に死んでいく。喪服がないので、そのたびにある友人から喪服を借りる。そしてその年の暮れ、借りた喪服を返しに訪れた友人宅での一夜の話が語られます。次は、それから一週間ほどたった大晦日の夜のパーティで、ある女性に、あなたは自分の知人にそっくりだが、その人は五年前に死んだ、実は私が殺したのよ、と言われる話。そして最後が、ある炭鉱の落盤事故の場面。落盤した炭鉱内に閉じ込められた坑夫たちの様子を描く

短いパート。その二つが、断章形式で続いています。でも互いに関連がないので、読んでもわからない。これはいったい何なのだろうと誰もが思います。

「ニューヨーク炭鉱の悲劇」は「New York Mining Disaster」と英訳されていますが、正しい英訳名は、「New York Mining Disaster 1941」です。ニューヨークには炭鉱なんてもちろんありません。この短編のタイトルは、六〇年代のロック・バンド、ビージーズが一九六七年にヒットさせた同名の歌をもとにしていたものなのです。その歌の日本語タイトルが「ニューヨーク炭鉱の悲劇」ですから、英文タイトルは、その歌と同じ、「New York Mining Disaster 1941」でないとまずいといえます。最後に「1941」が付く。事実、日本の雑誌『ブルータス』に掲載された初出形には英語タイトルもあって、そうなっている。英訳版の訳者はフィリップ・ゲイブリエルですが、不勉強というべきでしょう。このことに気づいていません。

さて、ほんのちょっと、僕の英語での授業をここで再現してみましょう。パワーポイントのスライドを使った授業ですが、こういう数字をまず学生に見てもらっています。

このスライド、数字が浮かびあがってきます。この数字の流れを見て下さい（次頁、表2参照）。授業で僕は学生に、「皆さん、この数字はいったい何だと思いますか？」と訊くのです。ん〜？

外国人の学生はふだんはすぐ挙手するのですが、だいたい、静かです。わからない。皆

1969	2人	1983	0人
1970	1人	1984	0人
1971	8人	1985	0人
1972	14人	1986	2人
1973	2人	1987	0人
1974	11人	1988	1人
1975	21人	1989	3人
1976	3人	1990	0人
1977	10人	1991	0人
1978	7人	1992	1人
1979	8人	1993	1人
1980	8人	1994～1998	0人
1981	2人	1999～2001	7人
1982	1人	――――	―

表２：年度別内ゲバ事件の死亡者数
（社会批評社『検証 内ゲバ』）

さんはいかがでしょう。

これは、実は死者の数なのです。では、どういう死者の数か。一九六九年から二〇〇一年までの間に、内ゲバによって死んだ人の数。この間、総計一九六〇件の内ゲバがあり、全部で一一三人が死んでいる。ちなみに負傷者は四六〇〇人を越える。そういうと、教室があまりのことに、シーンとなります。

この短編「ニューヨーク炭鉱の悲劇」は一九八一年三月に発表されていますが、村上春樹が早稲田大学の学生だった頃——多少ずれるかもしれませんが——七〇年代というのは、こういう数字が示すような内ゲバの時代でした。「おそろしく葬式の多い年」「友人たちが次々と死んでいった」という記述には、おそらく内ゲバの残響があるだろうというのが、僕の解釈です。僕にも似たような経験がありますが、少なくともこの短編は、村上春樹の周辺、ないし周辺のさらに周辺で、この頃、大学をやめていったり、大けがをしたり、あるいは死んだりした学生が多く発生していた事実と関係があると読めるのです。

内ゲバといえば、『海辺のカフカ』（二〇〇二年）に、主人公のお母さんかもしれない佐伯さんという人が出てきますが、その人の恋人だった人物が二十二歳のときに人違いで内ゲバで殺されたという話が突然出てきます。それで、発表当時、何でこんな内ゲバなんてマイナーな話を今頃書くのか、やめてくれよ、と少し若い批評家に村上春樹が揶揄されたりもしたことがあります。でも、僕が見るのに、それは単に一つの時代的なエピソードとして用いられているだけではありません。

まず、なぜここに取られている一九六七年のビージーズの歌が「ニューヨーク炭鉱の悲劇」つまり、「ニューヨーク炭鉱の悲劇、一九四一年」と題されているのか。オーストラリアからデビューしたグループのこの歌は、前年、一九六六年にイギリスのウェールズ地方アバーファン村ノマーシル・ヴェール炭鉱というところで大雨のせいで起こった悲痛な落盤事故をもとにしています。これで沢山の子どもが亡くなったため、当時世に大きな衝撃を与えたのです。しかしむろん、それはニューヨーク炭鉱ではないし、先に言ったようにニューヨークに炭鉱はありません。ではなぜこうなっているのか。時はヴェトナム戦争の時代。ビージーズのメンバーは、この落盤事故で坑内に閉じ込められ、社会から切り離されてしまった坑夫たちを、同様に社会から切り離され、過酷な戦場に遺棄されたようであるアメリカの一団の若者たち、ヴェトナム米兵たちに擬しているのです。そして、彼らへの連帯の気持ちをこめて、これを一種のフィクティシャスな反戦の歌として歌った。一九四一年というのは太平洋戦争が始まった年、架空のニューヨーク炭鉱の落盤事故の孤立者たち、それはヴェトナムの米兵たちというわけです。
聞いてみましょう。歌詞をたどると、こんな歌です。

In the event of something happening to me,
（僕に何かが起きたら）
there is something I would like you all to see.
（あなた方皆に見てほしいものがある）
It's just a photograph of someone that I knew.
（僕の知り合いの写真なんだけどね）

Have you seen my wife, Mr. Jones?
（僕の妻に会ったことありますか、ジョーンズさん？）
Do you know what it's like on the outside?
（この坑の外がどんなふうか知っていますか？）
Don't go talking too loud you'll cause a landslide, Mr. Jones.
（そんなに大声で話さないで、土砂崩れが起きてしまうから、ジョーンズさん）

I keep straining my ears to hear a sound.
（僕は耳をすませている）
Maybe someone is digging underground,
（地下のすぐでいまも［＝地下では］救助作業が続いているかもしれない）
or have they given up and all gone home to bed
（それともみんなあきらめて、もう引きあげちまったのかな）
thinking those who once existed must be dead?
（生存者もはやなし、絶望、なんてね）

（"New York Mining Disaster 1941"）

三つのパートのうち、初めの二つは、落盤した坑内での会話です。ここでミスタ・ジョーンズと呼ばれているのは、きっと当時の北爆を主導した米国大統領リンドン・ジョンソンをもじっているのでしょう。あんまり大きな声で話さないで。土砂崩れが起きるから、というのです。

さて、この短編の原作には、――英訳ではすっかり無視され、省かれているのですが――題辞が入っています。原文から村上自身が訳したと思われる、こんな歌詞の一部で

す。（以下、「ニューヨーク炭鉱の悲劇」引用は初出による）

地下では救助作業が、
続いているかもしれない。
それともみんなあきらめて、
もう引きあげちまったのかな。
『ニューヨーク炭鉱の悲劇』
（作詞・歌／ザ・ビージーズ）

実は、作品の三つあるパートのうちの三番目、落盤事故で孤立している集団のやりとりを描いた短いパートが、この歌詞部分に対応しています。短いので、読んでみましょう。

☆

空気を節約するためにカンテラが吹き消され、あたりは漆黒の闇に覆れた。誰も口を開かなかった。5秒おきに天井から落ちてくる水滴の音だけが闇の中に響いていた。

「みんな、なるべく息をするんじゃない。残りの空気が少ないんだ」

年嵩の坑夫がそう言った。ひっそりとした声だったが、それでも天井の岩盤が微かに軋んだ音を立てた。坑夫たちは闇の中で身を寄せあい、耳を澄ませ、ただひとつの音が聞こえてくるのを待っていた。つるはしの音、生命の音だ。

彼らはもう何時間もそのように待ち続けていた。闇が少しずつ現実を溶解させていった。何もかもがずっと昔に、どこか遠い世界で起こったことであるように思えた。あるいは何もかもがずっと先に、どこか遠い世界で起こりそうなことであるようにも思えた。

みんな、なるべく息をするんじゃない。残りの空気が少ないんだ。

外ではもちろん人々は穴を掘り続けている。まるで映画の一場面のように。

こう見てくればわかるでしょう。題辞は、元の歌と重ねると、前と後ろ、一行ずつが、省かれているのですが、それを補えば、こうなるのです。

（僕は耳をすませている）
地下では救助作業が、
続いているかもしれない。
それともみんなあきらめて、

もう引きあげちまったのかな。
(生存者もはやなし、絶望、なんてね)

先に見ていただいた内ゲバというのは、主に学生からなる新左翼の政治集団が、その後退局面の解体過程で大規模に発生させた内部分裂の悲惨な争闘でした。先に見たように多くの学生、若者が死んだり、人事不省に陥ったり、大怪我をしたりして姿を消していきましたが、やがて過激派グループの自業自得というように目されるようになり、七〇年代の末近くにはほぼ社会から「見捨てられ」、なかば忘れさられようとしていました。彼らは凶暴な過激派集団のなれの果てとして、互いに殺し合っている。完全に社会から孤立している。——そういうときに、自分の周辺で、次から次へと人が死んでいく。

まったくのところ、それはおそろしく葬式の多い年だった。僕のまわりでは、友人たちやかつての友人たちが次々に死んでいった。まるで日照りの夏のとうもろこし畑みたいな眺めだった。28の歳である。

まわりの友人たちも、だいたいが同じような年齢だった。27、28、29……死ぬには何かしら不適当な歳だ。

詩人は21で死ぬし、革命家とロックンローラーは24で死ぬ。それさえ過ぎちまえ

ば、当分はなんとかうまくやっていけるだろう、というのが我々の大方の予測だった。（略）

我々は髪を切り、毎朝髭を剃った。我々はもう詩人でも革命家でもロックンローラーでもないのだ。（略）

なにしろ、もう28だものな……。

そして、こんなふうにこの短編は始まっているのです。それはこう述べているのではないでしょうか。坑内の人間たちは、社会から隔絶され、「生存者なし、絶望」ともう見放されていると感じている、でも「（僕は耳をすませている）」……と。

この僕の解釈が、どれだけ人を説得できるかはわかりませんが、少なくとも一つのことは、ここから見えてくるでしょう。

それは、村上春樹というトレンディなことこのうえないと思われてきた小説家が、実は、まったく反時代的で、「おしゃれでない」、初原的なといってよいほどに素朴な正義感、社会的少数者への配慮、気がかり、良心の呵責といったものを手に、この小説という原野にやってきたという事実です。そしてその当初の彼の戦いが、その動機を手放すことなく、どうすれば、この「おしゃれでないもの」をこの「軽い」時代の中で堅固に形象化できるかという「無謀な」挑戦として存在していたということです。

この初期の作品は、およそ村上らしくない「若書き」、ぎこちない無謀な作品と見なされることが多いのですが、この「無謀な姿勢」にこそ、その後の村上の展開を予告する「モチーフの深さ」が顔を見せている。そう思います。今見てきたように、村上春樹は初期からずっと、そういう社会的な関心を持続させてきている。それが、『ねじまき鳥クロニクル』となり、また『海辺のカフカ』となって最近作『1Q84』にまで続いている。短編を見ていくと、そういうことがよく見えてくるように思うのです。

初期のカオス

ここに来られている皆さんの多くもご存じのように、村上春樹は、作家デビューしてからしばらくの間、いわゆる社会や政治問題に無関心あるいは消極的な若い読者層に受け入れられていたこともあって、また村上自身がデタッチメントというようなことを発言したこともあって——これはけっこう複雑な問題なので、丁寧に説明しなければならないのですが、今は時間的に無理なので先に話を進めます——、そういう若者の一種のヒーローとして批判されてきました。

最初に批判をしたのは大江健三郎さんだと思います。僕はそれについて一回書いたことがあります。一九八五年、立教大学で行われたシンポジウムで大江さんが「戦後文学から今日の窮境まで」という発表を行いました。その中で、村上春樹という最近人気の文学者の姿勢は非常に受動的であって、戦後文学の積極的で能動的な姿勢を欠かしていると指摘したのです。僕は当時、『アメリカの影』を刊行した直後で、実はそのシンポジウムにパネラーとして出席していたのですが、この発表に、挙手して、「それは違うのではないか」と異議申立ての発言をしたことを覚えています。「戦後文学のアイデンティティ」が失われているというお話しだったので、それに対し、戦後文学の代表的な一人、埴谷雄高の持説である「自同律の不快」を引いて、自同律を英語でいえば、principle of identity となるが、戦後文学は、アイデンティティという考え方に対し、そういうのはいやだ、不快だと、抵抗してきたのではないか、大江さんのその言い方は戦後と明治を置き換えると、そのままアイデンティティに立脚する江藤淳さんの明治の精神礼讃と「瓜二つ」になるのではないか、と言ったら、大江さんは、まあ、激怒しましたね（笑）。

その大江さんの村上批判が誘い水のようになって、その後、村上は、当時有力ないろいろな人に批判されるようになります。蓮實重彥とか、柄谷行人とか。そうして、「村上春樹は社会に背を向けている」という世評が完成するのですが、本当にそうなのか。初期短編は、今こうして読めば、まったく異なる姿を浮かびあがらせているのではないでしょうか。

実は、僕は、村上と大江という二人の小説家は、似ていると思っています。ただ、移りゆきがちょうど逆です。大江さんの初期の短編を読むと、実は非常に退嬰《たいえい》的、受動的で、消極的です。僕は、高校二年のときに地方都市にいて大江さんの小説をたまたま読んで、こんなに日本の現代小説家は素敵なのかと思った。十五歳からの大江健三郎の追っかけ、初期大江のファンなのですが、初期の短編、「奇妙な仕事」とか「他人の足」とか「人間の羊」とか、非常に素晴らしい。これらは、でもすべて、今の大江さんから見たら、村上同様に非難されてしかるべき作りなのです。「奇妙な仕事」の主人公もぐずぐずしていますね。そこに非常に能動的な登場人物が出てきますが、それは副人物で、作者からは腰高なちょっと軽薄な正義漢として皮肉に見られています（私立大生）。

僕が申し上げたいのは、能動的なものと受動的なものというのは、両方がからみ合って存在している、ということです。そういう初期のカオスが、大江さん、村上さん双方の初期短編には正直に出ているのです。

中期と後期のポイント

いよいよ時間がおしてきました。ほんの一部ですが、その後の短編世界から見えてくる、そのポイントをいくつかお話しして終わりたいと思います。

村上春樹にとってこれまでの履歴で一番大きな屈曲点は、長編『ノルウェイの森』の

「成功」から来ています。これを「成功」と呼んでよいのかは、難しいところですが。この作品が三〇〇万部も売れてしまったことは、彼の小説家としての人生を壊しました。彼は書いています。一〇万部くらい本が売れているときには自分は人に愛されていると思った。でも、だんだん数が増えていって一〇〇万部を越えるまでになったら、みんなから憎まれているような気がしてきた、と。実際、異様に売れてしまうと、出版関係者とか、ジャーナリストとか、微妙に力関係みたいなものが変わってきて、人間関係が、おかしくなるでしょう。彼は日本にいられなくなる。『ノルウェイの森』はすでに海外で書かれているのですが、その後も、村上は、日本社会からしばしば逃げ出すことになります。

このとき彼は、大きな危機を迎えています。文章が書けなくなったとも書いています。これが、短編でいうと、「中期」の意味です。

それまで、村上はずっとコンスタントに仕事をしてきていました。長編小説を書き終えるとクーリングダウンのために翻訳。翻訳をして少し落ち着いて何か書きたくなると、今度は短編。そして、また長編に取りかかる。そういうふうに、自分はずっと何かいつも書いていないと安心できないような人間だったけれども、急に一行も書けなくなった、というのです。

僕から見ると、そういう村上春樹の中で一番どん底で書かれた短編というのが「中期」の典型的な作品、「沈黙」という短編です。一九九一年、『全作品』のための書き下ろしという形で発表されました。

この「沈黙」という短編は、いま学校の教科書というか、集団読書運動の教材に用いられているようです。何故なら、村上自身の「解題」によれば、「故のないいじめにあって、孤立して一人でじっとそれに耐える男の子の姿が描かれている」。そういう、一言で言うと、いじめの小説なので、学校でそういう問題を取りあげるのに格好の素材だからです。

大沢さんという登場人物が、飛行機が雪で出発しなくなって待たされている二、三時間の間、「僕」に向かって、自分の受けたいじめの話をする、それが短編のほぼ全部の内容です。高校三年の夏休みに、いじめを受けていたらしい同級生の一人が自殺をする。大沢さんに逆恨みをしている同級生に陥れられる形で、いじめたのは大沢だという謂れのない嫌疑をかけられ、何の根拠もないまま、今度は大沢さんがクラスの教師から無視され、全員から排除され、陰湿ないじめを受けることになる。そこで、大沢さんが何を感じたか、どのようにその苦しみを耐え、どう乗り越えたか。本当に怖いのは、自分を陥れた一人の人間ではなく、「他人の意見に踊らされて集団で行動する連中」なのだという大沢さんの感想が述べられ、話は終わります。話し終えた大沢さんはしばらく黙った後に、最後に「ビールでも飲みませんか」と言い、「僕」も飲みましょうと言って、短編も終わるのです。

久しぶりにビールが村上の作品に出てくる。本当にそれが唯一救いの一行であるような、ユーモア一つない、村上の小説としては変わった、フラット（平板）な小説です。そこで、フラットな集団的いじめに対し、もっと「深いものがあるのだ」、「自分はその深さを知っているのだ」と同様に平板に対抗している。そういう意味でもフラットな小説で、世の評判はいいらしいのですが、僕は評価しません。そんな対抗では、「いじめ」の問題は解決しないでしょう。でも、『ノルウェイの森』以後に彼が感じただろう孤立の苦しさが、そのフラットさに、よく出ている。

この作品が、集団読書運動に使われ、クラスからいじめをなくそうという話し合いに使われるとしたら、とんだ皮肉というか、ブラックユーモアでしょう。なぜなら、この小説は、こういう「集団読書運動」のときに、姿を見せない、そんな「集団」から排除された男の子を描いた作品だからです。

でも、この皮肉なめぐり合わせは理由のないことではありません。この集団的な排除の平板さと、この作品に見える村上の集団への平板な「対抗」とは、コインの表と裏のような関係にある。その意味でも、これは村上の経験の「どん底」を示す作品となっているのです。

さて、これ以降のもう一つの画期は、一九九五年のサリン事件に端を発する、村上春樹の姿勢転換です。この事件の後、村上は、九七年に『アンダーグラウンド』という聞き書き集を刊行します。事件の犠牲者、犠牲になった人たちの家族にインタビューして作られた大部の本です。そこには事件に遭遇したいろんな乗客が登場します。その多くが、これまで村上春樹の小説など読んでこなかった人々、また、村上春樹が、先の「沈黙」で言えば、「他人の意見に踊らされて集団で行動する連中」として嫌悪してきたカテゴリーに入るだろう、いわゆる世のサラリーマンたちなのです。

例えば、埼玉の遠いところに住んでいて朝の四時に起きて二時間半かかって勤め先に通っている。そういう人たちが、次から次に出てきて、私は田舎者ですからね、山の手とかそういう方面は苦手、あまり好きじゃありませんとか言ったりします。それこそ、村上春樹なんて大嫌いです、というような人たちがたくさん出てくるのです。

そこで村上春樹は、あることを学んでいます。それは、僕なりの言い方でいうと、「沈黙」でのような考え方は、どうも皮相で、間違っているとは言えないまでも、浅い人間理解だったのではないか、ということです。先には「集団でしか行動できない連中」と軽蔑し、嫌悪していた人々が、実は自分と全く同じ人間であり、個人であった、人間として、一人ひとりの中に小さくてかけがえのない自分の物語を秘め、それぞれに忘れがたい表情をもつ人々であった。そういうことを、彼は、そこではじめて発見している。その違いが、短編にまずはっきりと現れてきます。二〇〇〇年の短編集『神の子どもたちはみな踊る』は、彼としてはじめて、すべて三人称で書かれ、冴えないサラリーマンのような人々が、そこでは主人公として遇される。村上の小説は、このあたりから、一段、強力なものとなるのです。

そして、はじめて、二〇〇二年の『海辺のカフカ』に、ラーメンをすすり、食べ終わると煙草の吸い殻をラーメンの容れ物に投げ捨てるといった魅力的な登場人物の造型が姿を見せる。これが、「後期」の意味ということになります。

この時期、はじめて、今までだったら村上の小説に出てくると、その「器」が割れてしまうため、登場できなかったような、野放図で、野性的ともいうべき、非・村上的人物がやってきて、その世界をもう一息、広く、深くしています。『1Q84』のBOOK3の主要登場人物である脂ぎった牛河こそ、そうして可能になった、村上にとって画期的な一つの達成というべきでしょう。

これは、村上春樹がそれまでの自分の狭い日本像や社会像——日本憎悪、社会憎悪——から一つ先に抜け出た、ということを意味しています。ドストエフスキーはシベリアに行って大衆を発見した。その発見のさまが『死の家の記録』によく出ている、というのが文芸評論家小林秀雄の説なのですが、それと似たようなことを村上は、サリン事件の聞き書きの『アンダーグラウンド』での経験を通じて、達成しているといってもよい。以上、前期の話は抜かしてしまいましたが、初期、中期、後期の短編から見えてくることを、ざっと急ぎ足でお話ししました。

ここに述べたこと、それはむろん僕の解釈ではありますが、少なくともこれまでの長編の飛び石伝いの観測からは、見えてこなかったことです。初期に村上が、実は反時代的な深い社会的関心をどのように自分のスタイルに載せることができるか、なぜそれが難しいことがらなのか、という問題と自問にぶつかっていること。そこからはじめて彼の「デタッチメント」という書法、さらに態度が生まれてくること（これが前期の問題で、今回の話ではしょっています。関心のある人は『村上春樹の短編を英語で読む』を読んでみて下さい）。『ノルウェイの森』以後の孤立から、その次の展開が生まれてくること。そしてやがて、社会への関わりを念頭に帰国した後、サリン事件の犠牲者へのインタビューを通じて、村上が、従来の日本社会憎悪のあり方を脱し、一回り大きい小説家へと変貌していること。全短編の幅の中で、一つ一つの作品の細部、周囲の作品との関連、長編との関係などを見ていくと、こういうことが見えてくるのです。

村上は、稀なほど、持続して、自分を進化させ続けてきた小説家だということがこの短編世界への一瞥から見えてくるもう一つのことです。こういう小説家は、あまりいない。大江健三郎の後期の私的な物語枠組みへの収斂《しゅうれん》を考えてもそういうことが言えますし、村上龍の最近作『半島を出よ』と比べても、その自己模倣のなさ、そこに発見されている「通俗」の意味の違いがはっきりと見えます。吉本ばななの近年の模索の苦闘と並べても、一作ごとの色合いの違いは明瞭ですし、高橋源一郎の最新作『恋する原発』と比較しても、タメというのか、一作一作に賭ける力の度合いが、やはり歴然としているでしょう。

それは、村上春樹ほど、日本の文学世界から孤立して、仕事をしてきた文学者はいない、ということの一つの側面なのかもしれません。両者の関係がどういうものか、よくはわからないのですが、しかし、そこにたゆみない一つの「戦い」の持続があることを、彼の短編作品は、語っています。

（二〇一一年九月二三日、東京・世田谷文学館での講演。菅野昭正編『村上春樹の読みかた』平凡社、二〇一二年七月所収）

小説が時代に追い抜かれるとき
——みたび、村上春樹『色彩を持たない多崎つくると、彼の巡礼の年』について

1　二つの同心円

村上春樹『色彩を持たない多崎つくると、彼の巡礼の年』を取りあげる（以下、書名として述べるばあいは『多崎つくる……』と記す）。

この作品について書くのはこれで三度目である。この小説は、三度読んだ。一度目は出た直後、四月に読んで（二〇一三年）、一つ寸評を新聞に寄稿した（朝日新聞、後出）。その後、大学のゼミで学生と一緒に読んだが、そのときの学生からの反応に刺激され、再読した。そこで、今度は、この小説の終わり方に違和感をおぼえ、六月にやや長い評論文をインタビューへの応答の形で寄稿した（「一つの新しい徴候」『村上春樹『色彩を持たない多崎つくると、彼の巡礼の年』をどう読むか』河出書房新社、二〇一三年六月）。

しかし、まだかすかな不審、不全感のようなものが残っていたらしい。七月に、今度は授業の形で、数十人の学生と一緒に、他の同時代の小説と一緒に、三度目に読んだのだが、そこからみたび、これまでと違う感想をもつことになった。

都合、三度読み、三回まで、新たな感想を抱いたことになる。私のなかに、その三つの感想が、同心円状に重なりあっている。つい最近、その三つ目の感想の一端をある場所で語ったが（原武史との対談『村上春樹　新作長編の読み方』、朝日カルチャーセンター横浜、二〇一三年一〇月五日）、ここで書いてみたいのは、その同心円の形と、三度目の読書でたどり着いた違和感と、留保点である。

自分なりには、ここで少し、面白い問題にぶつかったかと思っているのである。

2　第一の円

まず外円のほうからみていこう。

一回目。四月の初読の際に私にあったのは、次のような解読のラインだった。

二〇一一年四月に『村上春樹の短編を英語で読む』という連載を終えた時点で、私は、村上のぶつかっている問題は、彼が自分について「人を無条件に心から愛することができない人間なのではないか」と考えるようになったことだと見ていた。

現時点（二〇一三年一一月）で彼の短編の最後をなしているのは二〇〇五年九月に書き下ろしの形で短編集『東京奇譚集』の最後に収録された「品川猿」である。そこで、彼は、これまで人に嫉妬を感じたことのない、自立した人間を自任してきた若い女性（みずき）が、じつはそうではなく、逆に傷つくことをおそれ、自分のなかの真実を直視するのを避けてきたことに気づかされ、深甚な魂の危機に瀕する物語を書いている。

名古屋に住む主人公の女性が、高校入学時に母から自分の母校でもある寄宿舎制の横浜の女子高校に行ってはどうかといわれ、家を出る。しかしそれは、母と姉に自分があまり愛されていないことからくる、ていのよい「厄介払い」の提案だった。彼女はそのことを心の底でうすうすわかっていた。しかしそのことを認めたくないばかりに自分のなかで抑圧し、押し殺していた。自分でもそのことは「ないこと」としていた。そのため、彼女は、以後、人に心を開かない人間になってしまう。傷つくのをおそれ、自分の周りに隔離帯をめぐらす人間になってしまうのである。それで彼女は、先に述べたように、人に嫉妬を感じなかったのである。

そういうことを、後年、結婚後、ふとしたことがきっかけで、自らの名前を思い出せない精神疾患を患うことを通じて、彼女は、思い知る。

彼女にそれを教える「猿」は、そこで、こういう。

「そうですね？　でもそのせいで、あなたは誰かを真剣に、無条件で心から愛することができなくなってしまった」と。

さて、ここで私が注目したのは、この女性の主人公が住むことになる寄宿舎での「位置」と「自任」の仕方が、『ノルウェイの森』における主人公ワタナベの寄宿舎での「位置」と「自任」の仕方と相同的だという点だった。女性、男性の違いはあるが、両者はともに、あまり目立たないキャラクターで、一つ、寄宿舎内で一番あこがれの対象になっているようなヒーロー（ヒロイン）的存在、いまふうにいうならスクールカーストのトップランクの人間に無関心であるため、逆に、彼（彼女）の注意を引く。そういう「位置」に身を置く。そして、そのことの「自任」の仕方が、なぜか（自分は）世間的にすばらしいとされる存在に「嫉妬も感じない」し、無関心だ、つまり世間的評価から超脱しているようだ、というものとなる。

そのことは、「品川猿」では、後に主人公のマイナスの属性（心の壁をはりめぐらしていたことの副作用として嫉妬を感じなかった）の指標であったことが明らかになるが、『ノルウェイの森』では、自立していて世間的な評価に無頓着という主人公のプラスの属性の指標として語られていた。したがって、このことに関して、村上の評価は、反対になったことがわかる。

しかし、これは、他人や世間の評判に無頓着で、自分のスタイルを堅持しているという以前の自己評価を、逆転させたということを意味していよう。

というのも、「品川猿」の主人公は、女性ではあるけれども、明らかに村上の分身的な位置にある。村上の短編に出てくる女性名で、村上自身の名（春樹、ハルキ）と同じく、樹木名、三文字、キで終わる名前には、作者の分身であるという傾向がある。短編集『神の子どもたちはみな踊る』の「タイランド」の女主人公「さつき」がその例だが、「品川猿」の「みずき」も同様だというのが、私の判断である。

私は、村上が、自分は人を無条件に愛せない人間なのではないか、という自己発見をもつにいたった、そのことの結果、「品川猿」が書かれていると受けとめている。

そう考えたのには理由がある。次に書かれた『1Q84』で、主人公天吾は、BOOK2の最後、危篤の床にある父に自分の最終的なヒミツを告白するのだが、それが、このことだからである。

天吾は、みずきにみずきの真実を語るあの「猿」とほぼ同じいい方で、同じことを、父にいう。

僕にとってもっと切実な問題は、これまで誰かを真剣に愛せなかったということだと思う。生まれてこの方、僕は無条件で人を好きになったことがないんだ。この相手にならば自分を投げ出してもいいという気持ちになったことがない。ただの一度も。

（傍点引用者）

「誰かを真剣に」「無条件に」心から愛せない、好きになったことがない、と村上の作品の主人公が、二〇〇五年の短編で「猿」にいわれ、また、二〇〇九年の長編では、自ら告白している。

私は、二〇一一年に上梓した『村上春樹の短編を英語で読む』の最後の章で、このことを指摘し、村上が、デタッチメントからコミットメントへと姿勢を変えた後、最終的にどのような自己発見にぶつかったか、その突端の問題がここに顔を出している、ということを示唆して、この本を締めくくっている。

したがって、『多崎つくる……』が現れたとき、私は、自分の受けとめ方が、そう間違っていなかったと思った。この小説はまさしく、あることがきっかけで以後傷つくまいと心を閉ざし、その代償として誰にも心を開いて「無条件に愛すること」ができなくなった主人公が、その自分の心の壁を乗り越えようとする話を主軸にしていたからである。私は、この小説を、当然ながら村上がこの「問い」に正面から立ち向かったものとして受けとめた。

『多崎つくる……』は、名古屋で仲良しグループを作っていた五人組の仲間から故もなく排除された多崎つくるが、その後、心に壁をめぐらした形でなんとか生き延びるが、木元沙羅という女性に出会い、何とかその自分の「壁」を超えて、今度こそ――というのもおかしいが――「人を真剣に」「無条件に」「心から愛そう」とコミットしようとする物語である。これを、私は、ひとまず、三・一一を受けてのさらなるコミットメントの一歩と評価した。これが三つの同心円の第一の円にあたる私の受けとめ方であるが、それは、こうした背景があってのことだったのである。

そのときに述べたのは、次のような感想である。

1995年の阪神大震災のあと村上は、社会とのかかわりに向け一歩踏み出したが、その結果、もう一段深い課題が浮上した。それは「無条件に人を愛せない」という短編「品川猿」や『1Q84』の主人公の問題として表れた。多崎つくるも同様の不能感を抱えるが、最後、恋人に「君のことが心から好きだし、君をほしいと思っている」という。「誰かから心底の愛を得ることができるか」から「誰かを心底愛せるか」へと軸足が変わってきている。今、恋愛とはそういう問題になっているのではないか。自分の周りにめぐらしている隔離帯をどうやって解除できるか。そこに新しい問題があるとこの小説はいっている。

村上は、こう東日本大震災を自分の問題として受け止めた。その結果『1Q84』の続編計画が消え、そしてこの小説が書かれた、と見ることもできる。

(「恋愛の性質、能動的に変化」朝日新聞、四月二三日)

3　第一の円

さて、年代記ふうに記すと、その直後、四月二六日に、私は大学のゼミに友人の原武史さんを迎えてこの作品の講読を行っている。四月中旬の初読に基づき、それをゼミの学生、院生と一緒に講読したわけである。

村上春樹は、いまの学生にはほとんど読まれていない。事実、このときも、若い学生の多くは、村上作品としては初読だと答えている。このときの、学生とのやりとりで、学生、院生からだいぶ距離をおいた反応がきたことが、私を驚かせた。彼らの何人かが、こういったのである。

この小説の多崎つくるの恋人への対し方には、少し過剰なもの、暴力的なものを感じる（つまりマッチョである）、簡単にいって、こんなふうに真顔で「無条件に」アプローチされたら、相手は、誰でも「引く」のではないか――。

さて、この感想と、右の私の読み方との関係は、どのようなものになるのだろうか。

私は、村上のモチーフを私なりに追ってきた。すると、村上は、これまで自分は、クールな自分を自任してきたのだが、じつは、他人のことを本当には考えてこなかった。とんでもないバカだったのではないか、という反省を、一九九五年に改作した「めくらやなぎと、眠る女」で明らかにすることになった（これについては『村上春樹の短編を英語で読む』第12章「マニフェストと小さな他者」を参照のこと）。

そして、そのあと、彼は阪神・淡路大震災を機に、社会にコミットメントを行うようになるが、今度は、その果てに、自分は、じつは当初から傷つくのをおそれるあまり、他人に無条件に一〇〇パーセントコミットすることを避けてきたのではないか、という恐ろしい自己発見にたどり着く。そして思う、その結果、自分は、「無条件に人を愛する」ことのできない身体になってしまったのではないか、と。

私にみえてきたのは、そういう村上の像だった。それが私のささやかな発見だったのである。

そういう私から見ると、今度の作品は、「傷つかないために張られてきた予防線」を自ら超えようとするひそかなコミットメントの作品と映る。これが私にとっての分析視角、この作品へのシューティング・スポット（狙撃地点）だったが、そこに、そういう手前勝手なコミットメントで人に迷惑をかけられても困るという、冷めた声が寄せられたのである。

端的にいって、私は虚を突かれた。

当初、私の評価と学生達のひややかな反応がどう切り結ぶのか、私にはよく見えなかった。しかし、その落差が日を経るにつれ、だんだん、気になってきた。私はそれで、ほどなく、もう一度、この作品を読んでみることになる。

その四月下旬の一度目の読書から生まれたのが、その直後に談話の形で述べた前記の河出書房新社本に寄稿した「一つの新しい徴候」と題する『多崎つくる……』の論で、これが私の受けとった作品受容の第二の円となる。

そこで私は、この作品に対する私の評価には、よいニュースと悪いニュースの二つがあると述べている。このうち、よいニュースは、右の第一の円での評価、「一歩踏み込んでのコミットメント」をさしている。しかし、これに悪いニュースが加わる。

次のようなことである。

『多崎つくる……』を最後まで読むと、最後の最後に、つくるが沙羅に求愛し、その答えを待つシーンに、フィンランドでのエリとのやりとりが挿入される。それがよく考えると、いよいよ不自然に思えてくる。そこには、こうある。

「ねえ、つくる、君は彼女を手に入れるべきだよ。どんな事情があろうと。もしここで彼女を離してしまったら、もう誰も手に入れられないかもしれないよ」

エリはそう言った。彼女の言うとおりなのだろう。何があろうと沙羅を手に入れなくてはならない。それは彼にもわかる。しかし言うまでもなく、彼一人で決められることではない。それは一人の心と、もう一人の心との間の問題なのだ。与えるべきものがあり、受け取るべきものがある。いずれにせよすべては明日のことだ。もし沙羅がおれを選び、受け入れてくれるなら、すぐにでも結婚を申し込もう。そして今の自分に差し出せるだけのものを、それが何であれ、そっくり差し出そう。深い森に迷い込んで、悪いこびとたちにつかまらないうちに。

「すべてが時の流れに消えてしまったわけじゃないんだ」、それがつくるがフィンランドの湖の畔で、エリに別れ際に伝えるべきこと――でもそのときには言葉にできなかったことだった。「僕らはあのころ何かを強く信じていたし、何かを強く信じることのできる自分を持っていた。そんな思いがそのままどこかに虚しく消えてしまうことはない」

彼は心を静め、目を閉じて眠りについた。意識の最後尾の明かりが、遠ざかっていく最終の特急列車のように、徐々にスピードを増しながら小さくなり、夜の奥に吸い込まれて消えた。あとには白樺の木立を抜ける風の音だけが残った。

（三六九〜三七〇頁、傍線は引用者）

しかしこの傍線部は、なくてよいのではないか。というよりも、あってはいけないのではないか。

そこで私は、右の「一つの新しい徴候」では、この部分を、傍線部分を除く形で引用している。ここがなくとも、最後につながり、小説が成り立つことを示したのである。成り立つ、しかし、弱い。それでこの部分が入っているのだ、と。

ここは、つくるが一歩を踏み出そうと、沙羅に求愛し、沙羅の答えをただ一人、誰からのささえもなく、よるべないままに、待っている場面である。引用部分の冒頭にあるエリの言葉は、沙羅を「手に入れよ」とつくるの背を押すエリの助言なので、内容は賛成できないとしても、これは、あってよい。しかし、その後にくるものだから、何となくエリつながりでうかうかと読んでしまうのだが、それに続く、傍線部のエリとのやりとりをめぐる言葉は、ここに入ってくる理由がまったくない。

むしろ、つくるのよるべなさが、ここでこの小説にとってどういう意味をもつのか、ということが、見えなくなるという意味では、入ってこない方がよい。

最後に、われわれが青春時代に何かを「信じていた」ことの意味は消えない、というポジティブな言葉がくると、なんだか、この小説の最後を飾るメッセージのようにみえるが、これはこの小説の身体が必要としたものというよりは、この小説を終えるために作者が注入した「カンフル注射」のようなもので、外在的な栄養分の投下、つまり、ドーピングである。

そこで、診断はこうなる。この小説には何かの弱さがあり、それが、作者に最後、こうした外在的なドーピングを必要とさせている。このドーピングは、この小説に意味のない

「能動的な姿勢」を与えている。これは、よくない徴候なのではないか、とそう、私は書いた。

ここに「能動的な姿勢」というのは、これまで、イェルサレム賞受賞スピーチ「壁と卵」でも、カタルーニャ賞受賞講演での反原発宣言でも、村上は世界に対し、日本を代表するかのような「能動的な姿勢」を示してきており、それは空疎ではないかという批判があったことを念頭においた言葉である。

かつて大江健三郎が村上の小説をとらえて、戦後文学のアイデンティティともいうべき「能動的な姿勢」が欠けていると述べた（「戦後文学から今日の窮境まで――それを経験してきた者として」一九八六年）。そこでの指摘が出典である。

村上は、去年（二〇一二年）も、尖閣諸島で日中関係の緊張が高まったときに文章を発表し、東アジアの平和に向けての希望を述べるという「能動的な姿勢」を示したばかりである（「魂の行き来する道筋」）。

私は、これについて、たしかにやや単純化されたメッセージではあるけれども、村上がこうした発言を小説の外で行うことには、ある挑戦の意味があると思っている。そのため、これを批判しようとは思わない。

しかし、その単純な姿勢が、小説にまで及んでくるのは、黙視できない。小説とは、少なくとも、村上にとって「小さな声」で語られるささいなことがらを尊重する媒体だったし、そうであるところに、村上の小説の力はあったし、現に、あるからである。

しかし、どうもこの作品で、村上は、これまでになく、ある「肯定的なもの」「能動的なもの」への安易な同意の姿勢を見せている。それが、灰田と緑川の出てくる章が、その後、進展せず、小説のなかに異質な部分として孤立したまま残された理由でもあるのではないか。

簡単にいえば、そう私は考えた。そこで、そのことを、悪い方のニュースとして「一つの新しい徴候」に指摘した。

4　第三の円

しかし、その後、さらに私の考えは、深まることになる。七月になり、今度は数十名の学生と同時代の小説を毎週一冊ずつ読んでいくという授業で、この『多崎つくる……』を取りあげることになり、教師の勤めとしてみたび読んだのだが、違う環境のなかで他の同時代の作品と合わせ読むことで、先に学生、院生から提出された違和感には、一つの新しい意味があると、その理由にふれた思いがしたのである。

それは、こういう形をしている。

いまの若い人間にとって「恋愛」はかなり難しいものになっている。はっきりいえば、

図1

鬼門である。たとえば、私の学生の一人はその卒論に、「恋愛は自分にとっては苦手だ」という意味のことを書いている。念のためにいえば書き手は、女性である。

村上の短編集『パン屋再襲撃』の表紙は、佐々木マキの手になるものだが、図1のようになっている。潜水服とも宇宙服ともみえるものをまとった男が、ふつうの町並みに立っている。傷つくことが怖いばかりに、自ら防壁を作った男が、そこにはいる。それが、この短編集に収められた作品の隠された主題を作っている構図だと、装丁の佐々木マキは考えたのである。

しかし、そういうなら、いまは、若者の誰もが、傷つくのが怖いばかりに、本心をいえず、空気を読み、他人からの格づけに敏感にスクールカーストと呼ばれるある意味ではばかげたとも過酷ともいうべき位階制の社会に生きている。そういう世界は、綿矢りさの『蹴りたい背中』（二〇〇三年）あたりからはじまって、最近の吉田大八の映画『桐島、部活やめるってよ』（二〇一二年）などを生むまでになっている。

そういう思いが、たとえば津村記久子という小説家への若い読者の支持をささえているのだろう。津村については、またいつか考えたいが、たとえば彼女の『ワーカーズ・ダイジェスト』（二〇一一年）では、二人のサラリーマンの男女が、最後、ぼんやりとした共感をおぼえて再会するところで終わるが、これが恋愛にはならないことが、読者には、一つの可能性として受けとられている。そういう読みを、私の周辺の若い読者は示している。「恋愛」までにいかないでも「共感の関係」が成り立つことが、そこでは一つの救いだ。というより、それが「恋愛」でないことが、一つの達成なのである。それくらい、いわば空気の薄い世界に、彼らは住んでいる。それが生の条件である。

ところでここで、こう夢想してみよう。

もし、村上が、そのような場所で、自分の問題にぶつかったのだとすれば、この「無条件の愛」問題は、どう考え進められることになるだろうか。

そのばあい、彼は、こう考え直すのではないだろうか。

村上は、コミットメントをした果てに、自分は殻を持っていて、傷つくことをおそれ、無条件に人にコミットできずにきたのではないか、という深刻な自己発見にぶつかった。

そして、自分の殻を壊し、他人との隔離帯をなくして、人にコミットしようとする人間を、恋愛の相で描こうとした。

でも、こう思い返す。ほんとうは、誰もが、いまでは人を無条件には愛せず、自分と同じように、そのことに苦しんでいるのかもしれない。だから、ほんとうは、沙羅も、無条件に人を愛するようなところにはいないし、人から無条件に一〇〇パーセント愛されることを躊躇なく受けとめられるような場所にはとても、立ちきれていないはずだ。いまでは、一〇〇パーセント愛する、とか、愛されるとかということが、それを無前提に相手に求め、自分に求めすることが、すでに過剰で暴力的、つまりマッチョなのだ。

そしてそれが、「誰かから心底の愛を得ることができるか」ということのほうが問題だった『ノルウェイの森』から、「誰かを心底愛せるか」ということが問題になってきた『多崎つくる……』への問題構成の違いのもつ、より深い意味なのだろう。

図2

だから、このように迫られたら、沙羅は、困惑する。少なくともつくるは、そういうところにも想像力を働かすのでなければならない。そうでなければ、つくるはここで、終了間際の『巨人の星』の星飛雄馬のように、外が見えなくなるまでに自分を追い込む、かなりアブナい人になってしまうだろう。こんな具合に（図2）。

そういう人に愛を告白され、愛を迫られたら、誰もが「引く」だろう。だから、つくるも、自分のそういう弱さを克服しようとするのではなくて、むしろ、この弱さを受け入れるほうが、よい。さらなる一歩のコミットメントとは、この自分の弱さを克服することではなく、この自分の弱さへこそコミットメントすることなのだ。

村上は、そう思い返すのではないだろうか。

いまは、誰にとっても無条件に人を愛することのほぼ不可能な時代である。そうだとすれば、この弱さと苦しみのなかへのコミットのほうが、その弱さを克服し、乗り越えることよりもより深いコミットメントとなる。というより、弱さと苦しさにコミットすること、そのことがこれを「深く克服すること」の第一歩なのである。

そう考えると、これが『世界の終りとハードボイルド・ワンダーランド』の最後の、僕の影との別れでの、「自分はこの弱い心の場所に残る」という対応に重なるようにも、見えてくる。そして、なぜ、ここでの多崎つくるのコミットが、普通の世間のなかで考えられたふくらみのある「不安な決定」というより、先験的な理念に経験から離れて動かされた「貧しい正解」というように見え、その分、ポリティカリィ・コレクトなものと映ってしまうかの理由も、わかってくる。

5　現在の評価

もしそうなら、次のような結末もありえただろう。

この私の想定するありうべき『多崎つくる……』では、つくるは、自分の弱さが、自分の殻を壊せないことだと気づく。と同時に、自分の殻を壊そうという努力が、相手である沙羅には暴力的なコミット、マッチョなコミットとして働きかねないことにも気づく。自分が自分の問題を解決するために沙羅を巻き込むのだとしたら、それは一つの暴力だろう、と彼は感じる。「ねえ、つくる、君は彼女を手に入れるべきだよ。どんな事情があろうと。」というエリのアドヴァイスは、これも、いまや、この場所から見れば、いかにも一九六〇年代後半的なマッチョさをもつものであることは明らかである。フィンランドまでいって、得られるだろう助言ではない。

「僕らはあのころ何かを強く信じていたし、何かを強く信じることのできる自分を持っていた。そんな思いがそのままどこかに虚しく消えてしまうことはない」

という考え方じしんが、鈍感でもあれば暴力的でもあり、マッチョだと聞こえる場所に、いま、読者は生きているのである。

フィンランドとは、この小説で、そういう場所であるべきなのではないか。

だから、ありうべき非マッチョなエリなら、こういうはずである。

――ねえ、つくる。君は、君の問題を、自分で解決するしかない。それに彼女を巻き込むべきじゃないよ。でも、君が、そう思って、一人で耐えようとしたら、それを見て、彼女が、君を助けてくれようと思うかもしれない。そうしたら、君は、その気持ちをありがたくもらうべきだ。それが君のコミットメントになるよ。

村上の『多崎つくる……』を、いまなら私は、こう評したと思う。

一九九五年の阪神大震災のあと村上は、社会とのかかわりに向け一歩踏み出したが、その結果、もう一段深い課題が浮上した。それは「無条件に人を愛せない」という、短編「品川猿」や『1Q84』の主人公の問題として表れた。

多崎つくるも同様の不能感を抱えるが、最後、恋人に「君のことが心から好きだし、君をほしいと思っている」という。「誰かからの心底の愛を得ることができるか」から「誰かを心底愛せるか」へと軸足が変わってきている。村上はこの先のコミットメントの話を恋愛の小説として描いた。また、こう東日本大震災を自分の問題として受け止めた。その結果『1Q84』の続編計画が消え、そしてこの小説が書かれた、と見ることもできる。

しかし、もう少しいえば、いま恋愛とは、「人を無条件にはもう愛せなくなっている」男女同士が、そのことを自分に認めながら、相手を受けとめようとするところに、もうひとつの焦点がきているのではないか。自分の周りにめぐらしている隔離帯をもちながら、どう相手を認めあえるか。そういう新しい関係が、愛の普遍的な問題と一緒に、現れてきているともいえる。そこから、目が離れている分、この小説は少し硬直している。その分、若い人には、ピンとこないものになっているかもしれない。そこで、この小説が時代に追い抜かれていることは、十分にありうる。

村上に可能なのは、「無条件に愛する」のうちに、一つのためらいを加えることだ。また、「無条件に愛せない」のうちに、一つの踏み込みを加えることだ。いずれにしてもそこでコミットメントは、二重になる。その二重性があれば、基本的には大丈夫なはずである。

(『シンフォニカ』第一号、二〇一三年一一月。『世界をわからないものに育てること 文学・思想論集』岩波書店、二〇一六年九月所収)

Ⅲ 書評

「心を震えさせる何か」の喪失　『国境の南、太陽の西』

この小説を読んでわたしは、なぜ村上春樹がこのような主題に関心をもつのか、不思議な気がした。村上には、「心を震えさせる何か」というキーワードがある。彼はこれまで、かつてあり、もういまは失われてないそれを探し求める主人公を描いてきた。そうでない場合も、主人公達は、少くとも悪に手を染めたりはしなかったから、たとえば『ノルウェイの森』の主人公は、自分は自分なりに誠実に生きてきた、誰にも「嘘」をつかなかったと、小説の終り近く、年上の女性に告白することができたのである。

この小説の主人公は、自分は「究極的には悪をなし得る人間」だと思う。思うだけでなく、「心を震えさせる何か」を自分の中に回復させようとして、「悪」をなし、また「嘘」をつく。そして、そのことを理由に、その「心を震えさせる何か」が、彼の中でちびた蠟燭が燃えつきるように、燃えつき、消える。

この新作に描かれているのは、この「心を震えさせる何か」の死ということだ。自分の中でそれが消える。その死を抱えて、砂漠のようになって、どのように人は生きていくのかということが、ここでは、つきつめた形で書かれているのだと思う。これまで自分は大切なものをどのように生き延びさせるか、というように考えてきたが、いま、生きるということはその大切なものを「えぐりとられて」生きるということなのではないか、ここで村上は、そう言っているようにも聞こえる。『ノルウェイの森』以降、村上には数年間、模索の期間が続いた。この小説は、そこからの確実な一歩をしるすはじめての作品である。「心を震えさせる何か」が崩れてはじめて、人はモラルの問題に出会うのだが、ここにあるのは溺れる者が摑む一本の藁しべのような、そのモラルの感触である。わたしはこの小説を、同時代の作品として、心にひびく形で、読んだと思う。

(『日本経済新聞』一九九二年一一月一日。『みじかい文章　批評家としての軌跡』五柳書院、一九九七年一一月所収)

消滅した「異界の感覚」『ねじまき鳥クロニクル』

村上春樹の新作『ねじまき鳥クロニクル』（第一部・第二部）を読んで、これまでのこの作者の書くものにあった異界の感覚が、消えていると思った。

主人公は三十歳。長年つとめた法律事務所をやめ、いまは主夫として暮らしている。ある日、そんな彼に奇妙な電話がかかる。そして、それをきっかけに、少しずつ彼の日常が狂いはじめる。やがて妻が消える。ついで、暗い、死にみちた、もう一つの世界が世界の皮膚のむこうに、姿を現す。

小説は、この主人公が妻の消え、意味のはぎ取られた世界で、もう一度生の意味を摑み直そうとするドラマと読める。しかしそれにしては不要なファクターが多すぎる。ここで作者は何をしようとしているのか。結論を先に言えばわたしは今回の村上氏の作にははなはだ懐疑的なのである。

そもそも、ここにいう異界の感覚とはどういうものだろう。最近上梓されたある対談で、網野善彦が平安時代に信仰のよすがとして山の中腹などに埋められた経典の筒に「日本国」という銘が記された事実について語っている（『歴史の話』朝日新聞社）。当時土中は、異界を意味していた。だから人々はたとえ自分の土地でも、そこに何か埋めるときには、国名を記したというのである。

たぶん穴を掘るという行為に何かわたし達の心を動かすものがあるとすれば、それはそこにこの異界の感覚が働くからである。そこで穴を掘る行為は、何かをそこに探すことではない。土中がそこではそっくり異質な世界なので、この異質な世界から異質さが消えてようやく人はそこに何かを埋めることもできれば、そこから何かを取り出すこともできるようになるのである。江戸期の赤本の「花咲爺」では犬が「ここ掘れワンワン」と吠えてそこを掘ると宝が出てくる。土中がそこでは異界ではなく、ただの土にすぎないからだ。そういう意味のことを、どこかで中沢新一がいっているが、この平安から江戸への推移のうちに消えうせているものが、この異界の異質の感覚なのである。

村上氏の今回の新作は、その異界のイメージの豊かさ、次から次へと繰り出される謎に特色の一つをもつ。

ところで、そうだとすれば、このことが語っているのは、氏の作品がいわば中世の今昔的な世界から近世の御伽草子的な世界、宝探し・謎探しの世界に、変質しているということではないだろうか。

「僕らは壁の中に滑り込んだ。壁はまるで巨大なゼリーのように冷たく、どろりとしていた。僕はそれが口の中に入ってこないように、じっと口をつぐんでいなくてはならなかった」

たとえば、これはこの小説を読んでいて激しくわたしの躓いた「壁抜け」のシーンだが、なぜ彼は、ここを、このようにウォルト・ディズニーのアニメででもあるかのように、魅力たっぷりな映像として書けているのか。わたしの直観をいえば、このようにも達者に彼が異界を「描写」できるのは、彼に異界の異質の感覚が、もう、消えうせているからなのである。

異界の感覚の消滅は村上氏の小説の世界を豊かな世界、謎にみちた世界にする。しかし、もし彼の作品が小説であり続けようとするなら、この異質の感覚は不可欠だから、その消滅はその作品にある分裂をもたらすはずである。彼は穴を掘るのか、宝を探すのか、いわばそういう問いにぶつからざるを得ないのである。

この小説の執筆作業の最後で、彼はある問題に逢着しているが、わたしの見るところ、それはこの問題にほかならない。

彼はおびただしい謎をちりばめ、主人公が自己回復する上にその謎の解明は必須であるという形に世界を構成する。しかし、小説の最後、主人公の身に起こるのはそれとは違う事態である。プールの中で、主人公はふいに電話の女が妻だと思う。妻は、じつは自分を深く必要としていた。だから出ていった。彼はそうありありと感じる。回心は、そのように、作者の用意した謎の解明をショートカットする形で生じる。

その結果、どういう困難が生じているのか。

この小説は現在、謎を解かずに放置していると非難されているが、じつをいうと本当の困難はそのことにはない。そうではなく、これから謎の解明に入ろうという矢先、それが小説の経験のうえに必ずしも必須でないものになってしまった。つまり物語的な謎の解明をまたず、主人公の小説的経験が成就してしまっていることが、じつは小説の最後で作者のぶつかっている苦境の形なのである。

さて、わたし達はどういう問題の前にいるのか。村上氏の新作からわたしは何が小説の小説たるゆえんであるか、異界としての小説のその「小さな声」を聴く。その「小さな声」は何といっているか。それは、「大きな謎」にだまされてはいけない、むしろわたしに、そう語りかけていると聞こえる。

(『読売新聞』一九九四年七月一四日「文芸季評」。『みじかい文章 批評家としての軌跡』五柳書院、一九九七年一一月所収)

縦の力の更新　『ねじまき鳥クロニクル』第三部

『ねじまき鳥クロニクル』第三部を読んだ。第二部が暗礁に乗り上げてから一年四ヶ月後の刊行だが、この第三部を得て、この小説は見事に生き返ったと思う。

私事にわたるが、先日、吉本隆明氏と対談していて、こんな感想をもった。わたし達の思想的な課題は、いま、凡庸な言葉にどう凡庸でない言葉を対置するかということから、凡庸な言葉でどう凡庸でないことをいえるか、というところに移ってきているのではないだろうか。吉本氏は、「憲法第九条が大事だ」、しかし自分がいうのはこれまで護憲派がいってきたのとは全く意味が違うことだ、自分にとってそれは本質的な言葉なのだ、といった。たとえば、これまでならソ連があり、冷戦があり、「憲法第九条が大事だ」という護憲派の人々の言い方に対しては、これと違う形でどう戦力放棄条項の重要さをいえるかを考えることが、わたし達にとって考えるということだった。しかし、いまわたし達に求められているのは、むしろこの「憲法第九条は大事だ」という言い方を引き受け、この言い方の意味するところを更新すること、つまり意味を横に更新するのではなく、縦に更新することと、ではないだろうか。かつては非凡なことをいえば足りた。でもいまは平凡な言葉の中を下りなくてはならない。吉本氏の「憲法第九条は大事だ」という平凡な言葉を聞いていて、わたしに、そんな感想がきたのだった。

村上春樹氏のこの度の小説は、この小説の第一部・第二部との違い方で、この吉本氏との話を思い出させる。ここにあるのも小説的な努力における、あの横から縦への意味の更新の軸の移動である。これはたんに『ねじまき鳥クロニクル』の第一部・第二部と第三部の違いではなく、これまでの村上氏の小説とこの小説の違いなのかも知れないが、これまで氏の小説では、いわば非凡であることがめざされていた。それがどんな質の非凡さか、それが作者にとっての関心事だった。しかし、この第三部で小説は、非凡になることによってではなく、逆に平凡になることで、何かを深く語るようめざされている。わたしはこの小説の変貌に、何か「オウム」後といってもよい、アクチュアルな印象を受ける。

たとえば、第三部に入り、それまでどこか病的な生活を生きていた年少の登場人物笠原メイは、意外な場所に移る。それは、これまでの村上氏の小説に余り出てこない、平々凡々たる場所である。彼女がその山奥の僻地から主人公に書き送る手紙は、第一作『風の歌を聴け』の難病の少年の手紙にも似た、ナイーブな希望の息吹をもつ。そこで彼女は自分はほんとうは泣き虫なのだという。彼女は特異な少女から一人の一七歳の女の子への帰還を果たす。小説の最後、主人公がたどり着く場所もある意味では凡庸な、人の生きるゼロ地点のような場所だ。しかしこれらを通じ、小説は何というか、生きることの意味を縦に一歩、下方に伸びる。作中に「人は島嶼にあらず」という言葉が出てくる。第三部に入り、加納マルタ、クレタ姉妹は姿を消し、代わりに赤坂ナツメグ、シナモン親子が登場するが、人は島嶼にあらず、登場人物もここでは島嶼（マルタ・クレタ）から人（ナツメグ・シナモン）へと移行している。加納姉妹は自分達のことを語らない謎の人物達だが、赤坂親子は自分の物語を語る。秘密はどこにもない。しかし彼らの深さはそこからくる。

　最後に少し出てくる加納クレタもいまは山の奥に住んでいる。告白の続きをする間宮中尉にも消えない傷がある。第三部を生きる人々にはみな、謎の人物の皮膚にはなじまない小さなしるしがつけられる。それは、肉まんと区別するためあんまんにつけられる食紅の朱色のようにそこにあるが、一言でいえば彼らはみな、ポルシェに乗り、すてきに都市生活を送りながら、かつ、生きることの「みじめ」さを知っている。

　これまでわたしは村上氏の小説について、いつも最後が問題になるという感じをもってきた。しかし今回、この小説を読み、これははじめての経験だったが、もうここまでくれば、最後はどうでもいい、乱暴ながらそう思った。この第三部はモーツァルトの『魔笛』に物語の骨格を借りている。善と悪の二元論、話ははじめからわかっている。いったいどうすればこの決まりきった物語が「小説」になるのか。しかし小説とはそういう力、縦の更新の力ではないだろうか。ここで村上氏は、たぶんはじめて、小説家として掛け値なしに徒手空拳のまま、読者の前に立っている。読者も島嶼ではないから、そのことがわかる。これはずいぶんと柄の大きな現代小説である。骨太な勝利、そんな言葉がわたしに浮かんでいる。

（『波』一九九五年九月号。『みじかい文章　批評家としての軌跡』五柳書院、一九九七年一一月所収）

「居心地のよい場所」からの放逐　『女のいない男たち』

前作『色彩を持たない多崎つくると、彼の巡礼の年』からちょうど一年、この小説家としては九年ぶりの連作短編集である。必ずしも秀作揃いとはいえないが、かなりの激情をひめた、未来性ある一冊という評価が可能である。

配列順に「ドライブ・マイ・カー」を頭に、書き下ろしの「女のいない男たち」まで、六つの短編からなるが、まずそれぞれを単独に読む限り、悪くはない、しかし少しマンネリかな、とでもいうような、一種あてどない感想を読者はもつかもしれない。

展開されるのは、まえがきにいうように女性に去られた男たちを描く作品である。それらは一種奇異な感じを湛えるこの作家特有の短編としては必ずしもキレがよいといえない、ストライクとボールがはっきりした、好投手にも時に訪れるだろう、どちらかといえば不調時に属する投球内容の作品群である。

「ドライブ・マイ・カー」は堅固な細部に富むが、最後、登場人物が「女っていうのは」

式のコメントを行うあたり、停滞しており、凡庸である。「イエスタディ」も狙いはわかるが比喩がユルく、話が全体としてもっさりしている。「独立器官」にいたってはユダヤ人強制収容所の経験をある意味で浅瀬で気安く渡りすぎており、ゲイの青年への鈍感な言及を含め、全体の記述が少々軽薄ですらある。最終の書き下ろし作もいま一歩。すると楽しめるのは残りの「シェエラザード」と「木野」くらいとなる。

とはいえ、執筆順序からすると第一作とともにはじめに書かれたらしい第五作の「木野」は、そういう読者をも立ち止まらせるただならぬ力をもつ秀作であって、なぜこの短編集がかくも「不揃い」となったかをも考えさせる喚起力をひめている。妻に不実を働かれて会社をやめた主人公が都心の一角、根津に小さなバーを開く。しかしやがてこの自分の「居心地のよい場所」から奇怪な事情で放逐される。その理由を作者は彼が「正しからざることをしないでいる」ことに自足したからだと書く。彼はむしろ「正しいことをしな」くてはならなかったのだと。

そしてこの作品は、主人公が「おれは傷つくべきときに十分に傷つかなかった」、「本物の痛みを感じるべきときに」「肝心の感覚を押し殺してしまった」、「痛切なものを引き受けたくなかったから」だと思いいたり、最後、「深く」「傷つ」き、「涙を流す」ところで終わる。

作者は「居心地のよい場所」から自ら求めて追い出された。外は雨である。次に書かれる長編に私は期待する。

（『日本経済新聞』二〇一四年四月二七日。『世界をわからないものに育てること　文学・思想論集』岩波書店、二〇一六年九月所収）

再生へ　破綻と展開の予兆　『騎士団長殺し』第1部・第2部

『1Q84』以来7年ぶりの村上春樹の本格的な長編である。プロローグに掲げられた問いが答えられていないところから、今回ははっきりと続編があることがわかる。しかしこれまでの展開でも手応えは十分ある。全体の主題は「再生」。村上が村上でなくなろうとしている。

ある日妻が別れたいという。主人公の「私」は一人取り残され、東北方面へと流浪の旅に出る。いつもながらの原型的な村上的物語だが、今回の物語は、最後、大きな破綻と展開の予兆を迎えるところで終わっている。

ポイントは3つある。まず職業的肖像画家の主人公は、この度《たび》はさほどクールではない。心のうちで、どうしても妻の不倫が許せない。しかしほぼ10カ月間の超現実的な胎内めぐりにも似た遍歴を終えると、理由もなく、妻を許し、〝よりを戻す〟。なぜ主人公にこのような心境の変化が訪れるのかを、作者は説明しない。

また、彼と妻の間には子どもが生まれる。それは彼とは「血の繋《つな》がらない」彼らの子どもである。

そして、子の父になると、彼は先には「芸術家」をめざすようになっていたにもかかわらず、再び「営業用」の画家に戻る。「考え方を少し変え」るのだ。

今回の第2部までに出てくるのは、白髪の謎の実業家、その娘かもしれないいっぷう変わった隣人の女の子など、いずれもこれまでの村上の作品におなじみの登場人物たちである。しかしそうしたなか、「私」だけがイデアとメタファーにみちた冒険の後、現実へと降りていく。俗塵《ぞくじん》にまみれ、ただの人になっていく。さて、これは新しい展開ではないだろうか。

第2部の終わり、話は「数年後」にとぶ。ある日、やはり〝ただの現実〟、東日本大震災が津波の光景をともなって村上の小説世界に押し寄せてくる。そこで主人公はかつて流浪したおり、東北のある町で出会った謎の男の姿を一瞬、テレビの報道画面に認める。

たぶん、第3部は、この「顔のない」謎の男と「私」の対決となるだろう。イデア、メタファーの次に来るのは現実なのだ。この三位一体の物語の途上で、この小説は、私たちに村上が村上でないところに抜け出ようとする、もがきの力感を伝えてよこす。

（『日本経済新聞』二〇一七年三月一八日）

Ⅳ 遺稿

第二部の深淵——村上春樹における「建て増し」の問題

1　はじめに

ここでは、これまで村上春樹について余り取りあげられてこなかった問題を扱う。

村上春樹はこれまでいわば複数巻刊行のフル・レインジの長編作品を何度か刊行している。一九九〇年以降でいうと、九四～九五年の『ねじまき鳥クロニクル』、二〇〇二年の『海辺のカフカ』、二〇〇九～一〇年の『1Q84』、そして二〇一七年の『騎士団長殺し』がある。これらは日本で刊行された「オリジナル版」ではまず二巻本としてこれ自体完結した作品として大々的に発表された。そのうち、『海辺のカフカ』が「上巻・下巻」とクローズドの形で表記された以外、残りの三作はすべて「第一部、第二部（あるいはBOOK1、BOOK2）」と数字巻で表記され、いわば〝開かれた〟かたちになっている。そしてこれらのうち、二作（『ねじまき鳥クロニクル』と『1Q84』）までが、その〝深淵〟に誘われるようにその後サプライズの形で第三部を書き足す形で改変をほどこされた。残りの一作（『騎士団長殺し』）でもまた、第三部は書かれこそしなかったものの、その可能性が作品に濃厚に残留するものとなっていた。私はこの作品についても刊行直後、第三部のサプライズでの出現を〝予言〟した一人だが、いまも当時、その可能性はあったのだろうと考えている[*1]（でなければ彼は『海辺のカフカ』のときのようにこれを「上巻・下巻」で出したに違いない。）

ここに現れているのは、名づけるなら、彼の執筆においてこれまで二度まで繰り返されてきている、いわゆる「建て増し」にまつわる問題にほかならない。

2 「建て増し」とは何か

右に述べたごとく、村上は、これまで長編小説を執筆するにあたり、二度、特徴ある変則的な執筆・刊行を繰り返している。一度作品を完成作として発表したあと、じつはこれでこの小説は終わっていなかった、続きがある、として、その作品をいったん保留し、続編を「建て増し」した形で再度、作品を世に問う、というのがこの特異なあり方である。

このようなことは、日本においても、余り例がない。しかし、動態自体は、日本の古くからの町なかの旅館がよく行う「建て増し」に酷似している。つまり、建物を更新しようというばあい、改築（建て直し）をするのではなく、既築分には手をつけずに増築（建て増し）するのである。

一度執筆したテクストを著者が何度も手直しするということは大いにありうる。カフカなどは、そのテクストを何度も直すあまり、たとえばその長編作品の『城』などはついに完成されることもなく、したがって、生前には発表もされなかった。宮沢賢治の『銀河鉄道の夜』などについても同じことがいえる。

しかし、一度作品を完成作として、出版し、完成したあと、作者が、気が変わったからと、先の作品はそのままに、――つまり改築（＝改稿）ではなく増築（加筆）方式で――続編を書いてこれを正編とするという書き方は、例を見ない。

その結果、しばしば日本の旅館のばあいは、廊下が折れ曲がり、小階段が付加され、迷路的な様相を示す。むろん村上の小説に、このような不都合は生じていない。しかし、増築による一定の影響と痕跡は明らかに、そこに残存している。

ところで、この村上の変則的な小説の執筆動態、続編刊行の動態は、これまで日本国内では、ほとんど問題にされてこなかった。たとえば、二〇〇九年一一月に『１Ｑ８４』の完成作として刊行されたＢＯＯＫ１とＢＯＯＫ２が、未完成を危惧する声がありながらも、日本でトップクラスに位置する文学賞（毎日出版文化賞）の選考で受賞作に推されたことがある。そしてその受賞のメッセージで、村上が、現在、その続編を執筆中であることを明言する、ということがあった。[*2] これは、受賞の挨拶としては、前代未聞の椿事というべきだったかもしれないのだが、書き手側、読み手側のいずれからも、このことの〝落ち着きの悪さ〟を指摘する声――たとえばそういう場合、村上は、受賞を辞退したほうがよいのではないか、とか、選考側は、別の作品に授賞し直すべきなのではないか、というような声――は、あがらなかった。

ところで、このような「建て増し」問題は、村上の場合、じつは二回目のケースで、先にも彼には同じ変則的な執筆、刊行の〝前科〟があった。前述のごとく、一九九五年の『ねじまき鳥クロニクル』第三部のケースである。しかし、『1Q84』のBOOK3刊行後のインタビューでは、村上自身の口から、それはたいした問題ではない、と彼としては考えているという見解の提示があった。彼はいう。それは「いまとなってはもう問題ではない」。「新しい読者は〔『ねじまき鳥クロニクル』の――引用者〕1、2、3を一つの本として自然に読んでいる」とそのことを問題なしとする見方が示されたのである。[*3] こうしたことのすべては、村上の変則的な小説の増築作業（変則的な書き足し）が、日本の社会になじみ、その変則性を意識されずに「自然」のこととして受け入れられていることを示唆している。しかしこのことは、なお、村上の作品に、何か問題のあることを語っているというべきである。ここでは、このような問題意識に立ち、日本における書き手側、読み手側の「自然」な受容をも視野に入れたうえ、この村上に特有の執筆動態を、「建て増し（Tatemashi）」と命名しておきたい。

次に、この最初の作品を「原作品」、後の作品を「現作品」と呼び、その略称として、スターバックスのレギュラーコーヒーの大きさのタイプの呼び名から借りて、「S（short）」と「T（tall）」と呼称しておく。

すると、この「建て増し」において意味深いことは、この変則的な執筆動態が、翻訳された時点では、多くの場合、テクストとしては、不可視のものとなってしまうことである。[*4]

そのことと関連して、第一に、かつて一時的に存在し、その後、消えたテクストSの権利をどう考えるか、また、後に示す理由から、オリジナルのテクストTと翻訳テクスト（以後、これをtと称する）のいずれを正典（canon）とみなすか、という問題が現れてくる。また、第二に、現在の公定テクスト批評理論の方法論に立つだけでは、この執筆動態にかかわる問題をどう扱うべきか、確定できない、という問題が生じてくる。

この二つは、位相の異なる独立した問題だが、それぞれ、村上春樹のような小説家の作品にとって、「正典」（canon）とはオリジナル言語で書かれたテクストをさすのか、あるいは翻訳テクストをさすのか、といういわゆる「世界文学」（デイヴィッド・ダムロッシュ）の問題機制をめぐる問題、[*5]さらに、作者がある仕方でテクストを執筆する、そのプロセス中に起こる問題に、批評はどのようにアクセスできるか、というテクスト論以後の批評理論上の問題を、構成している。これらはいずれも、看過できない文学上のアクチュアルな課題である。

そこで、ここでは、問題提起もかね、村上春樹の二度の長編小説執筆において、どのように変則的な執筆と発表がオリジナル言語の段階で行われており、そこからどのような問題が生じているか、またそのことから村上の作品について、どのような新たな知見がもたらされるかを、考えてみる。テクストに現れない執筆の動態をどのように論じればよいのか、そのための理論的裏づけが、私たちに用意されているわけではない。作者の介在への言及も行うが、上の理論的問題への留保の表れと了解していただきたい。それなしには、そこにどのような問題が顔を見せているかを示せないので、これはそのために取られる緊急避難的な措置である。*6

3 『ねじまき鳥クロニクル』と『1Q84』

村上春樹におけるこのような執筆動態の最も新しい例は、『1Q84』に、そしてその先例が、『ねじまき鳥クロニクル』に見つかる。『1Q84』は、二〇〇九年〜二〇一〇年に全三巻が二度に分けて日本語で発表されたあと、現在のもっとも影響力をもつ言語である英語のばあい、二〇一一年に一巻本として翻訳刊行されている。また、『ねじまき鳥クロニクル』は、一九九四年〜九五年にやはり日本語で二度に分け全三巻で発表され、その後、一九九七年に一巻本として翻訳刊行されている。ともに、まず一つの独立した完成作としてテクストSが発表され、その後、それがサプライズの形で「建て増し」されることでテクストTに変わった。作者は、いずれのばあいも、テクストSの執筆完了時には、ここで作品は完結していると考えた。しかし、その後、考えが変わったと述べている。[*7] そして翻訳されたテクストを見るかぎり、その事実は見えないものと変じている。
しかし、私たちの考えでは、この事実は、文学批評上、問題とされるだけの「権利」をもっていよう。理由は、以下の通りである。
第一に、このような書かれ方をしたために、日本では、まず、『ねじまき鳥クロニクル』のばあいにも、『1Q84』のばあいにも、当初、第一部、第二部までが出版された時点では、テクストSが独立した完成作として受けとられた。これに対する多くの書評、論評、論が書かれたし、『1Q84』のばあい賞まで与えられたのは先に述べた通りである。そして第三部が発表された時点で、再び、その三巻本に対して、新たな論評が行われ、新たな論考が書かれている。[*8]
では、この二つの作品の関係とはどのようなものか。作者自身、テクストSを未熟な作品だったのでいったん取り下げるとは言明していない。『ねじまき鳥クロニクル』については、逆に「独立した2つの作品」として受けとってもらってよい、とすら述べている。とはいえ、それはなお確信的な言明とまではいえない。作者がこの変則的な執筆動態について改めて自らの考えを表明するということはなされておらず、またそれが自らの意図に立つものだといっているわけでもない。つまり、それは、意図されたものではない。[*9] しかし、二度まで繰り返されていることを考えれば、完全に偶発的なものでもない。だとすれば、何なのか。このことが、村上の作品にどういう影響をあたえ、村上の小説執筆においてどんな意味をもっているかは、依然として答えられない問題として残っている。[*10]

しかし、第二に、このような執筆形態をとるばあい、最後の第三部（BOOK3）の執筆は、既に存在しているテクストSに対し、メタレベルに立って行われるほかはない。そのために、それは、テクストSへの何らかの批評的行為たらざるをえないし、また、その際、既発表のテクストSの推敲不可能性は、第三部執筆時に新たな展開が生じたばあい、それへの拘束と制約の既定条件として作用せざるをえない。そのことを取りあげる批評方法が現在、確定されていないとはいえ、当然、そのことの作品への影響は否定できない。[*11]

また、第三に、このことに関連するが、このような特異な執筆動態をもつ作品の翻訳は、翻訳作業が、新たに二巻本と三巻本を鳥瞰するメタレベルの検討の機会となるため、原作者にとっても、そこに新たな編集の機会を生み、これまでとは異なる意味での大幅な翻訳時のテクストの変更をもたらすことが考えられる。事実、『ねじまき鳥クロニクル』

では、後に示すようにそういう問題が起こっている。また、そのようにオリジナルと翻訳のあいだに作者公認のもとで大きな改変が生まれると、一般に各国語の翻訳において英訳からの重訳がかなりの割合で行われていることと関連して、編集者が原語からの翻訳に、——新たな正典である——英訳と違うことを理由に、クレームをつけるという悲喜劇的椿事も生じてくる。[*12] ここからは、原語テクストと翻訳テクストのいずれを正典とみなすか、という先の「世界文学」問題が、新たな様相で浮上している。[*13]

4　正典（canon）問題と「建て増し」問題

『ねじまき鳥クロニクル』が差し出す問題のうち、わかりやすい例は、翻訳時のテクストの大幅な改変の問題である。

この作品は当初、一九九二年一〇月から九三年八月まで、第一部が一一ヵ月間のあいだ、雑誌『新潮』に連載された。その後、九四年四月、第一部と第二部が同時刊行された（テクストS）。ついで、一年四ヵ月後、九五年八月に、第三部が刊行されたあと、このテクストTをもとに、英語での翻訳が、九七年一〇月、一巻本として刊行されている。ところで、その際、原作者の村上は、米国の出版社クノップフ社の「短縮」の要望に応えるため、必要な「削除」について翻訳者ジェイ・ルービンに「多くを任せ」た。その結果、原作者の承認のもとで、大幅な改変が行われた。削除された最も重要な個所は、第二部の最後の「盛り上がり」の部分（主人公が加納クレタに誘われ、日本を離れギリシャにいくかどうかを逡巡し、あげく、東京のある区立体育館のプールに浮かびながら、作冒頭で電話をくれた謎の女が妻のクミコだったという啓示に打たれる最終場面）である。[*14] そこがごっそりとカットされることとなり、いくつかの不整合が残った。[*15]

そのばあい、原語テクストでのSとTの関係はどうなるのか。テクストTと英語版の翻訳（t）とはいずれが正典なのか。著者の承認を得て改変された「英語」訳の特権的な位置を、どう考えればよいのか。これらがここから出てくる問題である。

これに対し、『1Q84』における同様の執筆動態からやってくるのは、これとはまた違った問題である。

『1Q84』のばあいには、新たに生まれたテクストTが、少なくともプロット上、ここで物語は終わっていない、という「未了性」を前面に押し出すかたちで終了している。ここから、この『1Q84』のテクストTは、これ自体、完結したテクストなのか、そうではなく、村上がこの小説を終えることができなかったことの表明なのか、という新たな問いが生まれた。日本では、村上がその可能性を否定しなかったことから、[*16] この先、BOOK4がさらに書かれるのではないかという予想すら、なされた。そして、この問題は、皮肉にもBOOK4なしに『1Q84』が翻訳されるという報道によって、鎮静化した。このばあいは、翻訳が、『1Q84』のテクストTが正典であるかどうかの現実的な決定因となったのである。

しかし、このことにより、これが二度目の「建て増し」であったこととあいまって、次の問いが生まれてきた。すなわち、なぜ村上においては「建て増し」が起こるのか。何が、一度、書かれたものを、時がたつと不十分と感じさせ、さらにその先を書きたい、と彼に思わせているのか。ここに顔を見せている〝第二部の深淵〟ともいうべき現象が指し示しているのはどのような問題か、という問いがそれにほかならない。

以下、この問題を手がかりに、『ねじまき鳥クロニクル』と『1Q84』について、なぜこの二作品において「建て増し」が起こっているのか、また、そのことが村上の作品について教えることは何か、について考えていく。

以下の『ねじまき鳥クロニクル』をめぐる考察は、読めばわかるように、この「建て増し」のもつ意味の重大性を示すとともに、その検証が、「建て増し」の痕跡の消去のうえに成立する翻訳テクストtによっては行えないことの証左とも、なっているはずである。

5　『ねじまき鳥クロニクル』における Short と Tall

まずこう問うてみよう。

うか。

「建て増し」問題とは、作品執筆の動態として、何が起こったことを意味しているのだろうか。

それは、水泳競技において、一〇〇メートルと四〇〇メートルと二つの競泳競技があるとして、当初、一〇〇メートル先にゴールがあると考えて、そこで競技をやめた泳者が、後日、そこがゴールではなかったと思い直して、別の泳者に、そのあとの三〇〇メートルを「泳ぎ足す」ことを託するのに似ている。次の三〇〇メートルを泳ぐのが同じ泳者でありえないのは、すでに一〇〇メートル競泳は、行われ、タイムが出ているからである。「建て増し」の過程で、すでに発表されたテクストSが、動かしようのないものとしてあり、書き手がそれに対しメタレベルに立たざるを得ないとは、そういうことであると思われる。

さて、そういうことが二度まで、村上春樹に起こっているとすると、なぜ、村上は、一〇〇メートルでいったんそこがゴールだと思って、二度まで、泳ぎやめてしまったのか、と問うことが可能である。

そしてそのように問いを設定してみると、『ねじまき鳥クロニクル』のばあいと『1Q84』のばあいとに、共通した要素のあることが見えてくる。

これをまず、『ねじまき鳥クロニクル』について見ていこう。

『ねじまき鳥クロニクル』におけるテクストSのゴールと、テクストTのゴールの関係は、次のようである。

『ねじまき鳥クロニクル』は、当初、一九八六年に書かれた短編「ねじまき鳥と火曜日の女たち」を発端として、そこから離陸して書かれている。村上のばあい、これは珍しいことではない。たとえば、一九八七年の『ノルウェイの森』は、一九八三年の短編「螢」を発端とし、そこから離陸して書かれている。

さて、物語の大枠は、前半と後半に分かれる。前半は、妻の失踪とその探索譚からなり、後半は、その「あちら側」の世界に奪われた妻の奪回の物語となっている。最初の滑走部分は前身の短編「ねじまき鳥と火曜日の女たち」と同じで、ある日、家でスパゲッティをゆでている主人公（岡田亨）に謎の女からセックス・テレフォンめいた電話がかかってくる。そしてその日から、飼いネコがいなくなり、妻が帰宅せず、そのゆくえがわからなくなる。ついで、主人公は、ネコを探して近くの家に迷い込み、そこで近所の娘（笠原メイ）と知りあう、という展開になる。

以後、短編からの離陸をへて、『ねじまき鳥クロニクル』では、主人公が近くの空き家の庭にあるいまは涸れた井戸の下に降り、そこの暗がりで自分と向きあう。やがて、「壁抜け」という不思議な体験を通じて、異界へと入り込み、不思議な過去を持つ本田老人と親しくなり、第二次世界大戦に先立つノモンハン事件の前兆時におけるモンゴルでの奇怪な話を聞かされる。

本田老人の語る挿話は、モンゴル兵による日本兵の皮剝ぎの刑と井戸の底への放置とからなり、いずれも強烈な印象を読者に残す。しかし、妻は現れない。ついには、深い瞑想の場所であり、異界への入り口でもあった空き家の井戸も、やがて、人手に渡り、埋められる。謎めいた予言を口にする女たちである加納マルタ、クレタ姉妹との交友を通じて、波乱が起こる一方、もう妻を捜す手だてはほぼなくなる。そんなある日、彼に啓示のようなものが訪れる。区営プールで水に浮かんでいると、ふいに、あの謎の女とは、自分の元を去ったクミコだったのではないか、と主人公は気づく。自分は、妻のクミコをまったく理解していなかった、自分のことしか考えていなかった、それでクミコは自分の元を去っていった、そして、自分を見つけよ、という警告を与えるために妻はあの電話をよこした。あの奇妙な声は、夫に自分の苦しみを打ち明けられずに苦しみ、心をとざす夫に拒否されたと感じて姿を消した妻からのSOSの声だったのだ、と主人公ははじめて、自己発見にも似た啓示に打たれる。そしてそこで、テクストSは終わっている。

その最後の章は、「クレタ島からの便り、世界の縁から落ちてしまったもの、良いニュースは小さな声で語られる」（傍点引用者）と題されている。つまりきわめて私的な、自分の中での覚醒が「小さな声」で自分の無意識の底に生じるまでの物語が、テクストSの行程なのである。

しかし、やがて、それだけでは飽きたらない、という気持ちが作者に芽生える。そして、彼は通常のルールに違反してまで、その続編を書きつごうとする。

ところで、ルール違反というのは、こういうことである。一般に、作品は、特に断りがない限り、そこで終わっているものとして読者の前に差し出される。それが作品の商取引上の暗黙のルールである。ただしそれは商取引上のルールにすぎない。もし、作者が、それを踏み越えようという意図をもつばあい、この世間的なルールは、その小説によるルール違反を許容する。つまり、これが村上の明確な意図と意思によるものなら、そのことが作者自身によってあるいは作品によって何らかのかたちで表明されているなら、このルール違反は許容されうる。しかしそうでなければ、ふつうは小説家による何らかの「釈明」を、読者は予期し、期待する。出版社、書店を介した小説家による読者への商取引が成立している以上、ここには一般社会の商取引上のルールが生きているからである。

ところで、村上において特徴的なのは、二度とも、そのテクストSからテクストTへの「建て増し」が、当初からの作者の意図に立つものではなかったと思われるにもかかわらず、村上が、このような商取引上のルール違反に対して、少なくとも日本国内では、何らの「釈明」も行わないできている、またそれを必要としないと考えているらしいことである。

しかし、それは日本国内から、これまでこの釈明なしのルール違反に対して異議申し立ての声がどこからもあがっていないことと、相即的な対応というべきかもしれない。これはおかしいではないか、という声が上がれば、村上は、釈明したかもしれない。しかし、いずれにしても、このことは、日本における作品発表のもつ読者との契約のモメントの強さが、村上の作品のばあい、それに続く「世界に対する発表」を意味する翻訳の刊行によって、やや弱められていることを、語るものである。村上についても、村上のカウンターパートである日本社会についても、そのことがいえる。ここに軽微なルール違反があり、そのことに反応しない村上に、日本での作品発表の意味あいに対する軽微な軽視があるのではないか、と私たちが推測するのは、この村上の〝非文学的な〟「ルール違反」への感度の鈍さのためにほかならない。[*17]

いずれにしても、『ねじまき鳥クロニクル』の執筆において、こうしたルール違反を冒してまで、彼が一度発表した作品の「建て増し」をあえて試みたのは、発表されたテクストSへの彼の考えが、その後、変わったからと考えられる。では、そこに起こっているのは、どのような「考え直し」なのか。そこから見えてくるのは、次のような「転換点」の存在である。

6　「転換点」と「建て増し」の関係

村上は、一九九五年、河合隼雄との対話で、『ねじまき鳥クロニクル』が自分にとって

「転換点」になったと述べ、[*18]その意味を、次のように語っている。それまで、自分の作品には、大きく⑴「アフォリズム」と「デタッチメント」の段階（『風の歌を聴け』、『1973年のピンボール』）、⑵それからこれを「物語に置き換えてい」く段階（『羊をめぐる冒険』以降）、⑶そしてそれがさらに、「コミットメント」へと踏み込む段階（『ねじまき鳥クロニクル』）があった。そこで一つの転換点をなしているのが、⑵から⑶への転機となった『ねじまき鳥クロニクル』である。そしてその意味は、一つの踏み込み、ということにある（『村上春樹、河合隼雄に会いにいく』文庫版、以下同　八〇〜八四頁）。

これまでのぼくの小説は、何かを求めるけれども、最後に求めるものが消えてしまうという一種の聖杯伝説という形をとることが多かったのです。ところが、『ねじまき鳥クロニクル』では（「失う」・「探す」ではなく――引用者）「取り戻す」ということが、すごく大事なことになっていくのですね。これはぼく自身にとって変化だと思うんです。（前掲『村上春樹、河合隼雄に会いにいく』、九〇頁）

補足すれば、こうなるだろう。

まず、「ねじまき鳥と火曜日の女たち」から『ねじまき鳥クロニクル』テクストSへの離陸がある。「ねじまき鳥と火曜日の女たち」は、『ねじまき鳥クロニクル』の冒頭同様、飼い猫が失踪したことをきっかけに持ち上がる、三〇歳になる半分失意のなかでハウスハズバンドをしている「僕」と、キャリアを積んでいる「妻」の一時的ないさかい、心のすれ違いを描いた短編である。ちなみに「ねじまき鳥」はこの短編にはじめて登場する。話の中身は、先に紹介した通り、ある火曜日の午前、スパゲッティをゆでている主人公の「僕」のところに謎の女から奇怪な電話がかかってくる。その後の顛末をめぐって物語が進む。作品世界の秩序の話からいうと、まず、この短編があり、次に、原『ねじまき鳥クロニクル』(S)があり、最後にそれが現『ねじまき鳥クロニクル』(T)へと展開する。その展開の手がかりとなるのは、ドイツ文学者、西川智之がその「ねじまき鳥クロニクル論」(二〇〇〇年)で指摘している、短編、テクストS、テクストTの三段階からなる執筆過程中に共通して現れる、「死角」という言葉の意味変化の態様である。

この電話で、冒頭、謎の女が主人公に、あなたには「死角」がある、と指摘する。それを受けて、主人公が、自分の「死角」とは何だろう、と考える、そして最後、彼はその「死角」が何であったかに気づくのだが、そこで、この「死角」の意味を手がかりに作品秩序の展開を追うと、以下のことがわかる。

まず、「ねじまき鳥と火曜日の女たち」で、女はこう言う。「あなたの頭の中のどこかに致命的な死角があるとは思わないの?」(『パン屋再襲撃』所収 一七二頁)。それが『ねじまき鳥クロニクル』のテクストSでは、「あなたの記憶にはきっと何か死角のようなものがあるのよ」に変わる（第二部、二三六頁）。しかし、意味は変わらない。つまり、ここで女は、主人公に対し、何かにまったく気づかないでいる、ということはないのか、と尋ねている。

これに対し、「ねじまき鳥と火曜日の女たち」の「僕」は、こう思う。

死角、と僕は思った。たしかにこの女の言うとおりかもしれない。僕の頭の、体の、そして存在そのもののどこかには失われた地底世界のようなものがあって、それが僕の生き方を微妙に狂わせているのかもしれない。（一七二〜一七三頁）

しかし、その「死角」が、『ねじまき鳥クロニクル』のテクストSでは、このように「僕」（岡田亨）に思い出される。物語の終わり、区営プールに身体を浮かべていると、岡田亨はこう思う。

あなたの中には何か致命的な死角があるのよ、と彼女は言った。
そう、僕には何か致命的な死角がある。
僕は何かを見逃している。
彼女は僕がよく知っているはずの誰かなのだ。

それから何かがさっと裏返るみたいに、僕はすべてを理解する。何もかもが一瞬のうちに白日のもとにさらけ出される。（中略）間違いない。あの女はクミコだったのだ。どうしてこれまでそれに気がつかなかったのだろう。（第二部、三五二頁、傍点原文）

つまり、「ねじまき鳥と火曜日の女たち」では、「死角」は主人公の内面世界のことを意味し、「地底世界」と形容される。しかし『ねじまき鳥クロニクル』のテクストSになると、それは、妻との関係世界のことを指す。「死角」がもはや「地底」ではなく、主人公にとって自分と妻との関係世界、すなわち「地上」のことに変わっているのである。

その変化はじつは書き手と主人公の関係の変化に対応している。「ねじまき鳥と火曜日の女たち」で、書き手は「僕」にも「妻」にも等間隔で距離を保っている。つまり離隔（デタッチメント）の関係を維持している。たとえば、「僕」は妻について「彼女はまるで置き去りにされた荷物のように見えた。僕は彼女がひどく気の毒に思えた」（二〇〇頁）という感想をもつ。しかし自分についても思う、「いったい俺は三十にもなってこんなところで何をやっているんだ？　洗濯をして、夕食の献立を考えて、そして猫探しだ」（一六六頁）、「かつては――と僕は思った――僕も希望に燃えたまともな人間だった。高校時代にはクラレンス・ダロウの伝記を読んで弁護士になろうと志した」、「それがどこかで狂ってしまったのだ」と（一六六頁、傍点原文）。

つまり、書き手は、妻にと同様、「僕」にも同質のデタッチメントの関係をもって接するのだが、『ねじまき鳥クロニクル』のテクストSになるとそれが変わる。書き手は「僕」（岡田亨）にコミットしており（つまり両者はほぼ等号に近い関係に置かれ）、ここでその「僕」は妻に失踪される当事者であり、他方、妻クミコは「置き去りにされた荷物」として存在しているのだが、「僕」はそのことに気づいていない。つまり、「死角」が主人公亨の認識における自分の内面世界のことから妻クミコとの関係世界でのことに変わるのは、その「僕」の当事者性と「妻」の他者性の浮上の指標なのである。

いまや、あるべき場所ではないところに「置き去りにされた」場違いな「荷物」であるのは、僕と妻の二人ではなく、「僕」から拒まれたクミコである。クミコはこう感じ、一人で苦しんでいるのだが、亨は、それに気づかない。「死角」とはそのことだ。そのため、その後、覚醒は、なぜお前はそのようなクミコの苦しみに気づかなかったのだ、そして彼女をしっかりと理解しようとはしなかったのだ、という「自問」――自責の問い――となって、最後、「僕」に降ってくる。そして、その啓示、自己覚醒が、『ねじまき鳥クロニクル』のテクストSの終わりを構成するのである。

しかし、この展開を、先ほどの村上の言葉に重ねれば、これは失踪した妻に対し、その失踪の原因が何であったかが発見された、ということを意味するにすぎない。これは、ハードボイルド小説の定型にいうシーク&ファインド（seek & find）の物語、いわば私立探偵による失踪者の発見の境位に該当するが、しかし、いまや主人公は、探偵（=傍観者、非当事者）ではなく、妻に去られた夫、つまり当事者である。当事者たる彼は、その先に進まなければならない。これまでは探偵による依頼と代行、すなわち「失われた」聖杯の発見にとどまっていたが、これからは、その「失われた」ものを、見つけだすだけではなく、「取り戻」さなければならないのである。

村上が自分にとっての「転換点」と呼んでいるものが、この――発見から取り戻しへの――「思い直し」と、ルール違反をあえて冒してまでの『ねじまき鳥クロニクル』の「建て増し」の決心を指していることが、このことから明らかとなる。

主人公は、妻が去っていったのは、自分が妻に心を開かなかったからなのだ、ということに気づく。その自己発見は、主人公にとって自分の地軸を揺るがすほどの自己覚醒をもたらす。そこで、作者は、ここで小説は終わってよいと一時は考え、この自己覚醒にいたる物語をテクストSとして発表する。物語としてこれを見ればほかにさまざまな謎が放置されたままであることは先刻承知のうえ、自分がこの小説を書いた意味はここにあったという自己発見がもたらす納得が、彼にここで擱筆させているのである。しかし、やがて彼は飽きたらなくなる。発見だけでは足りない。当事者たる主人公は妻を「取り戻」さなければならない。そう考え、作者は、この先を書きつぐことにする。そしてその踏み込みが、物語の自己展開に身を任せるという物語への没入ともいうべき、一歩深化された物語へのコミットメントという書法を作者たる村上にもたらす。それが、村上が述べている「転換点」ということの意味なのである。

つまり、翻訳テクストtだけを見るかぎり、村上の転換点がどこにあり、何がその契機だったのかが見えなくなってしまう。「建て増し」というモメントを消すと、村上のいう「転換点」の意味もそれを理解する手がかりも失われてしまうのである。

ところで、これを、プライヴェートな自己覚醒、自己発見にいたる「小さな」物語が、テクストSを作る一方、さらにそこから生じるパブリックな他者へのコミットをともなう「大きな」物語への意欲が、今度は、村上における当初は意図せざるテクストTへの「建て増し」を生じさせている、と整理してみよう。

すると、これと同じことが、『1Q84』においても反復されていることがわかる。

7　『1Q84』と「稚拙な物語」

『1Q84』のテクストSは、次のような話である。

『1Q84』では、『世界の終りとハードボイルド・ワンダーランド』、『海辺のカフカ』と同じく、奇数章が青豆の話、偶数章が天吾の話として、二つの視点を並行・交錯させせつつ、物語が進む。まず、もと護身術インストラクターの女主人公青豆が、日本では名高いエンターテインメントのTV時代劇番組の「必殺始末人」よろしく、世のきわめて悪質なDV男性（ドメスティック・バイオレンス＝家庭内暴力、女性虐待の行使者・嗜虐者）――「ネズミ野郎」――たちを鍼灸術的秘儀で殺人の痕跡もなしに抹殺していく。その「ハードボイルド調」の冒険譚の一方で、予備校数学教師で小説家志望の青年天吾が、ふかえりという不思議な少女の書いた新人賞応募作「空気さなぎ」のリライトを編集者に頼まれて引き受け、これをきっかけに面倒な新宗教がらみのトラブルにまきこまれていく。その結果、それぞれ「さきがけ」と呼ばれる教団組織、また「リトル・ピープル」と呼ばれるご神体集団に追われる身となる。[*19]

ところで、じつはこの二人は、一〇歳のころ、小学校の同級生として、ひょんなことから、互いに相手に惹かれあうという前史をもっていた。秋のある日、教室で、天吾は理科の実験でいじわるをされた青豆を助ける。すると、冬になったころ、ある午後、青豆が近づいてきて、何もいわず、ごく短い時間、手を握り、それから「さっと手を放し」走って去る。それは、ともに必ずしも幸福とはいえない幼少期をすごした二人のあいだに生じた、ただ一度の心のふれあいであった。それが二人の心のなかにとどまり、二人を永遠に結びつける。こうして、心躍る冒険譚に、互いに相手を探し合う文字通り「通俗的」な恋愛譚が重なり、このダイナミックな「エンターテインメント」仕立ての小説世界が展開していく。

一方、このテクストSの物語としての秩序構造は、一方に正義の体現者をもって任ずる柳屋敷の「老婦人」を配し、他方に幼女陵辱を含む性的秘儀を中心とする非人間的な教団の「リーダー」を悪の権化として配する、善悪二元論の世界として展開する。そこでの世界像は、きわめて単純かつ明快である。この小説の物語は、それに、日本でいえば一九五〇年代に一世を風靡した『君の名は』という代表的通俗メロドラマを思わせる、純愛に結ばれた二人の青年男女（ヒロインと男子主人公）による、やはり二元論的な「すれちがい」の恋愛譚が重なる構成となっている。この縦軸、横軸をなす堅固な「通俗的二元論」ともいうべきものが、『1Q84』におけるテクストSの物語の秩序構造の特徴である。[*20]

したがって、この特異な作品世界の秩序構造を考える手がかりは、村上が、このたびは、なぜ、意図して、このような「通俗性」と「紋切り型」に手を染めているかということにある。構造こそ通俗的ではあるものの、それをささえる文体、人物造型、物語の細部の展開においては、これまでの村上の作品に一歩もひけを取らない。テクストSは、いわば作者のコミットメントの結果もたらされ、周到に準備され、意図された「エンターテインメント」作品なのである。

そして、ここでも、その問いを考えるうえで参考になるのは、河合隼雄との対話その他における村上の発言である。結論から先にいえば、彼に「通俗的な善悪二元論」の世界を選び取らせているのは、先の一九九四年から九五年にかけての小説執筆上の態度の「転換」がもたらした、一歩踏み込んだ「物語」へのコミットメントにほかならない。この転換は、一九九五年一月〜三月の阪神淡路大震災とオウム真理教の事件に際会すると、彼の中に一種の化学反応を生じさせ、村上を大きく社会への態度変更（コミットメント）へと踏み出させる。

オウム真理教の事件とは、一九八〇年代なかば以降、空中浮遊などを売り物にするカリスマ的教祖の影響力を背景に拡大した日本の一新宗教集団が起こしたテロ事件である。彼らは一九九五年三月、政府機能を麻痺させるべく官庁の集まる霞が関周辺の都心の地下鉄駅構内に猛毒のサリンガスをばらまき、社会を震撼させた。この事件の特徴は、この新興の宗教集団が、高学歴のエリート層の若者、三〇代までの青年層をまきこんだことである。村上は、この事件に甚大な衝撃を受け、『アンダーグラウンド』など二つの聞き書き集を世に問う。[*21] そして村上によれば、『1Q84』は、これらを受け、事件から一四年後、このオウム真理教の事件による衝撃と全面的に向きあう作品として、企てられる。[*22]

なぜ「通俗的二元論」なのか。この教祖が宗教活動を通じて作りだしたのは、荒唐無稽である意味稚拙きわまりない物語であった。このような荒唐無稽な教祖の用意した物語に、多くの若い人々が引きこまれていったのはなぜなのか。また文学はこれにどう対抗できるのか。そういう問いを立て（「目じるしのない悪夢」『アンダーグラウンド』七〇四頁）、村上は、その後、河合隼雄との対談の注記と合わせ、次のように書いている。

> 僕はこの事件に関して、やはり「稚拙なものの力」というものをひしひしと感じないわけにはいかないのです。乱暴な言い方をすれば、それは「青春」とか「純愛」とか「正義」といったものごとがかつて機能したのと同じレベルで、人々に機能したのではあるまいか。だからこそそれは人の心をひきつけたのではあるまいか。だとしたら「これは稚拙だ無意味だ」というふうに簡単に切って落としてしまうことはできないのではないかと思うようになりました。（『村上春樹、河合隼雄に会いにいく』文庫版注記、八六～八七頁）

この宗教集団の提示した物語は、稚拙きわまりない。しかしこれに対抗するには、物語を「浄化」するだけでは足りないのではないか。というのも、あの教祖の物語は、むしろ「稚拙」であったからこそ、力をもったのだったかもしれないからである。つまり、「『青春』とか『純愛』とか『正義』といったものごと」は、いまは時代遅れの、がさつなものとしてしか見られない。けれども、その洗練の間隙をついて、稚拙なものが、その稚拙さゆえに、「かつて機能したのと同じレベルで」切実に、人々の心に働きかける、というようなことが、現在、起こっているのではないか――。

こうして、女殺し屋が老婦人の指示のもと、世の下劣なDVの「ネズミ野郎」どもをひそかに「あちらの世界に移す」とともに、一〇歳以来の恋人との純愛を貫くという「正義」と「愛」をめぐる荒唐無稽で「稚拙な物語」を枠組みにした『1Q84』が書かれる。そしてそれがこの小説のテクストSを構成するのだが、なぜ、この作品がその後、再び「建て増し」されることになるか。その問いを考えると、私たちはここに、『ねじまき鳥クロニクル』におけると同じ事情の働いていることに気づく。すなわち、「小さな物語」と「大きな物語」の並行、そしてプライヴェートな物語のなかでの自己発見の劇がいったんテクストSを作るものの、そこから生じるより「大きな」物語への意欲が、今度は、村上における当初は意図せざるテクストTへの「建て増し」を生じさせるという、『ねじまき鳥クロニクル』に見られたと同じ動態が、ここにも反復されていることが、確認されるのである。

8 『1Q84』におけるShortとTall

『1Q84』はエピグラフに「ここは見世物の世界／何から何までつくりもの／でも私を信じてくれたなら／すべてが本物になる」という"It's Only a Paper Moon"の歌詞の一部を掲げている。

『1Q84』のテクストSは、二つの冒険譚・恋愛譚が、それぞれに頂点まで登りつめるところで終わるが、それは、そうであるとともに、前半四分の三の「何から何までつくりもの」の「見世物の世界」が、BOOK2の真ん中に位置する「九月の大雨の夜」のできごとを語る第13章を境に、一転、「本物の世界」へと変容する、その世界変容と同時に進行するドラマでもある。

まず、青豆の「正義」の物語がある。そこでは、一方の極に立つ「老婦人」が青豆にいう。この世にきわめて悪質なDV（ドメスティック・バイオレンス）の常習者がいるとして、「すべての要素を拾い上げて公正に厳密に検討し、この男には慈悲をかけるだけの余地がないという結論に達したときにだけ」、自分は「行動を起こ」す。「私たちはそれぞれに大切な人を理不尽なかたちで失い、深く傷ついてい」る。その傷はけっして癒えない。しかしいつまでも坐して傷口を眺めているわけにはいかない。「立ち上がって」行動に移る必要がある。それは「個別の復讐のためではなく、より広汎な正義のため」である。

青豆は、この言明をまえに、「この人は間違いなくある種の狂気の中にいる」と思う。しかし、このとき彼女はすでに親友・大塚環をDVで失っている。もはや自分に失うものは何もない、と考え、彼女はこの老婦人の呼びかけに応じる。「老婦人」の指示により、彼女はBOOK2のなかば、第13章の「九月の大雨の夜」、首尾よく宗教組織の「リーダー」の殺害に成功する。[*23]

しかし、そこに現れる「リーダー」は苦しみを背負った圧倒的な存在感で彼女を戦慄させる。彼は青豆が自分を殺しに来ることを予見していた。そのうえで、死は自分を苦しみから解放するできごとであるといい、青豆が望むなら、自分は進んで殺害されようという。青豆は、この人物を自分は悪の権化と信じて、暗殺するためにここに来た。しかし、その自分の考えが、正しいのかどうか、いまはわからない、と感じる。

その彼女が「リーダー」を殺すのは、だから、いまは、「何も失うものはない」からではない。また、老婦人の「正義」に加担してのことでもない。「リーダー」の話を聞き、青豆は、「リーダー」を殺すことが自分の破滅となる一方、天吾を助けることにつながると知る。彼女は、「リーダー」にそうするように促され、リーダーを殺す。

これまでは、「失うもののないこと」が彼女を「殺人」（と「正義」）の道に引き入れたのだが、いまは「愛」が、そして「失うもののあること」が彼女を「殺人」の行為へと踏み出させる。そして、新宗教集団に追われ、最後、もはや行き場がないとわかり、首都高速三号線の路上で、彼女は、銃口を口にくわえ、引き金に指をあてる。彼女は自殺しようとする。

しかし、この物語には、もう一つ天吾の物語が進行していて、その物語には、上記の「正義」と「愛」にまつわるプロットのほか、天吾と父のより「小さな」私的（プライヴェート）な物語が並行している。天吾と父のあいだには母の失踪にまつわる不信が幼少時から存在している。そしてその父がアルツハイマー病を患い、病気で死のうとしている。ところで、このより私的なプロットラインにおいて、最後、天吾は、これまで誰にも、自分にさえ、口に出していわなかった自分の秘密を告白する。その告白の内密性は、語られる父が瀕死の床にあって、もはや意識不明になっていることで示されるが、それは、これまで自分は、本当に誰かを好きになったことはなかった、誰かに100パーセント、心を開いたことはなかった、したがって、誰かをほんとうに理解しようとしたことはなかった（しかし、本当に愛する人にやっと出会えそうだ）、という告白にほかならない。[*24]

この告白は、『ねじまき鳥クロニクル』のテクストSの最後の場面の自己発見の内容に重なる。そして先にこれが、自己覚醒の啓示の場面を構成したように、このたびは、この意識不明の父への自分の秘密の告白こそが、テクストSにおいて青豆の自殺と見合うもう一つの終わり、天吾の父との広い意味での和解を構成することになる。『1Q84』においても、プライヴェートな「小さな」物語が、テクストSに終点をもたらしているのである。

ところで、ここに起こっていることが、『ねじまき鳥クロニクル』のばあいと同様、テクストSから新たに生まれてくるもう一つの課題が、再びルール違反を冒しても、作者に「建て増し」を行うことを促すという事態であるとするならば、それがどのような促しであるかは、作品の展開から、明らかだろう。

すなわち、先の「荒唐無稽で稚拙な見世物まがいの世界」のなかで、青豆は、何度かの殺人を行っている。「見世物まがいの世界」にあって、それは、クールで、痛快ですらある冒険譚の一コマにすぎなかった。しかし、この小説の先述のエピグラフにあるように、もし、そこに「失うもの」が生まれれば、つまり「もし愛があれば」、「君が私を信じる」ということが起これば、この見世物まがいの「エンターテインメント小説」の世界に重力が戻ってくる。すべてが、とたんに、混沌として、何が善で何が悪かが判然としない「本物」——「現実」——の世界に変わる。そして、この小説は、この変転をこそ描く。先にあげたBOOK2の中央の「九月の大雨の夜」を境に、『1Q84』の小説世界の秩序は、あの「通俗的な善悪二元論」の世界から混沌としたリアルで「本物」の世界に変わる。以後、老婦人は急に色あせ、その「正義」は「悲哀」の色を浮かべて後景に退く。したがって、「九月の大雨の夜」のあと、リーダーに震撼され、リーダーの子か天吾の子かわからないかたちで、新しい生命を宿し、いまや老婦人の「正義」の物語から放逐された青豆は、支えるもののないまま、天吾を探し、彼と、自分のなかの「小さなもの」と、三人で新しい生を生きる航海へと船出することとなる。

すなわち、ここには、一度「正義」の名のもとに殺人を犯したものが、その後、その「正義」のイデオロギーから解き放たれたあと、新たに生き直すことは可能か、可能であれば、それはどのようにしてか、というある意味ではきわめてアクチュアルな、現在、

——世界の各地で起こっているテロリズムの連鎖の問題と地続きの——オウム真理教による都市テロ事件以後の課題が顔を見せているのである。

9　「小さな」物語と「大きな」物語

こう見てくれば、『ねじまき鳥クロニクル』における「建て増し」と『1Q84』における「建て増し」とが、ほぼ同じ動態と過程を反復して起こっていることが納得されるだろう。村上は、主人公のプライヴェートな「小さな」物語が、ある自己発見、覚醒、あるいは妻あるいは父との和解にいたる場面で、テクストSを終了する。しかし、そこから新たに生まれたより他者に関わる、いわばパブリックな、より「大きな」物語の要請に促されると、ルールを違反してまで、新たな物語テクストTの「建て増し」に向かおうとするのである。

これが、村上において「建て増し」が生じる動因にほかならない。『ねじまき鳥クロニクル』でテクストSの終点は、自分が妻に心を開かず、妻を理解しようとしてこなかったことの自己覚醒と妻との和解の端緒によって構成され、『1Q84』でそれは、天吾への無償の愛を貫く青豆の自殺と、これまで人を無条件に愛せないできたという天吾の父への自己告白ならびに父との和解の端緒によって構成される。そしてそこから生まれてきたテクストTの課題は、『ねじまき鳥クロニクル』では失われた妻の「取り戻し」、『1Q84』では「正義」のイデオロギーから自由になったあとの殺人者（テロリスト）青豆の「生き直し（再生）」という課題として現れることとなる。

このことは、村上において、この「小さな物語」と「大きな物語」の分岐の有無が、彼の長編小説の成否を、ある時期——物語へのコミットメントがはじまる村上いうところの第三期——以後、かなりの比重で、決定するようになっていることを語っている。ここでは検討しないが、私たちの観点からは、冒頭にふれたごとく、一九九四〜九五年の『ねじまき鳥クロニクル』以降のフル・レインジの長編小説、二〇〇二年の『海辺のカフカ』、二〇〇九〜一〇年の『1Q84』、二〇一七年の『騎士団長殺し』と続く四作中、この二つの要素が融合している希有の例である『海辺のカフカ』においては、「建て増し」は起こっていない。[*25]しかし、そこに分岐の生じた『ねじまき鳥クロニクル』と『1Q84』においては、それが起こっており、『騎士団長殺し』においては、それが起こってはいるものの程度が激しくなかったため、未了感を残しながらも、「建て増し」は最終的に、行われなかったと考えられる。[*26]

また、その「建て増し」による「大きな物語」の展開は、『ねじまき鳥クロニクル』においては成功しているものの、『1Q84』においては、成功していない。その理由は、私たちの作業仮説にそっていえば、こうなるだろう。村上は、テクストSを書き上げたあと、「建て増し」の促しを作品から受けるのだが、それが求めている課題を『1Q84』ではしっかりと受けとめ損ねている。そのため、『1Q84』のBOOK3は、それまで書かれたテクストSに対してメタレベルに立つ第三の視点人物牛河を導入したことにより、主人公青豆の自立と愛への自覚の物語となる一方、「建て増し」を彼に要請したより強力な新たな課題を、BOOK3の最後まで、〝積み残す〟結果となった。その課題とはこうである。青豆は先に「見世物世界」のなかで殺人を犯した。しかし、その見世物世界は、リアルで混沌とした本当の世界に変わった。では、その「本当」の世界で、殺人者青豆はどのように自分のなかで生まれようとしている子供と天吾と三人で、「再生」できるか。テクストSから生まれたこの問いは、BOOK3の終わりにいたってなお答えられずに残っている。しかしその問いこそが、彼をBOOK3の「建て増し」に駆り立てていた。そのことに、おそらく、村上はBOOK3を書くことで、その最後に、気づくことになったのだと思われる。そのことを示すため、つまりこの先に大きな課題が残されていることを読者に示すため、テクストTの最後、主人公二人が戻る世界は、またしても現実ではない――エッソの広告看板で「虎の姿は反転している」――1X84年の異世界とされなければならなかったのではないか。この論からやってくるのはこのような仮説的な一時的回答である。[*27]

ところで、青豆が天吾とともに天吾の子供かどうかわからない赤ん坊と新しい生活をはじめるという、この答えられなかった課題の最終形の設定が、『騎士団長殺し』の最後に主人公の新家庭として再現されている。小説家志望の天吾ならぬ肖像専門画家の主人公「私」が、〝青豆〟ならぬ妻の〝ゆず〟と、『1Q84』のばあいと同様、自分の子供の可能性がなくはないものの現実的にそう考えることの困難な妻の子供とともに生きる、それが『騎士団長殺し』の最後の場面に示される、新しい主人公の設定なのである。[*28]

このことは、村上が前作の課題の「積み残し」（未了性）に十分に意識的だったことを語る。まだ火は消えていない。そういうメッセージとなっている。

注

＊1　この作品（『騎士団長殺し』）でも、最後、主人公はテレビの画面に白いフォレスターの男を見かける。そのような形で書き手は明らかにこの作品に意図的に「未了感」を付与している。また、芸術家志向をもっていた主人公が、それを捨て去ると見えるこ

と、村上の作品の主人公がはじめて子どもをもつこと、さらに不倫を冒した妻を主人公が再び受け入れること、などこれまでにない突破口をいくつも作りながら、そのいずれをもこの作品が十分に展開せずに終わっていることからも、この作品が「建て増し」される可能性は少なくなかったというのが、刊行直後に書いた書評（参考文献G）に記し、現在も変わらぬ私の考えである。もし、第三部が書かれたら、この作品は夏目漱石における『門』のような佇まいを見せたのではないかと私は考えている。

＊2　二〇〇九年一一月、第六三回毎日出版文化賞の文学・芸術部門で『1Q84』のBOOK1、BOOK2が受賞した際、選評はこの作品は「実は未完成ではないか」という声があがったことを伝えている（林真理子「交響楽のような壮大さ」、「毎日新聞」二〇〇九年一一月三日）。また村上は受賞の言葉に、自分は「現在」「『BOOK3』を書き進めているところ」だと記している。「来年になって本が出て、『やれやれ、もう一年待てばよかった。そうすれば賞なんかやらなくてすんだのに』と皆さんに言われないように、精いっぱい頑張りたいと思います」（「物語の光を信じて」、同二〇〇九年一一月二六日）。出版文化上の奇観ともいうべきか。

＊3　村上の発言はこうである。「『ねじまき鳥クロニクル』の1、2が先に出て、それから3が出たということは、いまとなってはもう問題ではなく、新しい読者は1、2、3を一つの本として自然に読んでいる」（「村上春樹ロングインタビュー」（聞き手・松家

仁之）『考える人』二〇一〇年夏号、七二頁）

＊4 『ねじまき鳥クロニクル』のばあい、もっとも早い中国語（繁体語）訳も、日本でのテクストTの成立後に刊行されており（一九九五年九月）、「建て増し」自体は不可視。しかし、『1Q84』では、英訳こそBOOK3の刊行後、テクストTが複数巻ないし一巻本のかたちで翻訳されたものの、ほかの多くの言語ではテクストSの段階で、それが二巻本ないし一巻本で翻訳され、後、BOOK3が刊行されている。しかし、中国語、韓国語訳などを除くと、ほとんどのテクストSの翻訳がやはり日本語でのテクストTの成立（二〇一〇年四月）以降に行われ、「建て増し」の動態は不可視のままである。なお、『1Q84』の翻訳がもつ問題については、アンナ・ジェリンスカ＝エリオット、メッテ・ホルムというポーランド語、デンマーク語の村上作品翻訳家の協同による論考、"Two Moons Over Europe: Translating Haruki Murakami's *1Q84*" が多くの論点を網羅的に取りあげ、掘り下げて検討している。

＊5 デイヴィッド・ダムロッシュは大要、「世界文学」の定義として「世界とテクストと読者」に焦点をあて、自分の論点を、以下の三点に要約している。一、世界文学とは、一国の文学を発信側（ソース）と受信側（ターゲット）という二つの焦点をもつ楕円に屈折させたものである。二、世界文学とは、翻訳を通じて、意味を減じるのではなく、意味を豊かにしていく作品の考え方である。三、世界文学とは、テクストとしての

正典（canon）に基づくのではなく、読みのモードの動態のうちにテクストとしての正典（canon）を置き直そうとする運動である（『世界文学とは何か？』）。

＊6　この種のテクスト論批評理論を批判的に乗り越える試みについては、拙著『テクストから遠く離れて』（講談社、二〇〇四年）、拙論「『理論』と『授業』——文学理論と『可能的空間 potential space』」（『世界をわからないものに育てること』岩波書店、二〇一六年）を参照のこと。そこで、私は、テクスト論批評理論が「作者の死」を謳い、作品批評における作者の権利を認めていない現状に対し、ヴォルフガング・イーザー、ダニエル・ウィニコットの考察を援用して、読者とテクストの間に生まれる間主観的存在としての「作者の像」（potential author）という概念を導入して新しい理論的展開を提案している。

＊7　村上は、『ねじまき鳥クロニクル』については、本来は「第一部、第二部で『ねじまき鳥クロニクル』という話は終わるはずだった」（「メイキング・オブ・『ねじまき鳥クロニクル』」『新潮』一九九五年一一月号、二七五頁）、しかし「1と2が出版されてしばらくしてから3を書きたくなった」と述べている（「村上春樹ロングインタビュー」＊3前掲、四〇頁）。また『1Q84』についても「BOOK1、BOOK2を書き終え」た「ときは本当にこれでおしまいのつもり」だったが、その「出版の前にはもう（3を）書きたい気持ちになっていた」（「村上春樹ロングインタビュー」同前、三七、四〇頁）と

述べている。第二部の深淵が口をあけているのである。

＊8　＊2を参照。それぞれテクストSの発表後、膨大な論評が現れているが、特に『1Q84』については、テクストSについては『村上春樹『1Q84』をどう読むか』（河出書房新社、二〇〇九年）、テクストTについては『村上春樹表象の圏域『1Q84』とその周辺』（森話社、二〇一四年）など、それぞれ複数の単行の論評本・研究書が刊行されている。

＊9　村上は、『ねじまき鳥クロニクル』第三部刊行直後のインタビューで、「僕は第一部と第二部というのはひとつの独立した作品であって、一と二と三をつなぎ合わせたものもまたべつの独立した作品だと考えてもいいんじゃないかと思ってます」と述べている。しかし続けて「でもそういうのも、しかるべき時間が経過すれば、結局はどうでもいいようなことになっちゃうんだろうと思いますが」とも述べており、軽い言明の印象はぬぐいがたい（「メイキング・オブ・『ねじまき鳥クロニクル』」＊7前掲、二七七頁）。＊7の発言と合わせ、自らの二度まで繰り返された変則的な執筆動態がもつ意味への関心はきわめて低い。

＊10　ただし、村上の翻訳者ジェイ・ルービンは、ここにいう「建て増し」の問題を、村上作品には「定本がない」という問題の枠組みでとらえ、これとは別なふうに考えている。彼によれば、この「建て増し」には問題がない。「村上はすべての作品について、

いったん活字になったずっとあとでも推敲する権利を確保している」からである。彼は、画家のウィレム・デ・クーニングが「ときどき自作を追って画廊に出かけ、壁にかかっている作品に手を入れた」という挿話を自説サポートの例にあげている（ジェイ・ルービン「付録1　翻訳とグローバリゼーション」『ハルキ・ムラカミと言葉の音楽』四〇八～四〇九頁）。しかし、いったん完成作と銘打って本を刊行し、無断でそれを更新する行為を繰り返すことを、この画家のささやかな〝推敲行為〟と同一視することは難しい。

＊11　たとえば、『1Q84』のBOOK1で青豆は「老婦人」に会う前にすでに殺人を自発的に犯している。そしてこれは個人的な恨みをはらすための殺人であり、「正義」のための殺人ではない。したがって、BOOK3以降、青豆が「老婦人」の「正義」イデオロギーから離反し、生き直すことをめざそうとしても、彼女はそれとは別に、自分の最初の殺人と向きあわなければならない。そのため、作者がこのような新しいテーマとぶつかったばあい、「建て増し」（既発表分には手をつけられない加筆）におけるこのテクストS（既築分）の〝不可塑性〟が、BOOK3の展開を困難にさせるだろうことが容易に想像できる。もし、この時点で、BOOK1に遡っての書き直し（改築）が可能だったなら、作者は当然、この最初の殺人を「書き直し」（改稿）したことだろう。たとえば、（殺害ではなく）相手を回復不可能なほどに痛めつけた、というように。そしてそ

うであれば、BOOK3の展開は、はるかにたやすかっただろう。
＊12 台湾・淡江大学での第五回村上春樹国際シンポジウムのパネルディスカッション「村上春樹各国言語翻訳における『秩序』」（二〇一六年五月二九日）でのポーランド語訳者アンナ・ジェリンスカ＝エリオットの発言。彼女は翻訳言語における英語の「覇権（hegemony）」に関する発言のなかで、複数のケースでこのような事実の生じたことを報告している。
＊13 この問題については、二〇〇〇年の村上の『国境の南、太陽の西』のドイツでの翻訳論争について述べるイルメラ・日地谷＝キルシュネライト「村上春樹をめぐる冒険」（『世界』二〇〇一年一月号）が基本的な多くの論点を提出している。これにふれたアンナ・ジェリンスカ＝エリオット、メッテ・ホルム＊4論文、ルービン＊10論文とともに、村上における翻訳の問題を考えるうえに参考になる。
＊14 この翻訳上のテクスト改変が、村上による『ねじまき鳥クロニクル』第三部の「建て増し」作業と並行していたことをジェイ・ルービンが証言している。「あれは当時、出版社（クノップフ社）から『この長さでは出版できない』と言われてしまったので、村上さんと相談して私がカットしました。よく問題にされるのは、第2部のラスト、区営プールでフランク・シナトラの唄が幻聴として聞こえる箇所から先がごっそり落ちていることですが、カットを決めた当時、まだ第3部は出版されていなかったので

す。なので、結末がやや説明的で、もっと含みを持たせてもいいのではないかと思った」（ジェイ・ルービン、『村上春樹と私』〜ジェイ・ルービン講演会@6次元、二〇一六年一一月一五日、https://ch.nicovideo.jp/t_hotta/blomaga/ar1139285）。付言すれば、ルービンが削除した主人公が加納クレタに日本脱出を誘われて逡巡する第二部末尾の「盛り上がり」の部分は、大江健三郎の『個人的な体験』の末尾と酷似している。その意味で、編集作業としてこの削除は有効だった。『ねじまき鳥クロニクル』の翻訳時改変のより本質的な問題については、前掲＊4アンナ・ジェリンスカ゠エリオット、メッテ・ホルム論文、七〜八頁に踏み込んだ言及がある。

＊15　たとえば、この主人公が区営プールで自分の「死角」に気づく第二部最後の場面がなくなったため、加納マルタ、本田老人らの「水」に気をつけよ、という予言的警告が伏線の意味を失うことになった。そのため、本論第6章の「死角」をめぐる考察は、『ねじまき鳥クロニクル』の翻訳テクスト（t）を基礎文献にするだけでは、追認できないものとなっている。

＊16　村上は、BOOK3刊行後も、二〇一〇年夏の時点で、「『1Q84』のBOOK4なりBOOK0なりがあるかどうかは、いまは僕にも何とも言えない」と述べ、さらなる「建て増し」のありうることに含みをもたせていた。（「村上春樹ロングインタビュー」＊3前掲、五六頁）

＊17　村上の軽視について、こう考えてみよう。たとえば、国際的な出版市場において、村上がこのようなルール違反を冒したばあい、何らかの意味でも「釈明」が行われないということがあるだろうか。またこのことへの批判が現れないということがあるだろうか。それはありえないのではないか、と。こう考えると、この「建て増し」が、日本語という孤立した言語圏での国内的（domestic）な現象なのかもしれないという推測が成り立つ。なぜそういうことが可能なのかというのは、また別の問題というべきである（これについては追補を参照のこと）。

＊18　村上はこう述べている。「『ねじまき鳥クロニクル』はぼくにとってはほんとうに転換点だったのです」（『村上春樹、河合隼雄に会いにいく』八三頁）。

＊19　一九七〇年代に始まり、「必殺仕事人」「必殺仕置人」など名前を変えながら現在まで続く日本では知らない人のない、池波正太郎の時代小説『仕掛人・藤枝梅安』を原作とする人気娯楽時代劇ＴＶ番組。「必殺シリーズ」と総称される。そのプロットの定型は、「金銭を貰って弱者の晴らせぬ恨みを晴らすために裏の仕事を遂行していく者たちの活躍と生き様を描く。主人公たちの多くは表向きはまともな職業について」おり、その殺害は「暗殺よりも弱者の復讐を代行する意味合いが強」い（ウィキペディア）。なかには老婦人の指示で殺し屋が鍼灸術によって相手を殺害するという『１Ｑ８４』によく似たケースもある。

＊20　劇作家・菊田一夫原作。日本の戦後の代表的メロドラマで、ラジオドラマとして人気を博し、以後、何度も映画、TVドラマなどにリメイクされて現在まで続く。恋人同士の「すれ違い」が続くことで名高い。ちなみに主人公の名は村上とは無関係ながら、春樹である。二〇一六年の新海誠のアニメ映画『君の名は。』はタイトルのみの引用で、無関係。

＊21　村上はオウム真理教の起こした都市テロ事件である地下鉄サリン事件の被害者六〇名以上、さらにオウム真理教のもと信者八名への聞き書きをそれぞれ『アンダーグラウンド』（一九九七年）と『約束された場所で』（一九九八年）にまとめている。

＊22　たとえば刊行直後のインタビュー「『1Q84』への30年（上）」（読売新聞、二〇〇九年六月一六日、聞き手・尾崎真理子）。そこで、村上は、『1Q84』はオウム真理教の事件を一つのきっかけに構想されたと明言している。

＊23　このBOOK2の第13章のタイトル「もしあなたの愛がなければ」は作中「リーダー」の語る歌詞を受けているが、その出典はエピグラムの“It's Only a Paper Moon”である。そのことで、この章は、ここが小説全体の変異点であることを示している。

＊24　天吾はいう、「僕にとってもっと切実な問題は、これまで誰かを真剣に愛せなかったということだと思う。生まれてこの方、僕は無条件で人を好きになったことがないんだ。この相手にならば自分を投げ出してもいいという気持ちになったことがない。ただの

一度も」(『1Q84』BOOK2、四八五頁)。この告白の内容が、二〇〇五年の短編「品川猿」を受け、二〇一三年の『色彩を持たない多崎つくると、彼の巡礼の年』まで続く系譜をもつことについては参考文献CおよびDに詳しく論じている。関心のある人には読んでもらいたい。この告白は、また、本文に示す通り、『ねじまき鳥クロニクル』第二部の最後の主人公の受けとる啓示とほぼ同じ内容をもっているほか、ここでは述べないが、二〇一四年の短編「木野」(『女のいない男たち』所収)を経由して二〇一七年の『騎士団長殺し』の主人公と妻の離婚にまで影を落としているというのが私の考えである。

＊25　このことが、当初からフル・レインジの複数巻の長編小説四作のうち、『海辺のカフカ』だけが当初から「上巻・下巻」で表記され、事実、内容的に下巻の終わりで完結できていることの理由であり、意味であろうと思われる。

＊26　たとえば、私は、＊1に述べたごとく、この作品の書評で「続編」(第三部)があると予想している(参考文献G)。しかしその予想ははずれた。私の考えでは第三部は、ジャック・ラカンの三位一体的な精神分析理論の分類をなぞるかたちで、第一部イデア篇(象徴界)、第二部メタファー篇(想像界)に続き、第三部リアル篇(現実界)となるはずであった。

＊27　BOOK3の終わりには、わざわざ、こう断られた。主人公二人が戻ってきた世

界では、エッソの広告看板のなかで「虎の姿は反転している」（ＢＯＯＫ３、５９１頁、傍点原文）。この小説はなお、うまく現実に着地できてはいないのだと。

＊28　この小説では、妻のゆずは、六年間の結婚生活のあと、別の男と付き合うようになり、離婚するが、やがて妊娠し、再び主人公のもとに戻ってくる。二人は再び結婚し、子供が生まれ、最後の場面では、「親子3人で」暮らしている。

参考文献

○村上春樹、作品
『ねじまき鳥クロニクル』第1部・第2部（新潮社、１９９４年4月）
『ねじまき鳥クロニクル』第3部（新潮社、１９９５年8月）
『海辺のカフカ』上巻・下巻（新潮社、２００２年9月）
『１Ｑ８４』ＢＯＯＫ１・ＢＯＯＫ２（新潮社、２００９年5月）
『１Ｑ８４』ＢＯＯＫ３（新潮社、２０１０年4月）
『騎士団長殺し』第1部・第2部（新潮社、２０１７年2月）
「ねじまき鳥と火曜日の女たち」（『パン屋再襲撃』文藝春秋、１９８６年）

○村上春樹、対談ほか

河合隼雄・村上春樹『村上春樹、河合隼雄に会いにいく』（岩波書店、１９９６年12月、新潮文庫、１９９９年）

「村上春樹ロングインタビュー」（聞き手・松家仁之、『考える人』２０１０年夏号）

「メイキング・オブ・『ねじまき鳥クロニクル』」（『新潮』１９９５年11月号）

「『１Ｑ８４』への30年（上中下）」（聞き手・尾崎真理子、『読売新聞』２００９年６月16～18日）

「来夏めどに第３部――村上春樹氏『１Ｑ８４』を語る」（聞き手・大井浩一、『毎日新聞』２００９年９月16日）

○村上春樹に関する著作

西川智之「ねじまき鳥クロニクル論」（名古屋大学大学院国際言語文化研究科『言語文化論集』22巻１号、２０００年）

イルメラ・日地谷＝キルシュネライト「村上春樹をめぐる冒険」（『世界』２００１年１月号）

ジェイ・ルービン、畔柳和代訳『ハルキ・ムラカミと言葉の音楽』（新潮社、２００６年）

Anna Zielinska-Elliott and Mette Holm "Two Moons Over Europe: Translating Haruki Murakami's 1Q84" The AALITRA Review: A Journal of Literary Translation, No.7,

November 2013.

○その他

デイヴィッド・ダムロッシュ、秋草俊一郎ほか訳『世界文学とは何か?』(国書刊行会、２０１１年)

加藤典洋・参考文献

A「「はらはら」から「どきどき」へ——村上春樹における「ユーモア」の使用と『１Q８４』以後の窮境」、『すばる』２０１９年４月号

B「村上春樹における秩序の崩壊、そして再構築——その変則的な執筆・刊行と『完成』までの作品構造の動態をめぐって」(沼野充義編『村上春樹における秩序』台湾・淡江大学出版中心、２０１７年)

C『村上春樹の短編を英語で読む　１９７９~２０１１』(講談社、２０１１年)

D『村上春樹は、むずかしい』(岩波新書、２０１５年)

E『テクストから遠く離れて』(講談社、２００４年)

F『世界をわからないものに育てること　文学・思想論集』(岩波書店、２０１６年)

G「再生へ　破綻と展開の予兆『騎士団長殺し』評」（『日本経済新聞』2017年3月18日）

＊追補　「建て増し」と雑誌連載方式について

なぜ、ここにいう「建て増し」が日本の出版界で自然なものとはいわないまでもさほど異常なものと見なされず、許容されているのか。この点について、他国との比較で、日本の出版界における長編小説の雑誌連載による逐次執筆方式をあげることができるかもしれない。一言付記しておく。

日本では、明治以降、長編小説の雑誌逐次掲載方式というものが採用された。雑誌以外にも新聞小説の逐次掲載というものも発達しており、夏目漱石の長編小説は、ほぼすべて、この雑誌・新聞逐次掲載方式で書かれている。新聞小説の初出例としては、フランスのウジェーヌ・シュー（『パリの秘密』）が名高いが（roman feuilleton）、それが異様に発達した例は日本に見つかり、その起爆的役割を果たしたのが朝日新聞における夏目の新聞小説の成功だった。

しかし、日本におけるその淵源は、読本として、長編小説を逐次執筆して刊行し、そのようにして小説執筆の稿料によって生活を成り立たせてきた江戸期の戯作作家、草紙作家の執筆・刊行形態にまで遡る。たとえば、滝沢馬琴の『南総里見八犬伝』はそのようにして書かれている。

日本でも、漱石以来、多くの小説家に、雑誌連載方式の小説がある。

これに抵抗した小説家としては、島崎藤村を数えるくらいである。

なお、この執筆形態に対し、ある時期、「書き下ろし長編小説」シリーズというものが、戦後、はじめられたことがある。そこから、大江健三郎の『個人的な体験』、安部公房の『砂の女』などが生まれた。

なお、安部公房は、一貫して書き下ろし方式で、長編小説を書き続けた例外的な作家で、ほぼこれに準じる作家に、大江健三郎、村上春樹、丸谷才一らがいる。

そこから徐々に増えてきたのが、雑誌連載時の原稿を単行本収録時に大幅に推敲して単行本化するという方式で、大江健三郎の『万延元年のフットボール』はこの方式で執筆されている。

そこでは、雑誌掲載時のテクストは、未完成のものと受けとめられ、単行本刊行時に、正式のテクストが完成すると受けとめられる。

つまり、雑誌掲載テクストの上に、新たに、単行本刊行時テクストというメタレベルが現れ、それが「書き下ろし長編小説」シリーズの刊行などと重なったのだが、たぶん村上春樹における「建て増し」は、日本における単行本刊行時テクストのさらにメタレベルに、翻訳時テクストという新たな正典（canon）が形成されつつあることを示している、と考えられる。

村上が、「建て増し」を自然に考えていることの背後に、そのような新しい翻訳＝正典の意識が生まれているというのは、大いに考えられることであろう。そして、それが、日本社会に自然に受けとめられているところには、雑誌掲載時のテクストが、単行本刊行時に推敲される等の執筆慣習の遺制が働いているということも十分に考えられる。

以上が、この「建て増し」が日本の社会で〝自然〟視化（naturalization）されていることの理由とまでは言わなくとも、その背景ではあろうと考えられる。

（『すばる』二〇二〇年一月号）

Read After Burning

解説

マイケル・エメリック

1

その日、加藤典洋は村上春樹に少しがっかりし、そしてちょっとだけ怒っていた。

二〇一〇年の秋、一年間のサバティカル休暇の前半をコペンハーゲンで過ごしたあと、残りの六ヵ月を当時私が勤めていた大学で送ろうと、数週間前から南カリフォルニアのサンタバーバラという街にやってきていた。加藤氏の不満は、デンマーク・ミュン島の小さな文学祭で行われた読者との談話における村上氏の発言に対してであった。とても和やかな雰囲気の懇談会であったらしく、そこで村上氏は、エルサレム賞を受賞した際にイスラエルの大統領や顕官が居並ぶ会場で「壁と卵」という比喩を用いてイスラエルの対パレスチナ政策を間接的に批判したとき、自分は正直こわかった、小説執筆の場を離れれば自分だって普通の人間だから、という話をしたらしい。

村上ほどの小説家は、そんなことを言ってはいけない、と加藤氏は感じたようだ。批評家として真剣に向き合ってきた作者が、公の場で一個人として自己を語るのが、どこか許せなかったのだろう。

私は基本的に英語と日本語しか読めないので、それ以外の言語での状況には明るくないが、管見の限り、加藤氏ほど長年にわたり、熱心に、そして深い尊敬をもって、村上氏の小説をていねいに、また厳しく論じてきた批評家は、ほかにいないと思っている。加藤氏にとって村上氏の小説は、優れた文学作品というだけでなく、戦後の日本が抱えてきたさまざまな問題や、八〇年代から現在に至るまでの日本社会の変遷を体現する存在だったようだ。本書に集められた十四篇の文章は、三十五年間にわたって加藤氏が伴走してきた、村上春樹とその作品が抱き込んだある時代の記憶への、深いコミットメントである。その意味で、この評論集は加藤氏が村上作品を通して、戦後から今に至る日本社会と皮膚感覚で向き合った、大変貴重な軌跡である。

ミュン島での村上氏の発言を批判した日からしばらく経ったある晩、加藤氏はホッチキスで綴じられた三枚の原稿を手渡しに我が家にやってきた。「小説家は何を語るか」と題するコラムの原稿である。担当の記者は、これはちょっと村上に対して厳しすぎるから掲載できない、というメールを寄越してきたという。

原稿の一ページ目に、ボールペンで「READ AFTER BURNING」と殴り書きがあった。

「加藤先生、これ、動詞が逆ですよ」と指摘すると、加藤氏はペンを手にとり、その場でREADとBURNを丸で囲み、入れ替えるよう二方向の矢印を加えた。

訂正された「正しい」英語の指示が入った原稿を受けとった私は、しかしその後、折に触れて最初の表現を思い出した。私のなかで、「読んだら、燃やせ」ではなく「燃やしたら、読め」という「間違えた」言葉にこそ、加藤氏の、特に村上氏の作品を論じる際の、批評家としての大切な何かが表現されているように感じられた。

2

ロアルド・ダールという、主に子ども向きの本で知られる作家の短編に「ヘンリー・シュガーのわくわくする話」というのがある。子どもの頃、これを読んで、あまりにもリアルなタッチで書かれているため、まったく荒唐無稽な話なのにひょっとしてこれは本当なのかなと、疑ったことがある。目で追っている文章は、ダールが自分の頭から紡ぎ出した虚構なのか、実際に起きた真実を綴ったものか。四十年近くたった現在もなお、あのときの当惑した感覚はまだ体に残っている。

もっとも惑わされたのは、インドのヨガの達人が透視能力を身につけるため、蠟燭の炎を眺める修行に取り組む場面である。何年も修行を続けているうちに、蠟燭の炎の、まんなかの黒い一点を眺めながら心を鎮め、あらゆる思考を体の外に押し出すことによって、まぶたを閉じていてもものが見えるようになる、という箇所だ。うそに決まっているのだが、小学校低学年の自分にはそれが真実らしく思われた。あるいは、平凡な自分の世界に、そのような不思議な奇術が存在したらどんなにすてきだろう、と感じていたのかもしれない。

加藤氏の批評の文章を読んでいると、ときどき、ヘンリー・シュガーの話に覚えたような戸惑い、自己の常識や枠の揺れを体験する。小説に対して、こんな魔法のような読解はありなのか、それとも、これは加藤氏の想像力の投影にすぎないのだろうか。

3

本書所収のエッセイ「「世界の終り」にて」のなかで加藤氏が引用した、『世界の終りとハードボイルド・ワンダーランド』の一節に、蠟燭にまつわる話が出てくる。「僕」から切り離されて弱りつつある「影」が「僕」に向かい、君はこの街にいてはならない、外の、現実の世界に脱出すべきだよ、と説得を試みる場面である。以下の、小説本文の引用は、この街で「夢読み」となっている「僕」に向けた「影」のセリフに始まる。

「影が死ねば夢読みは夢読みであることをやめて、街に同化する。街はそんな風にして完全性の環の中を永久にまわりつづけているんだ。不完全な部分を不完全な存在に押しつけ、そしてそのうわずみだけを吸って生きているんだ。それが正しいことだと君は思うのかい？　それが本当の世界か？　それがものごとのあるべき姿なのかい？いいかい、弱い不完全な方の立場からものを見るんだ。獣や影や森の人々の立場からね」

僕は目が痛くなるまで長いあいだロウソクの炎をじっと見つめていた。それから眼鏡をとって目ににじんだ涙を手の甲で拭いた。

「明日の三時に来るよ」と僕は言った。「君の言うとおりだ。ここは僕のいるべき場所じゃない」

もちろん、ここでの「僕」の決心は一時的なものである。小説の最終章で「僕」はふいに思い直し、街にとどまることにする。しかし、この一節において私が着目したいのは

「目が痛くなるまで長いあいだ」蠟燭の炎を見つめつづけるという行為自体である。ここには「僕」の気持ちの揺れ、不確定な未来が提示されているように思う。街にとどまるという「僕」の選択と、その選択の根底にある「僕」の気持ちとは、区別して考えるべきではないだろうか。つまり、小説の終わりに「たまりに背を向けて、雪の中を西の丘に向けて歩きはじめた」主人公の「僕」は、ひょっとして、気持ちの上では、どこかまだ現実の世界に未練を感じ、迷いつづけているのではないか。

4

批評家としての加藤氏にも、どこかこの作中の「僕」に見立てられるような面があるように思う。小説という虚構の街にとどまるか、外の現実の世界に脱出すべきか、という選択に揺れる「僕」に、加藤氏の姿勢が体現されているように感じてならない。

本書を読むと、しばしばいかにも加藤氏らしい、独自の解釈や比喩の使いかた、ディテールに出会う。いってみれば、加藤氏の批評の文章から滲み出すのは、とても濃い「加藤典洋の読み」の感覚で、それを掴むために、加藤氏は村上春樹の小説のなかへ、まるで井戸の壁の梯子を降りるように潜り、薄暗く閉ざされた世界で目を慣らそうと、そこの湿った空気をしばらく吸いつづける。あるいは「世界の終り」を下敷きにして、もう少し明るい比喩を用いるなら、加藤氏の読解は、「僕」の「影」のように物語の世界を徹底的に調べ尽くし、地図を描き、そして最終的に、その物語の世界の「秘密」の在所を突き止める。それはあくまで加藤氏自身が「この街にとどまろう」と決心し、体験した物語の世界なのである。

加藤氏による小説の読解が、物語世界とその住人への徹底的なコミットメントに根づいた、ある意味では「内向き」なものだとすれば、その「小説に対するスタンス」はこれとは反対に「外向き」だと言える。加藤氏の批評は小説の内部から脱出し、作者の意図を超越して、日本社会、あるいはもっと広く、現代世界につながる解釈を展開させていく。加藤氏は、小説が「ぼく達の生きる現実に触れている」（「「世界の終り」にて」）ところを浮き彫りにする。それは同時に、文芸批評がまさに戦後日本の思想そのものであったことを意味している。

「世界の終り」という街にとどまるか、外の現実世界に出てゆくか、その選択に揺れつづけていた「僕」に、加藤氏が批評家としての自分を重ねてみたことがあったかどうか。それはわからない。しかし、加藤氏ほど批評のあり方について、生涯、常に真剣に、真面目に考えつづけていた批評家は数少ないだろう。例えば、本書所収の文章のなかでもっとも早く発表された「自閉と鎖国」には、このような節がある。

> この小説のように「既成文壇内部」では評価されず、「文芸誌などふだんあまり読まない」若い読者の「自然発生的な」支持にささえられたという作品にどうしてものめりこめなかったりすれば、何か、自分が凡庸（？）になったような、年老いたような、――「既成文壇」の一員になり果てたような――うそ寒い雰囲気につつまれ、落着かなくもなろうというものである。
>
> しかし、ぼくはこの小説に動かされなかった。

加藤氏ははっきりと自分を「既成文壇」に属さない人間と捉え、批評の方法の違いについては具体的には言及せずとも、自分の仕事に、独自の流儀があることを意識している。その十八年後に発表された「行く者と行かれる者の連帯」には、もう少し柔らかい語気で同時代の文芸批評との距離を示し、より具体的に自分の批評の方法を説明するくだりがある。

> 新しい小説の読み方、楽しみ方を、現代に生きる小説家たちに連帯する形で示せたら、とてもうれしい、さらに、同時代の小説を取り上げる中で、いま新たにせり出しつつある問題、主題、といったものを掘り起こせたら、いま、小説家たちがぶつかっている困難といったものにもふれられたら、もっといい、と思います。

いまの文芸批評の多くが読み物であることを忌避し、病理解剖的になっていることを反省し、これとは違う、生きた対象としての小説に、いわば市井に生きる町医者として、あるいはクリニックの臨床心理士的に、向きあう批評を置いてみたい。そういう意味で、鳥瞰的な作家論ではない、微視的な作品論というものが、いまではほとんどお目にかからないものになっています。あるのは、作品を一方的な素材としたテクスト論と呼ばれる批評ですが、そうではなく、作品で作者が何を試みようとしたと、その作品が僕たち読者に語りかけてくるところに着目し、いま、小説家がどういう問題にぶつかっているのかが、作品を知らないまま読んでもわかる、かつての文芸評論を復活させるつもりで、やってみようと思います。

この箇所は、本書でも浮き彫りとなる加藤氏の批評家としての姿勢を、よく説明していると思う。小説を「生きた対象」として捉えるというのは、つまり町医者や臨床心理士が患者に寄り添うようなかたちで小説に向き合うことであり、小説のなかに、歴史・社会などといった「環境」の、影響ではなく、存在を認めることである。そして逆に、加藤氏の代表作のひとつである『敗戦後論』から近年の『戦後入門』『9条入門』まで、戦後日本の歴史や社会を論じた著作においては、歴史や社会という「環境」を、小説のように読み解いていく。それは、加藤氏の思考の新鮮で独特な表現でありながら、その文章が時には誤解されがちであった理由にもなったのかもしれない。

5

ヘンリー・シュガーの話では、ヨガの達人が何年も炎を見つめる修行を積んだすえ、目を閉じていてもものが見えるようになる。「そこにはないもの」を見る能力が、身につくのである。本書を通じて、加藤氏はしばしば「ないもの」を語っている。言葉にならないもの、意識にとどまらないもの。「ぼくの眼に奇異に映るのは、」と加藤氏は書く。「これまでのところ「既成文壇内部」の誰一人として、この小説を真正面から否定していない、ということなのである。（中略）なぜ、この『羊をめぐる冒険』にたいして、これは小説ではない、なぜならここに人間は生きていないから、という「旧来」の立場からの批判を行う「批評家」が、いないのか」（「自閉と鎖国」）。または「しかしこの手紙に、通俗の匂いはない。なぜか」（「夏の十九日間」）。

加藤典洋の批評は、常にそこに「ない」ものを通して、その先の世界を見ようとしていた。まるで「READ AFTER BURNING」と殴り書きされた原稿が、炎に消えたあとにこそ、残光のように何かがたしかに残るように。冒頭に触れた加藤氏の村上発言に対する不満には、どれだけ彼が批評家としての加藤氏にとって大切な作家であったか、ひとつの時代を一緒に駆け抜けてきた同志のような存在だったかが、よく表れていると思う。小説のなかの見えないものを、独特の「読み」によって魔法のように可視化できるまで、全力で向き合ってきた作家への怒りは、深い敬意の裏返しでもある。この作品集はまさに加藤氏の村上作品との、また同時代との対話の軌跡である。

6

加藤氏ご自身は、もういない。この本に収められている批評の文章は、この世界にすでにあるものへの緻密な語りかけである。まだそこにない世界への加藤氏の声を、私たちは想像することしかできない。

本書の巻頭に掲載された「村上春樹の世界」には、こんな箇所があった。

わたしがこれまで読んだ村上の小説の中で一番好きなのは、『世界の終りとハードボイルド・ワンダーランド』のうちの「ハードボイルド・ワンダーランド」の部分の主人公「私」が、もう自分の生命がなくなるとわかってからの一日を、静かに過ごすくだりである。そこに漂っている寂しさをさして、わたしは先の言及個所に、世界感情と書いた。きっと年のせいかもしれないから、人には強く薦めない。しかし元気のないときには、これは読んで心に沁みる小説である。

八〇年代に書かれた文章から、遺稿となった作品まで、加藤典洋の批評は常にパーソナルな部分を介して、鋭く外に切り込んでいる。どの文章からも、全力で世界を感受しようとするセンシビリティーがひしひしと伝わってくる。だから、加藤氏の文章は、読んで心に沁みる批評である。それは村上作品を介して、たしかにある、「ない」はずの世界に、私たちを誘うのである。

著書目録

加藤典洋

【単行本】

アメリカの影　昭60・4　河出書房新社
批評へ　昭62・7　弓立社
君と世界の戦いでは、世界に支援せよ　昭63・1　筑摩書房
日本風景論　平2・1　講談社
ゆるやかな速度　平2・11　中央公論社
ホーロー質　平3・8　河出書房新社
日本という身体――「大・新・高」の精神史　平6・3　講談社
なんだなんだそうだ　平6・3　五柳書院
ったのか、早く言えよ。――ヴィジュアル論覚え書　平7・12　講談社
この時代の生き方　平8・10　岩波書店
言語表現法講義　平9・8　講談社
敗戦後論　平9・8　講談社
みじかい文章――批評家としての軌跡　平9・11　五柳書院
少し長い文章――現代日本の作家と作品論　平9・11　五柳書院
戦後を戦後以後、考える――ノン・モラルからの出発と　平10・4　岩波書店

は何か
謝罪と妄言のあいだで（『敗戦後論』韓国語訳）　平10・10　韓国・創作と批評社
可能性としての戦後以後　平11・3　岩波書店
日本の無思想（新書）　平11・5　平凡社
戦後的思考　平11・11　講談社
日本人の自画像　平12・3　岩波書店
ポッカリあいた心の穴を少しずつ埋めてゆくんだ　平14・5　クレイン
テクストから遠く離れて　平16・1　講談社
小説の未来　平16・1　朝日新聞社
語りの背景　平16・11　晶文社
僕が批評家になったわけ　平17・5　岩波書店
村上春樹論集1　平18・1　若草書房
村上春樹論集2　平18・2　若草書房
考える人生相談　平19・3　筑摩書房
太宰と井伏　ふたつの戦後　平19・4　講談社
何でも僕に訊いてくれ　きつい時代を生きるための56の問答　平20・6　筑摩書房
文学地図　大江と村上と二十年　平20・12　朝日新聞出版
さようなら、ゴジラたち　戦後から遠く離れて　平22・7　岩波書店
耳をふさいで、歌を聴く　平23・7　アルテスパブリッシング
村上春樹の短編を英語で読む　1979～2011　平23・8　講談社
小さな天体　全サバティカル日記　平23・10　新潮社
3・11　死に神に突き飛ばされる　平23・11　岩波書店

人類が永遠に続くのではないとしたら　平26・6　新潮社
戦後入門（新書）　平27・10　筑摩書房
村上春樹は、むずかしい（新書）　平27・12　岩波書店
日の沈む国から　政治・社会論集　平28・8　岩波書店
世界をわからないものに育てること　文学・思想論集　平28・9　岩波書店
言葉の降る日　平28・10　岩波書店
敗者の想像力（新書）　平29・5　集英社
もうすぐやってくる尊皇攘夷思想のために　平29・9　幻戯書房
どんなことが起こってもこれだけは本当だ、ということ。――幕末・戦後・現在（岩波ブックレット）　平30・5　岩波書店
9条入門（「戦後再発見」双書8）　平31・4　創元社
大きな字で書くこと　令1・11　岩波書店
詩のようなもの　僕の一〇〇〇と一つの夜　令1・11　私家版

〈対談・講演集〉

空無化するラディカリズム（対談集、『加藤典洋の発言』第一巻）　平8・7　海鳥社
戦後を超える思考（対談集、同第二巻）　平8・11　海鳥社
理解することへの抵抗（講演集、同第三巻）　平10・10　海鳥社
ふたつの講演　戦後　平25・1　岩波書店

思想の射程について
対談　戦後・文学・現在　平29・11　而立書房

〈共著・編著〉

対話篇　村上春樹をめぐる冒険（笠井潔、竹田青嗣と）　平3・6　河出書房新社
世紀末のランニングパス――1991―92（竹田青嗣との往復書簡）　平4・7　講談社
村上春樹　イエローページ（編著）　平8・10　荒地出版社
日本の名随筆98　昭和Ⅱ（編著）　平11・4　作品社
立ち話風哲学問答（多田道太郎、鷲田清一と）　平12・5　朝日新聞社
天皇の戦争責任（橋爪大三郎、竹田青嗣と）　平12・11　径書房
読書は変わったか？（別冊・本とコンピュータ5）（編著）　平14・12　トランスアート
村上春樹　イエローページ　Part 2（編著）　平16・5　荒地出版社
日米交換船（鶴見俊輔、黒川創と）　平18・3　新潮社
創作は進歩するのか（鶴見俊輔と）　平18・9　編集グループSURE
考える人・鶴見俊輔（FUKUOKA Uブックレット3、黒川創と）　平25・3　弦書房
吉本隆明がぼくたちに遺したもの（高橋源一郎と）　平25・5　岩波書店

なぜ「原子力の時代」に終止符を打てないか（中尾ハジメと）　平26・5　編集グループSURE

白井晟一の原爆堂　四つの対話（白井昱磨ほかと）　平30・7　晶文社

〈訳書〉

モネ・イズ・マネー（テッド・エスコット著）　昭63・7　朝日新聞社

【文庫】

アメリカの影——戦後再見　平7・6　講談社学術文庫

二つの戦後から（『世紀末のランニングパス』改題、竹田青嗣との往復書簡）　平10・8　ちくま文庫

日本風景論　平12・11　講談社文芸文庫

「天皇崩御」の図像学——『ホーロー質』より　平13・6　平凡社ライブラリー

敗戦後論　平17・12　ちくま文庫

村上春樹　イエローページ1　平18・8　幻冬舎文庫

村上春樹　イエローページ2　平18・10　幻冬舎文庫

アメリカの影　平21・9　講談社文芸文庫

村上春樹　イエローページ3　平21・10　幻冬舎文庫

増補　日本という身体　平21・12　河出文庫

敗戦後論　平27・7　ちくま学芸文庫

増補改訂　日本の無思想　平27・12 平凡社ライブラリー
戦後的思考　平28・11 講談社文芸文庫
増補　日本人の自画像　平29・1 岩波現代文庫
完本　太宰と井伏　ふたつの戦後　令1・5 講談社文芸文庫
村上春樹の短編を英語で読む　1979〜2011上　令1・10 ちくま学芸文庫
村上春樹の短編を英語で読む　1979〜2011下　令1・10 ちくま学芸文庫
僕が批評家になったわけ　令2・1 岩波現代文庫
テクストから遠く離れて　令2・4 講談社文芸文庫
可能性としての戦後以後　令2・4 岩波現代文庫

「著書目録」には再刊本及び『白井晟一の原爆堂四つの対話』を除く四名以上との共著は入れなかった。

（本著書目録は著者作成のものに平成31年以降刊行された書目を編集部が増補いたしました）

本書は、二〇〇一年までに発表の文は『村上春樹論集1』および『村上春樹論集2』、「村上春樹の短編から何が見えるか」は菅野昭正編『村上春樹の読みかた』、「小説が時代に追い抜かれるとき」および「「居心地のよい場所」からの放逐」は『世界をわからないものに育てること　文学・思想論集』、「再生へ　破綻と展開の予兆」と「第二部の深淵」は各初出紙誌を底本としました。本文中、明らかな誤記や誤植と思われる箇所は正し、各篇内での表記の統一およびふりがなの調整等を施しました。

村上春樹《むらかみはるき》の世界《せかい》

加藤典洋《かとうのりひろ》

二〇二〇年五月八　日第一刷発行
二〇二三年六月一三日第四刷発行

発行者——鈴木章一
発行所——株式会社　講談社
東京都文京区音羽2・12・21　〒112-8001
電話　編集（03）5395・3513
　　　販売（03）5395・5817
　　　業務（03）5395・3615

デザイン——菊地信義
印刷——株式会社KPSプロダクツ
製本——株式会社国宝社
本文データ制作——講談社デジタル製作

定価はカバーに表示してあります。

講談社
文芸文庫

ISBN978-4-06-519656-4

折口信夫	折口信夫芸能論集 安藤礼二編	安藤礼二―解
折口信夫	折口信夫対話集 安藤礼二編	安藤礼二―解／著者―年
加賀乙彦	帰らざる夏	リービ英雄-解／金子昌夫―案
葛西善蔵	哀しき父｜椎の若葉	水上 勉―解／鎌田 慧―案
葛西善蔵	贋物｜父の葬式	鎌田 慧―解
加藤典洋	アメリカの影	田中和生―解／著者―年
加藤典洋	戦後的思考	東 浩紀―解／著者―年
加藤典洋	完本 太宰と井伏 ふたつの戦後	與那覇 潤―解／著者―年
加藤典洋	テクストから遠く離れて	高橋源一郎-解／著者・編集部-年
加藤典洋	村上春樹の世界	マイケル・エメリック-解
加藤典洋	小説の未来	竹田青嗣―解／著者・編集部-年
金井美恵子	愛の生活｜森のメリュジーヌ	芳川泰久―解／武藤康史―年
金井美恵子	ピクニック、その他の短篇	堀江敏幸―解／武藤康史―年
金井美恵子	砂の粒｜孤独な場所で 金井美恵子自選短篇集	磯﨑憲一郎-解／前田晃―年
金井美恵子	恋人たち｜降誕祭の夜 金井美恵子自選短篇集	中原昌也―解／前田晃―年
金井美恵子	エオンタ｜自然の子供 金井美恵子自選短篇集	野田康文―解／前田晃―年
金子光晴	絶望の精神史	伊藤信吉―人／中島可一郎-年
金子光晴	詩集「三人」	原 満三寿―解／編集部―年
鏑木清方	紫陽花舎随筆 山田肇選	鏑木清方記念美術館-年
嘉村礒多	業苦｜崖の下	秋山 駿―解／太田静一―年
柄谷行人	意味という病	絓 秀実―解／曾根博義―案
柄谷行人	畏怖する人間	井口時男―解／三浦雅士―案
柄谷行人編	近代日本の批評 Ⅰ 昭和篇上	
柄谷行人編	近代日本の批評 Ⅱ 昭和篇下	
柄谷行人編	近代日本の批評 Ⅲ 明治・大正篇	
柄谷行人	坂口安吾と中上健次	井口時男―解／関井光男―年
柄谷行人	日本近代文学の起源 原本	関井光男―年
柄谷行人 中上健次	柄谷行人中上健次全対話	高澤秀次―解
柄谷行人	反文学論	池田雄一―解／関井光男―年
柄谷行人 蓮實重彥	柄谷行人蓮實重彥全対話	
柄谷行人	柄谷行人インタヴューズ1977-2001	
柄谷行人	柄谷行人インタヴューズ2002-2013	丸川哲史―解／関井光男―年

▶解=解説 案=作家案内 人=人と作品 年=年譜を示す。 2023年6月現在

講談社文芸文庫

柄谷行人 ―[ワイド版]意味という病　絓 秀実――解／曾根博義――案
柄谷行人 ―内省と遡行
柄谷行人
浅田彰 ―柄谷行人浅田彰全対話
柄谷行人 ―柄谷行人対話篇 I 1970-83
柄谷行人 ―柄谷行人対話篇 II 1984-88
柄谷行人 ―柄谷行人対話篇 III 1989-2008
河井寛次郎-火の誓い　河井須也子-人／鷺 珠江――年
河井寛次郎-蝶が飛ぶ 葉っぱが飛ぶ　河井須也子-解／鷺 珠江――年
川喜田半泥子-随筆 泥仏堂日録　森 孝――解／森 孝――年
川崎長太郎-抹香町|路傍　秋山 駿――解／保昌正夫――年
川崎長太郎-鳳仙花　川村二郎――解／保昌正夫――年
川崎長太郎-老残|死に近く 川崎長太郎老境小説集　いしいしんじ-解／齋藤秀昭――年
川崎長太郎-泡|裸木 川崎長太郎花街小説集　齋藤秀昭――解／齋藤秀昭――年
川崎長太郎-ひかげの宿|山桜 川崎長太郎「抹香町」小説集　齋藤秀昭――解／齋藤秀昭――年
川端康成 ―一草一花　勝又 浩――人／川端香男里-年
川端康成 ―水晶幻想|禽獣　高橋英夫――解／羽鳥徹哉――案
川端康成 ―反橋|しぐれ|たまゆら　竹西寛子――解／原 善――案
川端康成 ―たんぽぽ　秋山 駿――解／近藤裕子――案
川端康成 ―浅草紅団|浅草祭　増田みず子-解／栗坪良樹――案
川端康成 ―文芸時評　羽鳥徹哉――解／川端香男里-年
川端康成 ―非常|寒風|雪国抄 川端康成傑作短篇再発見　富岡幸一郎-解／川端香男里-年
上林暁 ―聖ヨハネ病院にて|大懺悔　富岡幸一郎-解／津久井 隆――年
菊地信義 ―装幀百花 菊地信義のデザイン 水戸部功編　水戸部 功――解／水戸部 功――年
木下杢太郎-木下杢太郎随筆集　岩阪恵子――解／柿谷浩一――年
木山捷平 ―氏神さま|春雨|耳学問　岩阪恵子――解／保昌正夫――案
木山捷平 ―鳴るは風鈴 木山捷平ユーモア小説選　坪内祐三――解／編集部――年
木山捷平 ―落葉|回転窓 木山捷平純情小説選　岩阪恵子――解／編集部――年
木山捷平 ―新編 日本の旅あちこち　岡崎武志――解
木山捷平 ―酔いざめ日記
木山捷平 ―[ワイド版]長春五馬路　蜂飼 耳――解／編集部――年
清岡卓行 ―アカシヤの大連　宇佐美 斉――解／馬渡憲三郎-案
久坂葉子 ―幾度目かの最期 久坂葉子作品集　久坂部 羊――解／久米 勲――年
窪川鶴次郎-東京の散歩道　勝又 浩――解